殖民地之旅

瀟湘神◎著

劉祉吟◎插畫

目次

書中凡使用佐藤春夫《殖民地之旅》的段落，皆引自佐藤春夫著，邱若山譯《殖民地之旅》（前衛出版，二〇一六）。

此外，由於提及之史料、資訊，其時間橫跨百年以上，記載語言亦有差異，故內文之敘述，將盡可能統一用字、名稱，但是為了尊重引用來源，仍可能視情況適時採取原用字、原語言，以及譯名或拼音等，以呈顯歷史的多元樣貌。

早期史料中，經常使用「蕃／番」、「蕃人」、「蕃社」等字詞指稱原住民族及相關文化，但該類字詞帶有強烈不對等的歧視意味。為了避免歧視，本書除了引用前人書寫、史料，以及〈奇談〉一篇具有特殊創作意圖等情況下，會使用此類字詞，其餘敘述將盡可能避免；非不得已將加上引號，警示負面意涵。

女誡扇綺譚

一、禿頭港的廢屋

臺南的夜晚——尤其午夜過後，總有種能將人擄入異境的魔幻氛圍。

大概是在那樣兩日交會的時間——子時——我跟R坐在昏黃的酒吧裡，我突然問：「你知道〈女誡扇綺譚〉裡的沈家廢屋吧？那個鬼屋的原型離這裡不遠，你有興趣嗎？我帶你去。」

R是我的作家朋友，擅長書寫以日治時代為背景的時代小說。我們會在國華街的酒吧喝酒，是因為隔天有《華麗島軼聞：鍵》的新書發表會，我們都是作者，為免太過奔波，前夜就抵達府城。

這或許就是府城夜色的魅力吧。深夜潛入虛構小說裡鬼屋的原型，這絕非正經人所為；但R爽快答應了。畢竟，沒有任何文史狂熱者能拒絕這種誘惑。

凌晨兩點，我們與沖沖騎上機車，闖進雀躍的幻之冬夜。

酒吧外小巷直通海安路，海安路是場不知休止、毫無節制的夢，明明這種時候了還燈火通明；要是從空中看，或許會像飛機起降道般醒目。酒吧、快炒店、燒烤店……盡是能飲酒的地方，但要說「不夜天」——我認為不然。追根究柢，夜有其獨特的浪漫，像悲涼卻滿足的醉意，「不夜」驅逐了夜晚，太浪費了。這種時間還徘徊於酒吧的人，想必是快活的；他們獨占了夜的靜謐與涼爽、獨占街道、還獨占了銀河。

已是十一月下旬，天氣卻不怎麼冷。百年前，日本有位名為佐藤春夫的詩人、小說家來臺旅遊，他說臺灣的涼風二月才吹——但這壓不著的溫熱恐怕不只是日本人眼中的南國風情，而是全球性的氣候暖化。不遠處，元和宮三個字綻放著光，比海安路更灼目，原來是配合四安境南廠保安宮建醮，建起了醮壇。我們騎車到醮壇前。

醮壇有三層樓高，像公寓般，每層都被隔出幾個房間，紙糊神像在分隔的劇場演著不同故事，燈光囤在密封空間裡，在濃密的夜裡膨脹爆發，正發燙著。綴在醮壇屋簷上的一顆顆小型燈泡，像七彩樹枝上的金色果實。

為何這般平凡無奇的事物，在夜裡看來會如此魔幻？竟不輸給現場演唱會的特效！都這麼晚了，醮壇裡還有人忙進忙出，他探出頭，像在疑惑這兩個路人為何靠這麼近，最後也沒理會。當然啦，建醮有這麼多事要做，哪有時間理我們！

元和宮的醮壇

不過，我感到了某種「神聖」。

這種感覺並非出於信仰。而是枯燥單調的夜裡，這醮壇實在太過飽和與異常；它並未遵守夜晚的規則，比酒吧跟燒烤店更鋪張炫耀，對我們熟悉的日常擺出高傲的姿態，像在譏笑不自量力的追求者，又不失莊嚴。它有著超越現實的尺度，卻硬生生擠進現實；這種格格不入，萌生了神聖感，甚至三樓的紙糊觀音在風中搖擺顫動——就算知道是自然現象，仍令我興起某種奇異的戰慄。

我們繼續往虛構的廢屋。

民族路上有條不起眼的小巷，我停好機車，帶著R鑽進去。這條巷看似違反常理，因為在地圖上，旁邊的大路縱橫有度，這條巷子卻像小孩子拿筆在地圖上亂添，歪歪曲曲，還有些顫抖。但翻開老地圖，直到八〇年代，那條與民族路交錯、看似合理切割了城市的金華路尚不存在。綜觀歷史軸線，乍看來最有條理的，其實最遠離歷史；這可說是城市觀察的黃金法則，因為秩序，往往是權力的痕跡。

這條小巷之所以如此曲折，我有個猜測——這裡可能是過去「新港墘港」的遺跡。巷裡有間小廟，寫著「新港墘老古石境和集共福堂」，算是佐證。新港墘港是過去臺南的「五條港」之一，五條港顧名思義，就是港口，現在都看不出來了。由北往南，除了新港墘港，還有佛頭港、南勢港、南河港、安海港。

其中「佛頭港」，又被稱為「禿頭港」；〈女誡扇綺譚〉中，「我」見到沈家廢屋之處，就是在這荒涼港道旁。

二、女誡扇綺譚

是時候介紹一下〈女誡扇綺譚〉與作者佐藤春夫了。

佐藤春夫出生於十九世紀末，年紀輕輕就以《田園的憂鬱》揚名文壇，沒多久，他因某種難以告人的原因陷入濃烈的悲觀，回鄉時，在臺灣開業的友人邀他遠離故土，到「臺灣」這個南方殖民地排遣煩悶心緒。那是一九二〇年的事。根據〈彼夏之記〉，佐藤才二十九歲。回日本後，他發表多篇與臺灣有關的作品，〈女誡扇綺譚〉發表於一九二五年的《女性》雜誌，是以府城臺南為背景的哥德式小說。

其實我剛接觸臺灣文學史時，便已耳聞〈女誡扇綺譚〉這部傑作，它被日本時代的學者島田謹二納入「外地文學」的血脈，但我始終沒找來看；我也不否認，一方面當然是懶——但另一個理由，是我對「外地文學」沒好感。

什麼是外地文學呢？坦白說，我在臺灣文學這個領域，知道的也只比外行人多一些。但為了說明沒好感的緣由，還請容我這半個外行人班門弄斧一番。

外地文學的「外地」，是相對於中央，也就是當時的「內地」日本；換言之，就是殖民地文學——殖民地文學必須有殖民地的樣子，外地文學雖致力渲染異於內地的獨特性，即異國情調，卻要求服膺於統治者指導，迴避殖民者與被殖民者的緊張關係。說穿了，這種文學不過是迎合殖民者想像，使殖民地喪失主體，成為被凝視的對象。

凝視——就像女性受男性凝視（女人就該有女人的樣子），因而被關進女性的理想樣貌中，弱勢者總是活在強勢者捏造出來的想像與情境，更糟的是，這種想像還會被當成其天性；臺灣原住民也是，在漢人的凝視底下，原住民往往被迫屈從於「原住民」這個缺乏主體的想像。

基於對外地文學的惡感，我一直與〈女誡扇綺譚〉失之交臂，直到某天我在臺南探查水流觀音傳說，在清水寺附近的聚珍臺灣巧遇前衛出版的《殖民地之旅》，裡頭就有〈女誡扇綺譚〉。我想，這就是緣分吧？我憑一時衝動買下，想說難得遇上，不把握機會，或許就不會買了。那時的我，是窮到連是否買書都要猶豫再三的。

然後我就一頭栽進佐藤春夫筆下一九二〇年的臺灣風景。

尤其〈女誡扇綺譚〉，看完我立刻在臉書上吶喊：「為何我現在才看到這篇小說？相見恨晚啊！」且不論是否吻合「外地文學」，〈女誡扇綺譚〉本身的趣味性跟推理小說魅力就不容小覷；在此，請容我簡單介紹一下〈女誡扇綺譚〉的故事，要是講得不精彩，還請瞭解，那只是我作為轉述者能力不足，未能發揮原作的魅力而已。

故事主角的「我」是日本人，他隨臺灣詩人世外民遊歷安平遺跡，回府城時，在禿頭港邊發現一棟雄偉豪華的廢棄宅邸。好奇心起的「我」與世外民一起潛入宅邸，聽到裡面有女人用泉州話問——是按怎無較早來哩！感到疑惑的兩人退出宅邸，向附近老婦打聽，老婦大驚失色，說兩人是聽到死靈的聲音；原來那座宅邸屬於安平大族沈家，沈家雖曾窮極富貴，卻在連環的厄運中喪失一切，本已訂親的沈家女兒被解除婚約，最後發了瘋，苦守家中等待不會到來的丈夫，見人總說「是按怎無較早來哩」，將對方當成自己的丈夫。

對沈家戲劇性的沒落，「我」跟世外民在酒樓醉仙閣討論，最後「我」做出一番推理，合理解釋當天見聞並非女鬼顯靈，並要求世外民與他一同潛入廢屋探險；這一次，兩人並未聽到死靈之聲，還在二樓撿到了一把「女誡扇」——

接下來，就讓我賣個關子吧！這也是為了保留讀者閱讀的樂趣。一想到二〇年代就有以臺灣為背景創作出來的推理小說，我興奮激昂到難以自已；作者在安平古堡上，面對荒涼至極、漫無邊際的泥海，心裡浮現愛倫．坡的〈厄舍府的沒落〉，暗示了這部小說的哥德血脈，但對恐怖故事侃侃而談、進行推理，或許也受到愛倫．坡筆下的偵探奧古斯都．杜邦的影響。

〈女誡扇綺談〉是虛構的，是小說，但作者表示故事中的建築、風景都有所依據；透過佐藤春夫的眼，我們竟能看見百年前的臺灣面貌！看看他是怎麼描述禿頭港的吧，比照當代的禿頭港風景，那差異之大，真可說是饒富興味：

> 禿頭是一個有趣的語詞，乃意味著事情到了無可奈何的處境的俗語。所以，禿頭港似乎也就是表示安平港的最裡側的港邊的意思。這地方在臺南的西邊郊外，接臨安平的廢港。從名稱的說明聽來，或許會讓人有果然如此、頗有道理的感覺，然而事實上真正看過這地方的人，反而

一定會對這樣的地方取名為港感到訝異不已吧！那只是一個沿著低濕的、蘆荻叢生的泥沼地邊的貧民窟似的地方。而且離海約一里多遠。是個填埋沼澤的垃圾堆在暑熱的蒸薰下臭氣衝鼻令人作嘔的郊區，在這樣的地方，土著臺灣人矮小簡陋的房子，雜亂而且擁擠地連接著；在土著民的市街而言，這裡也是最不值錢的放屎地。

禿頭港——也就是佛頭港，大概在今日水仙宮以西一帶，也在剛剛提到的海安路上，絕無佐藤春夫說的這麼荒涼。這不是我執今以律古，過去住在臺南的新垣宏一也懷疑過，我會在稍後提到他；被稱為「五條港」的地方，現在已看不到「港」，就算能從小路形狀瞥見端倪，港道也已被填平，沒半點能讓人聯想到河道的痕跡。但在佐藤春夫時代，港道仍以「壕溝」的形貌存在。小說中，「我」最初見到宅邸時還有些困惑，他這麼問世外民：

「這房子，喂，這邊是正面——大門玄關吧！」

「大概是吧！」

「朝著壕溝的大門？」

「壕溝？——這是朝著港口的啊！」

為何「我」有這種誤會？文中是這麼解釋的：「這附近一帶的變遷，已經無法叫人找得出任何曾經是海、是港口的痕跡了。」

佐藤春夫所見的這個景象，正是臺南經歷過滄海桑田的證明。但以大天光用「滄海桑田」這樣無關痛癢的形容詞，或許無法讓讀者想像這變化究竟多劇烈；后宮、祀典武廟附近的赤崁樓為例，赤崁樓最初是建在海邊的荷蘭式城堡，當鄭成功率領著船隊在清晨的迷霧中穿進臺江內海，他的軍隊看到的就是佇立於沙灘旁的赤崁市鎮與城堡……接著，是盛大的海戰。荷蘭的三艘船艦與鄭成功的將領陳澤交鋒，荷蘭船員不小心讓大砲的星火噴濺進火藥室，造成「特洛伊的赫克特」號大爆炸——對，從赤崁樓到遙遠的安平古堡，這一帶曾是盛大海戰的古戰場。

現在的赤崁樓離海有數公里之遙，這正是大自然造化之功——當然也少不了人為的努力。四百多年前的臺南，地貌與現在大不相同，臺南市西部是被沙洲包圍的內海，海灣邊名為赤崁的土地，最早由荷蘭人向新港人買下，接著設立赤崁行省、建立赤崁城，逐步發展成我們熟知的臺南市；而隔著內海的對面沙洲上，熱蘭遮城威風凜凜佇立，與大員市鎮僅距一百公尺，也就是後來的安平。大員市鎮是當時最先進的歐風都市，但在鄭成功攻下臺灣後，沒多久就荒廢了，成了野兔的聚集地；赤崁城則在地震中傾頹，殘破的廢墟住滿蝙蝠，還曾經鬧鬼。

這片滄海是怎麼成為桑田的？其實臺江內海本就有陸化問題，到了清代，泥沙淤積成陸地，定居在沼陸的居民愈來愈多；那時從清國來的大船會先到鹿耳門，接著換成小船上岸，這就有了通往內陸港口的需求，於是，五條港的時代來臨了。隨著港口人力的需求增加，更多移民湧入此地，明明還是混著海水泥濘的海埔新生地，卻逐漸繁榮起來，臺南重要的商業公會「府城三郊」也是在這樣的背景下出現。

但誰也想不到，五條港的命運，竟會被一條河川改變。

那是在一八二三年，清國的道光帝才登基三年而已，一場大雨引發山洪，原本從北門將軍出海的曾文溪，竟一口氣轉向鹿耳門！這兩個出海口相差最少二十公里，大量泥沙湧進臺江內海，在積年累月中耗乾了五條港的肺活量，三郊花再多錢清淤都沒用——曾文溪有「青盲蛇」之稱，因為它改道的頻率、規模實在太誇張，近百年後佐藤春夫看到的五條港會乾涸失能，就是這條蛇受到那場大雨的驚嚇所致。

既然熱蘭遮城曾與赤崁城隔著內海相望，那我們就能指正佐藤春夫所犯的一項錯誤。在〈女誡扇綺譚〉，他將熱蘭遮城稱為「赤崁城」，這無疑是錯的。但這怪不得他，事實上，當時的旅遊書籍，如《臺灣鐵道旅行案內》、《臺南州名所案內》等，還真將熱蘭遮城稱為赤崁城；或許是熱蘭遮城跟赤崁城都是「番仔樓」，才讓名稱被挪移到同類的堡壘上吧。

現在安平古堡的風景，當然，與百年前迥異。荷蘭時代，外城就是臨海的，如今在城樓上卻連海岸都看不到；但登上一九七五年新建的瞭望臺，或許還能揣想當年十重二十重的泥浪吧？

在安平廢港，佐藤春夫只看到荒涼，卻不知這傾頹的歐洲堡壘有過浪漫的恐怖傳說；據說鄭成功率軍駛進臺江內海前，外城的荷蘭帝亞稜堡曾出現異象，德國民間傳說的「海女」在稜堡外出沒，將頭探出水面三次，頭髮又長又捲。在城裡服役的畫家赫伯特聽聞此事，惶恐不已，將此視為後來城堡被鄭成功包圍的惡兆。

這個稜堡已沒了蹤跡，但站在古堡上，想像這裡當年曾經面海、面對鹿耳門，臺灣長官揆一曾眼睜睜看著鄭成功到來——佐藤春夫要是有知，〈女誡扇綺譚〉的開頭或許會更加魔幻而令人戰慄。

回到禿頭港，不，我們還是用當代常見的佛頭港吧！雖然佐藤春夫以〈禿頭港的廢屋〉為標題，但他見到廢屋的位置，卻不見得在佛頭港；因為「我」下車後跟世外民閒晃了一段路，使廢宅實際的位置難以追蹤，畢竟，誰知道他們是朝哪個方向？而且，真有這麼一座廢宅嗎？倘若真有，又是因何變成廢墟？

當初看完〈女誡扇綺譚〉，我瘋狂地想找到這廢屋，這是文史考據的興趣使然。當然，就算曾有這廢屋，如今也八成不在了，但光是能知道舊址，我也心滿意足；於是我翻閱日本時代文獻，發現新垣宏一在一九四〇年寫過〈『女誡扇綺譚』斷想之一二〉，分別探討「禿頭港的廢屋」、「詩人世外民」、「罌粟之實」三個主題。

新垣宏一是何許人也？他是位灣生作家，就讀臺北帝國大學時，曾受教於島田謹二，也就是前面將〈女誡扇綺譚〉貼上「外地文學」標籤的學者。在這裡講一件軼事。在新垣的回憶錄中，曾提到對西川滿這號人物的複雜情結；他在帝大就學時，西川滿正從日本回到臺灣，儼然成為文壇上的一顆新星，新垣一方面震撼於西川筆下的豐富華麗的臺灣語彙，另一方面也感到不滿，因為西川在自己出版物中炫耀自己與矢野峰人、島田謹二這兩位帝大教授十分親近，彷彿獨佔了他們，但新垣覺得自己才是跟島田老師同吃同住、備受喜愛的學生，因此對西川的宣傳頗為嫉妒。

西川滿——

這人，可說是真正在臺灣將「外地文學」發揚光大的男子。關於他，還有很多可說的，這裡就先當作伏筆吧！有趣的是，當代學者和泉司認為，西川滿所寫的〈赤崁記〉其實有挑戰〈女誡扇綺譚〉的企圖，只是〈女誡扇綺譚〉除了轉化地方的傳說故事，將故事置於實景的功力也十分強悍，西川於後者顯然不足；因此他撰寫〈赤崁記〉的弱項，是由新垣宏一填補起來的。日本時代的雜誌《文藝臺灣》有篇〈談談古都臺南〉，收錄了前嶋信次、新垣宏一、西川滿三人的對談，從這篇文章，我們不難看出西川對臺南不熟稔，以致旁邊的前嶋信次不得不一直解說，反而新垣宏一有些安靜，安靜到值得玩味。即使如此，西川也期待新垣隔天能帶他遊歷臺南。當時新垣從帝國大學畢業不久，正在臺南第二高等女學校任教。

在臺南任教，也難怪新垣宏一這麼熟悉臺南，還能去追蹤〈女誡扇綺譚〉的地景了。當時離佐藤春夫的殖民地之旅才過二十年，以正在現代化的都市來說，這時間夠長了，但對百年後的我們，新垣的調查是黃金般的寶藏，要研究〈女誡扇綺譚〉的地景，不可能略過他。

那麼，新垣宏一是如何推論故事中沈家廢屋所在呢？據他所說，佛頭港向來熱鬧繁華，商家林立，根本不像〈女誡扇綺譚〉說的那樣。要說大正九年就已出現廢屋的地點，怎麼想都只有佛頭港北側的「新港墘」。

新港墘位於運河深處，在新垣的時代，已鋪成柏油路，本來的運河成為地下水溝。實際到新港墘，新垣也發現了廢屋的線索；據居民所言，過去新港墘有個陳家，陳家擁有巨大的造船廠，稱為

「廠仔」，跟吳家的造船廠「南廠」互相輝映。後來造船業沒落，造船廠也跟著荒廢了。本來造船廠有棟寬敞的豪宅，還以硓𥑮石（也就是珊瑚）製的城壁圍住，但新垣看到時，只剩下一部分城壁，城壁內還有許多人家遷進去。他向前嶋信次打聽，得知〈女誡扇綺譚〉提到的銃樓，直到一九三三年還保留著特殊的樣式，後來已改造為一般住家，由石暘睢居住——真沒想到會在這看到石暘睢的名字，他老人家可是人稱活字典的鄉土研究者。

這個被稱為「廠仔」的地方，新垣宏一說位於入船町二丁目之一六三番地，那麼接下來就不難了。只要翻開「地番入臺南市地圖」，立刻就能知道粗略的位置；這個地方，就是現在民族路三段、信義街所包夾，在民族路三段一四八巷與一七六巷間的長方形區塊。

這就是那天凌晨，我跟R前往小說裡虛構的場景前，我找到的最初線索。

三、廠仔內

建築學有個術語叫「重寫本」（Palimpsest）。原本這個詞尚未被建築學重新解釋時，指的是過去因紙張稀少，有時會將謄寫過東西的紙拿來重複利用，書寫者刮去紙上原本的內容，使其能重新謄寫，但原本的內容並未完全抹滅，還會留下一些痕跡，反而成為現代研究者破譯古代文明的入口。建築學借用這個詞彙，用來指新舊並陳的建築或建築群，有時是不同時代的建築在同一空間中，有時是新建築直接與舊建築結合。在一座有歷史的城市，這是很自然的，也是魔法般、通往古老記憶的夢幻之門。

這樣的景色，就出現在民族路三段一七六巷——不，該說是巷中之巷，畢竟這條巷弄，連官方地圖都沒編號命名。

我跟R來到長方形區塊的中心位置，這是有如甕城，被四面建築籠罩，不進來就不會發現的廣大停車場。建築的正面，那些面向客人、修飾過的面貌，就對著長方形外側，我們所在的內側並非如此。那些未加修飾的部分，就直接裸露出來，與其說未加修飾，更像某種半成品，或未上釉的素坯；雖然看來是三到四層樓的公寓，但背面顯然留著平房時的痕跡，能看出是將原本屋頂拆掉，直接往上加蓋；甚至有公寓能看到傳統閩南建築屋頂的馬背形狀。

這些公寓，恐怕就是直接蓋在老建築上。但在凌晨兩、三點看到如此赤裸裸的景色，我不禁感到些許荒涼。而且這荒涼是活生生的，彷彿這些過去的記憶就算沒死盡，也只是在垂死掙扎，我們看到的不過是彌留的幻影。

原來這裡曾是巨大的造船廠啊……

要是新垣宏一的推論沒錯，這裡就是一九二〇年佐藤春夫看到的廢屋，那還真是沒什麼東西留下。〈女誡扇綺譚〉中，「我」為那棟廢屋著迷，蹲在地上畫房子的略圖，粗估建築物總坪超過一百五十坪，詩人世外民看到他蹲著，就問：「你在幹什麼啊！」

「我」連忙站起來，把地上的線用腳踩掉，只說「好大的房子」。世外民看了也認同：

「這真是豪華的房子啊！你看那二樓的亞字欄！真是精雕細琢。再看看那牆壁，那可不是用赤磚砌成的而已，而是用美麗的色彩加以粉飾過的，是整面用淡紅色的油漆漆成的。它的周圍則是鮮明的天藍色的細條輪廓吧！顏色稍微褪得淡白，讓人有更夢幻似的感覺。不是嗎？在走馬樓的屋簷下方沒被雨打到的部分，還稍微殘留著原來的色彩。」

〈女誡扇綺譚〉裡，「我」是這麼觀察的：

就在我推測這宅邸的總坪數有多少的時候，世外民對這房子也有他不同角度的觀察。經他提醒，我再度仔細地瞻望了一次。果真地，二樓的走馬樓——陽台的內側的牆壁，雖然是淡彩，但鮮明的色調帶著豐潤的時代特色。事實上，這個廢屋，愈看愈令人感到難以言喻的豪華感從每個角落滾滾湧出。比如說那地基，一般支那人住家泥土地板的房子，地基普通很低，通常只是離地面高個踏階，而眼前我們所看到的這個廢屋的地基則有三尺高左右，而且也是用切得很平整的石塊整齊地積疊堆砌起來的。再仔細一看，在水門的盡處，臨水的一邊有三級石階，是剛才已看到的，而在那裡側的宅邸的高高的地基，也一樣有三級石階。在正面約二間長的石階的兩側，有兩根圓柱，那是用來支撐二樓的走馬樓的，這圓柱——離得稍遠，沒辦法看得很清楚，不過確是比外面的柱子來得壯麗。上半部好像有很複雜的雕刻，下方的柱基到地面的地方，則有石頭細雕而成的大水盤似的東西，左右對稱地並列著。——這些東西，使它的正面顯得特別堂皇壯觀，吸引了我的注意。

這些都凋零了。被日換星移的都市更新悶燒成薄薄的灰，風乍吹便消散。但那不過是一百年前的事，這事實或許比凌晨的夜色更加寒冷。

停車場旁還有一條巷弄。既狹窄又彎彎曲曲的，像海蝕洞一樣，就算腳踏車也不能順暢通過。我跟R走了進去，突然一座清代風格的建築由轉角冒出——不，嚴格說不是冒出，從構造上看，它是向內凹陷進去的，予人一種巨大神龕的印象。那是間很小很小的廟，沒有現在廟宇常見的鋪張華奢，正面看來，不過是用兩根木柱隔開成三道門，每扇門都不寬，中間的門有兩扇實心門板，左右

北廠代天府

兩邊的門卻不同，是單邊推開，上頭還有一根根木條隔出的窗戶。透過窗戶，能隱約看到神桌上幽幽的光。從門前石階到一磚一瓦，整間廟都保持著古樸風格，與我在老照片中看過的臺灣早期廟宇相似。廟前白底匾額以綠筆寫著「代天府」三字，正門兩邊對聯寫著：

萬年善德為良範，
富歲真仁即善模。

橫批寫著「天道鴻開」，四個字分別寫在四張正方形紅紙上，下面則連綴著翠綠色的剪紙，每個字之間貼著看似符紙、上面卻什麼也沒寫的長條黃色紙片，夜風中三種顏色微微舞動，有種不可思議的魔幻之感。事實上，第一次見到這間廟，我便被它的神秘氣息所震撼；明明應該是最古老的建築，但在這片緊挨著彼此的現代建築中，卻像是被剪貼下來收藏在這，如此格格不入，卻又桀敖不馴。而且它實在太安靜——不是荒涼的安靜，代天府的形制雖舊，卻保存得很好，或許也翻修過——它的安靜是一種找到自己定位的安靜。它很清楚自己在這裡做什麼，因此毫不焦慮、毫不心急。它能自得其樂。

但就算是這樣的地方，在夜裡忽然見到，也難免怵目心驚。再怎麼說，廟宇都給人一種非塵世的印象，這種印象與夜晚獨特的冰冷與寂寥混在一起，竟形成某種恐怖感；並非真的害怕，而是某種美感上的畏怖。

「這裡居然有這樣的一間廟。」R感慨著說。

「是啊。我本來也不知道，但看了河野龍也的研究，才知道巷子裡還藏了間廟，又跑了幾趟才找到。」

河野先生是當代佐藤春夫研究者。看了《殖民地之旅》後，我立刻投入地景調查的工作，當時真是狂熱到十分離譜，把能找到的古地圖都看遍了，絞盡腦汁想得到沈家廢屋原型的線索。就在那時，我找到河野先生的論文：〈佐藤春夫的《女誡扇綺譚》與港的記憶——再說禿頭港與醉仙閣〉，文中提到他在蔡維鋼先生的引導下，找到了這間北廠代天府。而且根據論文中的照片，當時的對聯與橫批與現在不同，當時代天府的對聯如下：

溫容嚴格尊崇三府，

王道代天信仰老爺。

以文字來說，其實這對聯有些彆扭，但我還是喜歡這個版本，因為它設下謎題，玩了小小的遊戲；只要將其上下聯首尾提出，就能得知這間廟主祀神明的身分：溫府王爺。

根據一九三三年的《臺南州祠廟名鑑》，這間北廠代天府是「陳家滿」的家廟。這位陳家滿，自然就屬於前面新垣宏一調查到的造船廠陳家吧！蔡維鋼先生曾採訪陳家滿的後代陳信子，知道過去陳家大宅為了防盜賊，在大宅外以珊瑚化石製成了厚厚的城壁，還在外面建了「銃樓」，讓家裡人能在銃樓裡開槍，防範強盜。簡直就像西部片，臺灣也有過這樣的時代。

但城壁外有棵大榕樹，因榕樹逐漸長高，擋住了銃樓的視野，陳家的人便將榕樹砍掉，誰知在此之後，陳家就遭逢了連番厄運，因此大家都說，陳家的人恐怕是得罪「樹靈」，遭到報應。雖然與佐藤春夫虛構的原因不同，但陳家確實是沒落了，這個時間，大概是在日本時代初期。蔡維鋼推測，除了總督府積極開發高雄港，或許也跟十九世紀前半安平一帶泥沙淤積，使大型船隻難以停泊有關。

也就是說，這故事同時接上了前面的五條港沒落緣由——曾文溪改道。

時間過了午夜，廟門自然是關閉的，我跟R想看廟裡擺設，卻無論如何都看不清，就像隔著十重二十重的時間帷幕，那是怎樣的光都無法照亮的深淵；我們在代天府前徘徊，便沿著原路離開。

——是按怎無較早來哩？

〈女誡扇綺譚〉裡幽靈的聲音彷彿穿越時空而來，但事實上什麼都沒有。要是早點來，我跟R又會看到怎樣的風景？

正是有這種無解的追問，幽靈才會存在。

四、醉仙閣

第二天，《華麗島軼聞：鍵》新書分享會的主講者除了我跟R，還有擔任第一棒的H。但比起臺中那場，不得不說這場讓人失望——只有三位聽眾。其中一位是推理小說評論家C，是來找我跟R的，分享會只是順便，換言之，實質聽眾只有兩位……但比起接下來的臺東場，或許該知足了。

就算聽眾寥寥無幾，臺上講者還是要賣力演出。講完後，我提議到東區的「醉仙閣Pâtisserie」聊聊；那是一間小巧精緻的洋菓子店，外頭擺著西式桌椅，牆面鋪滿薄青色的長方形磁磚，頗有復古風情。位置在錯綜蜿蜒的小巷內，若不是事先知道，還真不容易找。

我會提起這間「醉仙閣Pâtisserie」，可不是心血來潮，也不是亂槍打鳥；就像前一天我與R夜探虛構小說裡的鬼屋，所謂的「醉仙閣」，其實也曾出現在〈女誡扇綺譚〉裡。

——難道不只是同名嗎？「醉仙閣」是真實存在於一九二〇年的臺南酒樓，過去位於中西區宮後街；所謂「宮後」，指的是水仙宮後方，要是從佛頭港開始散步，到醉仙閣喝一小杯，還真是合理之至。

「醉仙閣Pâtisserie」當然不是佐藤春夫旅臺期間的那間酒樓；前者賣的是西式糕點，後者是招待日本人的本島料理。「醉仙閣」原本位於宮後街所在的永樂町，後來搬到明治町、西門町，總之

醉仙閣Pâtisserie的點心

都不離現在的中西區，與「醉仙閣 Pâtisserie」所在的東區可不算近。但事實上，兩間店確實有著古今呼應的幽微關聯。

這間「醉仙閣 Pâtisserie」的店長，正是當年「醉仙閣」經營者的後代；進門後，右手邊的牆有張裱框起的醉仙閣沿革，能感到店家對繼承醉仙閣之名的積極主張，旁邊貼滿剪報與歷史照片，多半是在當年醉仙閣裡拍的團體照。書櫃上，除了臺南歷史書籍，還有河野龍也的《佐藤春夫讀本》——原來店長也見過這位研究佐藤春夫的學者！甚至河野先生還曾協同東哲一郎來到這間醉仙閣；東哲一郎是東熙市的後代，這位東熙市，正是當年邀請佐藤春夫來臺旅遊的牙醫師。雖然只是我個人的想像，但那根本是時間足跡在永不回頭的淡漠中偶然地重會；無論憂傷或喜悅，都是已被拋之腦後的餘韻，令人無比愛憐。

據我所知，店長繼承醉仙閣之名，也經歷了

一趟追尋之路。過去他聽家裡長輩說，他們家開的是寶美樓（同樣是臺南知名的臺灣料理店），他也這麼當真；但後來追尋寶美樓身世，才發現與他們家情況不同，於是進一步挖掘老相本，才撈出了醉仙閣的身姿。原來家族傳聞也未必吻合事實啊！最初聽聞此事，我不禁有這樣的感慨。據店長推測，醉仙閣雖是外祖父家經營，但經過白色恐怖時代，外祖父不太提日本時代的事，家裡人只知道曾經營酒樓，就誤會成寶美樓，不知是醉仙閣。

〈女誡扇綺譚〉裡，「我」與世外民在醉仙閣暢談鬼屋歷險，如今我們在「醉仙閣 Pâtisserie」，聊的卻是〈女誡扇綺譚〉；剛好店裡有河野先生的書，讓我趁機談聊聊另一份有趣的考察吧！先前，我說過新垣宏一已對虛構鬼屋的位置提出完整推論，但河野先生卻發現另一種可能；他的根據是，當年臺灣詩人楊熾昌看過〈女誡扇綺譚〉後，曾一度闖進未被剷平的佛頭港廢宅，還留下記錄——

楊熾昌是臺南人，前幾年有部記錄片《日曜日式的散步者》，就記錄了他們成立的風車詩社，還有詩人們的故事。這些風車詩人引進超現實主義——什麼是超現實主義呢？恕我無法提出學術性定義，不過「日曜日式的散步者」這八字正是來自楊熾昌的詩作，或許各位可以從這種命名風格，瞥見超現實主義的輪廓。

這位詩人年輕時曾見過佐藤春夫，他說佐藤春夫來臺期間，曾以非正式雇員的身分在臺南新報工作，楊熾昌的父親也任職於臺南新報，所以他到報社找父親時——以下援引原文——每每看到一位身材瘦削，戴著眼鏡的二十餘歲人士在編輯部裡逛來逛去，問過三屋主任之後才知道就是著名的作家佐藤春夫。

〈女誡扇綺譚〉於一九二六年推出單行本，楊熾昌潛進佛頭港廢屋，則是一九二八年的事。那時離佐藤春夫的臺灣之旅已過八年，廢屋荒廢到連門窗都沒了，本來二樓應該有發狂女子陳屍的黑檀木床，也不見蹤跡。獨闖廢墟的年輕詩人靜靜呆在二樓，任由夕陽西沉，彷彿被勾走了魂魄……

這時，青年詩人察覺到某種異聲。那是又輕又柔、持續拍打著什麼的聲響。在虛構鬼屋的前身裡，那種真面目不明的聲音，可說是令人毛骨悚然；他鼓起勇氣尋找聲音來源，發現是一隻手掌大的深紅色蝴蝶被蛛網困住了，牠振翅掙扎，才發出那種持續的聲響。

詩人放走蝴蝶，突然想起〈女誡扇綺譚〉裡，「我」與世外民兩人也曾在二樓見到一隻紅色的蛾——雖然蛾與蝴蝶是不同生物，但這樣的巧合，還是令他戰慄。他甚至想，那位發狂的新娘是穿著鮮紅色的禮服死在床上，房間裡發現的紅色蝴蝶，難不成會是新娘的幽魂所化嗎？……這些事，被楊熾昌記錄在〈女誡扇綺譚與禿頭港〉這篇文章。

看到這裡，我產生了一個疑惑。

楊熾昌所說的禿頭港，應該就是佛頭港沒錯——我講的這什麼廢話呢？但請聽我說吧。前面說過，新垣宏一認為廢屋的位置在新港墘港，身為外來旅人的佐藤春夫將不同的港口搞錯，這情有可原，但在地人楊熾昌總不可能將新港墘港當成佛頭港吧！明明如此，楊熾昌卻對「禿頭港確實有一間廢屋」沒有異議，甚至親身潛入了那間廢屋，這豈非表示一九二八年的佛頭港真的存在一間與〈女誡扇綺譚〉描述雷同的廢屋？

河野先生同樣感到疑惑，但切入點與我不同。根據新垣宏一的假說，〈女誡扇綺譚〉的「沈」

是由廠仔內的「陳」轉化而來，但楊熾昌很自然地提及「禿頭港的沈家」，彷彿很清楚沈家是哪一個「沈」，這讓河野先生得出一個假設：佛頭港確實曾有稱得上望族的沈家。

這個推測精準地命中了。

在佛頭港南側的北勢街，確實曾有位富豪沈鴻傑，他的女兒沈璈嫁給了連橫；這位仁兄的大名，讀者或許都聽過，曾任中華民國副總統、國民黨黨主席的連戰，就是此君的孫子。

連橫本有文名，後來卻收日本人的錢，寫了〈鴉片有益論〉，但當時臺灣的有識之士們正風風火火地反對鴉片，這篇文章引起各界撻伐，讓連橫最後不得不灰頭土臉離開臺灣。這番經歷或許帶給他不小挫折，曾寫下《臺灣通史》的他，竟跟兒子如此談論臺灣：「余居此間視之甚厭，四百萬人中幾無一可談」。

回到富豪沈鴻傑。他與德國合夥人開設了「瑞興洋行」，但後來由於內部債務問題，德國合夥人無力償還，就留下北勢街的洋樓回德國了。而那棟二層樓、五進深的洋樓就由沈家進駐，其位置，大約就在海安路水仙宮市場一帶。

這個洋樓會是沈家廢宅原型嗎？

最大的問題，或許是沈家洋樓沒有〈女誡扇綺譚〉裡提到的「銃樓」蹤跡。據河野先生猜測，廠仔與沈家洋樓步行大約十分鐘路程，沈家洋樓到醉仙閣則是兩、三分鐘的路程，或許佐藤春夫是把這一路上所見景色，如銃樓、大宅、酒樓等，適當地加以混和，形成了奠基於實際臺灣地景，卻又依美學加工扭曲的人造舞臺。

將實際景色加工——這是真實還是虛幻？若真如河野先生推測，佐藤宣稱「〈女誡扇綺譚〉的建築物、安平的風景，可以說是實景描寫」，還算是誠實的主張嗎？

有權利主張真相的人，現已一個都不在。可以說，真相就像沉進了湖底，我們只能任由湖面的粼粼波光遮住視線。但這趟調查之旅，對我來說可是十足暢快；雖不能說真相只是微不足道的小事，追查到這個地步，我也沒什麼遺憾了。

五、殖民地之旅

離開「醉仙閣 Pâtisserie」，已是黃昏過後。

我們散著步，要繞回H停車的地方，經過幾條巷子外的南天府時，我們就著廟聊起來；這是拜哪個神的？怎會在巷子裡？大概就是這類話題。這時，R突然說起與某人的談話——說到這，我突然有點不知該如何介紹；這位某人後來成為R的伴侶，但當時還不是，這裡先用D來稱呼好了。

如前所說，我跟R都是文史狂熱者，要是有張百年前照片擺在我們面前，我們會為上面的種種細節激動不已，有時甚至讚嘆八十年前的臺灣女子穿著時髦，這對D來說簡直匪夷所思！時尚是D的專業，看到R如此盛讚日本時代的女子，她會目瞪口呆地說：「看來我該檢討了，R覺得我不夠時髦。」

當然，那時不是談論時尚。R跟D剛認識不久，卻已聊了很多；每次提到D，R都會露出想起某種秘密的微笑，我是駑頓之人，還沒發現那是幸福的前兆。總之，R跟D說自己在研究臺灣廟宇，D聽了，卻表示不懂廟宇哪裡美。

其實這種事我聽多了。對許多人來說，民俗與庸俗就差一個字，差不多。我當然不認同這種觀點，但也不以為意，只是隨口回答：「簡單啊，你就說，只要把這些當成國外的東西，就覺得美了。」

事後想想，這番回答，也不是完全沒道理。或許有人不以為然吧！同樣的東西在不同情境下興起不同美感，不就表示美並非事物本身的屬性？不過，我認為這才是人之常情。在國外看見與臺灣類似的廟宇，難道不會比在臺灣看到更興奮嗎？我們到國外旅遊，也常常參觀佛塔、清真寺、教堂，即使不是知名景點，也不至於覺得庸俗，甚至還能感到某種濃艷的異質美。依我之見，不是臺灣廟宇不美，而是我們太習慣；任何事物只要淪為日常，就會褪色，甚至卑微——

對，就像前一晚的醮壇。如果不是南國獨特的醉人之夜，我也不見得會震撼於那種超現實的印象。那剎那，海安路上小小的醮壇，宛如燃燒著幻想的遙遠異國。

我靈機一動——「外地文學」不也是這樣？

對，「外地文學」強調異國風情，固然讓臺灣被凝視，但無法否認，那種異於尋常的風景，確實能編織出浪漫的幻想美。這讓我興起某種模糊的念頭——以這念頭為起點，我有了「後外地文學」的構想。

突然冒出這莫名其妙的詞，讀者或許會感到莫名奇妙吧！不過，「後外地文學」與我撰寫這本《殖民地之旅》的宏旨有關，還請讀者體諒；在詳細說明前，我想先做個澄清：「後外地文學」這個辭彙，在本書提及前，已於奇幻推理小說家新日嵯峨子的《臺北城裡妖魔跋扈》出現過。由於新日嵯峨子跟筆者有著難分難解的複雜關係，可能會讓讀者以為這裡的「後外地文學」與新日小姐所說的「後外地文學」是同一回事——請容我嚴正指出，這兩者最大的重合處，不過就是相同的五個字以相同順序排列組合罷了，內涵完全不同。

我想談的「後外地文學」，是為何要在當代書寫「外地文學」的理論——當然，不是真正的「外地文學」，只是借用了「外地文學」的風格；「外地文學」是由殖民者所寫，就算是日本殖民時代，臺灣作家寫的小說也不會稱為「外地文學」。在嚴格意義上沒有殖民母國的當代，要書寫「外地文學」，在定義上就無法滿足。不過，借用風格卻是辦得到的。

但為何要在當代書寫「外地文學」風格的作品？

以下是我的理由。其實我們都比自己想像的更不瞭解臺灣。愈是接觸臺灣史，我就愈感自己對臺灣真是一知半解……我相信認真研究臺灣的人都有這種感受。要是有誰宣稱自己很瞭解臺灣，可以評價、定義臺灣的一切，恐怕都是譁眾取寵吧？

臺灣的過去沉在深不可測的詭潭，水面還漫著鬼氣森森的薄霧——雖然有部分是時間隔絕了歷史，但不可諱言，更大的一部分是源於「禁忌」；像洋菓子店「醉仙閣 Pâtisserie」的店長原本不知醉仙閣，這是為什麼？因為白色恐怖時期，曾活在日本時代的人，開始視談論日本時代為禁忌……這不是孤例。曾潛入廢宅、被稱為薔薇詩人的楊熾昌，戰後也曾一度封筆，因為他的摯友李張瑞組織了讀書會，死於白色恐怖。

這種「禁忌感」有如揮之不去的鬼魂，徘徊在重複到令人倦怠的日常。再舉個例子吧。前幾年有部棒球電影《ＫＡＮＯ》，改編自真實事件，一九三一年，一支出原住民、漢人、日本人組成的棒球隊贏得全島冠軍，並到甲子園比賽。電影上映後，部分民族主義者大肆批評，導演竟讓日本人在本片擺出友善的姿態，難道忘了日本殖民迫害嗎云云，還有人說，應該拍紅葉少棒隊打敗日本隊伍的事蹟啊！甚至有人譏嘲喜歡本片的觀眾，稱其為「皇民」。

——可是，一九三一年，難道不是真的發生過這件事？為何不可以說？透過電影去認識那個真實存在的時代，為何就被當成皇民？就算論者主張日本人都是邪惡的（坦白說，我不以為然），但臺灣隊伍打進甲子園是事實，為何臺灣人不能引以為傲？當年去日本的隊員要是有幸活到戰後，想必會將這份記憶當成榮耀吧！但有人卻禁絕這些記憶，還說紅葉棒球隊更好，彷彿這份記憶很汙穢似的。這種羞辱人的耳語，究竟是被怎樣的幽靈所驅使？

解嚴了。白色恐怖告終了。那股「禁忌」卻仍是附骨之疽。我有位朋友曾拿臺獨旗回家，直接被家裡長輩剪爛，說「你想害我們全家被殺頭嗎」；真是瞠目結舌，且不論政治立場，這能發生在解嚴三十年以後，也真算是某種怪現象。

或許有部分讀者會說，啊，又來了，對國民黨黨國體制的批評，近年來還不夠多？我也不否認有自己的政治觀點，但將這些意見全部當成批評黨國體制，未免太過簡化。認同是件複雜、艱難的事，在臺灣這塊歷經眾多政權的島上更是如此；難道我們不能跨越禁忌、承認彼此的記憶真實不虛嗎？我不是說原諒、和解什麼的，不是。因為**不原諒**也是應當尊重的權利。事實上，我們根本不到談和解的階段，我們還將歷史拒於生命的外側——文學應該有破除此魔障的能力。

這就是我思考的「後外地文學」。所謂「外地文學」的風格，正是施以浪漫想像的魔法；在「後外地文學」中，異國是時間的彼岸，透過主動將往昔的臺灣異國化，進一步賦予逸出常理的幻想之美。

我這麼說，或許與部分歷史小說家的方向背道而馳。當然我不是否定其他創作理念，但當傳統被貶低，總要有些理由說服讀者跨越禁忌之門，譬如遠從異國運來、渡過七重海洋與沙漠、從巨人與精靈手下逃脫的辛香料……就算是不切實際的浪漫綺想，我也認為此一主張是有根據的。

但「外地文學」有缺陷，不是嗎？這就是它在文學史上備受批評的原因。如果我們擅自將歷史幻想化、浪漫化，讓歷史成為凝視的對象，歷史就淪於虛構，不，甚至可能淪為獨斷者的意淫。是的，我同意。所以對歷史，我們非得抱持基本的謙卑。

回到佐藤春夫的〈女誡扇綺譚〉吧！原諒我不得不解說本故事的結局——

在聽見女鬼聲音後，「我」與世外民在醉仙閣討論這件異事，突然，事情朝推理小說的方向急轉直下，「我」合理地推論出女鬼聲音的緣由，甚至臆想那位聲音主人的動機與樣貌——不得不說，這些推測相當失禮與傲慢。

「年輕的漂亮女子——會不會是像藝妲玉葉仔那樣子呢？不，或許不是年輕的女人——」

「聽起來可是年輕人的聲音呢！」

「這個嘛！聲音聽起來很年輕，但事實上卻是個厚臉皮的半老徐娘也說不定啊！」

真的非常失禮。隨著故事推進，「我」自認為已看穿聲音主人的真面目，也不顧前因後果，就像推理小說中的偵探，闖到他心中認定的「犯人」前——那是位大盤商的黃花閨女。但當他拿出女誡扇、要逼這位黃花閨女「認罪」時，屏風後卻傳出啜泣之聲；原來那聲音真正的主人是屏風後的人物！她是黃花閨女的婢女，在這起事件中請求主人協助，才造成「我」的誤會。

接著故事迎來最玄妙的一段。

婢女藏身屏風後，直到此刻都沒露出真容，她懇請「我」留下女誡扇，並保證「說明一切真相以回報」，然而，自命偵探的「我」卻說：「不必了，你不用說出來。我不想再聽什麼，扇子放在這裡還給妳囉！」

如果這真是推理小說，想必很不暢快吧！讀者想知道的，不正是背後因果嗎？但偵探拒絕了犯人告白，這是怎麼回事？事後，「我」得知那位婢女吞了罌粟種子自殺，報上主張這位婢女是厭惡嫁給內地人，並譴責這種心態，「我」不認同這起報導的角度，與報社同僚起衝突，最後失去工作、回到日本。想起整件事，「我」如此作結：

那個在廢屋中幽會的女子——在不可思議的因緣下，我儘管兩次聽過她的聲音，卻終於沒能一瞥她的風姿。我現在在想，那少女事實上或許和我幻想中的人物大不相同呢！

為何「我」會有這種想法？那名少女是否如同「我」所想像，究竟有何重要？我們不妨反過來想，要是那位少女說出整個真相，或她真的與「我」的想像相同——

那不就是「凝視」了嗎?

因為,這麼一來,就是日本殖民者神機妙算看穿了殖民地怪事的真相!作為推理小說,讀者或許會滿意吧?但殖民地就淪為殖民者掌中的玩物,不過是供人觀賞的裝飾。〈女誡扇綺譚〉被島田謹二歸類為「外地文學」,但關於「凝視」——當時或許沒這種觀念,佐藤春夫卻已意識到了。「我」擅自拆穿真相,卻撲了個空,之前的那些幻想意淫,也因此顯得幼稚可笑。到最後,殖民者還是不知道殖民地少女的真面目。

不知其真面目——正是克盡禮數的謙卑。

或許真有意淫歷史的作者吧?不過,對只能朝著時間荒漠不斷流失的歷史,我們能抓到多少真實都很難說;這點,對主張嚴肅看待歷史的人,也是同樣的。歷史真相的不可證實,是橫亙在我們眼前的宇宙法則造成的,但這種「知識論」問題能阻撓我們面對歷史嗎?我不認為,那是本末倒置的愚行。對當代來說,歷史還有真相以外的價值。

舉例來說,身為漢人,很容易以漢人中心思考臺灣史。但要是不把原住民歷史當成臺灣史的一部分,就很容易就會說出難以想像的蠢話,像某政治人物曾說原住民長期竊據國家土地,有想過原住民土地是怎麼變成所謂國家土地的嗎?把話講得重一點,先前我說當代臺灣沒有嚴格意義上的殖民母國,但在精神世界上,有可能不是如此,而這種精神層次的殖民,也不限於原漢關係。

正因臺灣確實有眾多族群,承認「他者的歷史」,正是我們必須面對歷史的理由。或許無法得知的歷史真相,但也無妨,只要懷著謙卑,那便不是徒勞無功的。楊熾昌、新垣宏一、河野龍也,他們在不同時代追尋鬼屋幻影，並得出不同結論，難道都是枉然嗎？至少我不認為那毫無價值。

說到鬼屋幻影，我想談談「後外地文學」的另一項元素——

過去從內地到外地，只需門司港到基隆港的一張船票，但面對無可挽回的時間荒漠，「後外地文學」要如何前往過去呢？我認為必須透過「重寫本」——被時間塗抹的地景。

虛構鬼屋的原型，亦即其現實中的肉身，即使只留下千瘡百孔的痕跡，也能成為探險者潛進時間幻境的入口。能看出地景並非純物質空間，而是時光地層的沈積物，這正是「後外地文學」寫作者的必備條件。

將佐藤春夫走過的地方化為「重寫本」……或許有些傲慢吧。但我打算追問這百年間的落差。其實沒這麼困難，因為沒有地方未承載歷史，沒有歷史不涉及政治，我不過是站在土地上回首過去，就像登高遠眺——但要說心臟沒有發出期待的轟響，是不可能的。

我可是要前往被時間隔絕的異國啊！

百年前，身為殖民者的佐藤春夫在臺灣看見了什麼？殖民體制下的那些不平等，現在不存在了嗎？人們是否獲得對等的位置，還是正如《動物農莊》所言——所有動物生來平等，但有些動物比其他動物更平等？踏上旅程前，我確實懷著疑問，卻不知道自己能追到怎樣的答案；但所謂冒險，大抵不過如此。

所以我寫下這本《殖民地之旅》。

日月潭遊記

一

我懷念日月潭，在初次造訪前便已如此。

讀者可能覺得，這不是故弄玄虛嗎？沒去過的地方，怎會有懷念之情？但這並非謊言。即使沒親自造訪，我對日月潭仍有種鄉愁般的情感；不是因為日月潭風光的盛名，而是某種更私人的——究其原因，是因為因為我曾在臺大原住民研究中心工作吧！我還在渾渾噩噩時最早接觸的臺灣原住民族，就是居住在日月潭旁邊的邵族。

數位部落——這是當時我參與的計畫。說是參與，其實我只是打工仔，但老闆曾說「你們可以坦然說自己是這個計畫的員工」，所以我就恬不知恥地照辦吧。數位部落的主要工作，是以部落為中心，整理現有的數位資源；雖然網路上數位典藏很多，但就跟無人居住的荒原沒什麼兩樣，有些數位典藏匯集了眾多資料庫，卻沒整合，缺乏一貫的分類方式就算了，不同資料庫的欄位規則還未必共通，調出來的資料可能跑掉；資料檢索本身很難用，這已是次要問題，畢竟連資料都可能抓錯行列啊！所以我們的工作，就是將這眾多資料，彙整疏理成方便瀏覽的格式。這個計畫的目的，是希望部落成員能多加利用既有資料庫，譬如透過舊照片完善家族史——這些照片很可能拍到了部落成員的家族長輩。

還有另一項工作：撰寫簡單的部落史。雖然說「簡單」，也只是從文字量來說，前置工作絕不容易，至少對我來說是這樣。

直到現在，我仍對數位部落懷著感謝之情。我在那裡學到了許多重要觀念，譬如，過去我會用泰雅族、排灣族等概念來理解原住民，後來才知道至少該以部落為單位；同樣是排灣族，不同部落的祭儀與傳統就不一樣，甚至有不同的方言、服裝，將「某某族」的帽子戴下去——你不是某某族嗎？那你們有那個某某祭典嘛！——要是沒有呢？以偏概全不值得贊許，上面這種情況，姑且說是以全概偏好了，同樣也很危險。抽象概念確實優雅，但要是被抽象迷惑，最嚴重的結果，大概是否定生命經驗自身吧！所謂的「非我族類」，正是起於這種對生命經驗的否認。

這都是題外話，請讀者見諒。總之，調查邵族史時我還是個菜鳥，根本沒想過接下來會面對什麼，所以這份震撼迴盪至今——身為奇幻小說家，我認為那段歷史是美麗易碎的；但另一方面，這份慘烈的族群史也是不能輕易以「美麗」去褻瀆的。日月潭風光旖旎，當然無庸置疑，但要是忽略了美並非死物，而是生命在泥沼裡掙扎撐起的複雜型態，別說是美，總有一日大地會只剩灰燼吧！

整理日月潭邵族的族群史，讓我見到了不同的事物。當年佐藤春夫到臺灣，是否也見到了不同事物？這點我無法評斷，更無法代言；無論如何，日月潭確實成了我心裡小小的故鄉，是以當我身臨此地，也不可能僅是旅人心境了。

二

我想聊聊日月潭的傳奇故事，據說日月潭有龍——

好吧，我也承認這話有些愚弄人，不過十九世紀的《彰化縣誌》將日月潭稱為「蔭龍池」，這是事實。蔭龍池是堪輿上的術語，我沒研究，也不好補充什麼。但西方傳教士因此將日月潭稱為「Dragon Lake」——龍之湖——這就有意思了。要是沒見過日月潭，西方讀者光聽這名字，大概會想像渾身閃爍著金屬光澤的鱗片、翅膀宛如蝙蝠的惡龍盤踞在灰青色的沼澤上吧！寂寞的霧籠罩著不懷好意的雜草叢，這景色跟實際的日月潭自是大不相同。

漢人想像的龍也跟西方大不相同。圍著日月潭南側，有二龍山、青龍山、崙龍嶺等地，如果它們真的是龍，簡直就像在爭奪某物，聲勢壯大地湧向日月雙潭交界。

那裡，就是拉魯島。

拉魯島是邵族聖地，島上住了各氏族的祖靈，其中有位最高祖靈Pathálar（音近帕薩拉），祂是所有魔法之源頭；邵族的女巫師被稱為「先生媽」，她們要學巫術，得先經過住在茄苳樹的最高祖靈同意。在適合的日子，老資格的先生媽會用黑布蒙住新任先生媽的眼睛，划著獨木舟前往拉魯島。根據某位先生媽的證詞，最高祖靈Pathálar是鬍鬚很長、胸前掛滿鈴鐺的老者；但祖靈聽力不佳，所以接近拉魯島時（也有離開時的說法），船上眾人要大聲咳嗽，讓最高祖靈知道他們到來。咳嗽——或許有人覺得這樣不禮貌。但不張揚呼喚，而是不經意地引起注意，這難道不是種體貼的表達敬意的方式嗎？

所以，那想必是十分神聖肅穆的景色吧？在和煦的豔陽天，穿著正式服裝的邵族族人引領新任先生媽，她看不見前方，緊隨著安靜的隊列前進，習慣光亮的人突然被奪走光明，應該很緊張吧！但茄苳樹下溫暖的風、涓涓的水聲、還有突然響起的風鈴……那都可能是神祕的預兆；最高祖靈會以某種方式揭露祂的意志，讓眾人知道她是否擁有成為先生媽的資格——

不了不了，還是到此為止吧。對這種事一無所知的我，再想像下去就太過失禮了。

總之，拉魯島是邵族聖地，這點固無疑問，但在漢人眼中，拉魯島卻沒有這樣的神聖性。在他們眼中，拉魯島是群龍爭奪之地，它在湖中宛如懸浮的球體，就像龍珠一樣，因此被稱為「珠仔嶼」或「珠子山島」。日本時代的官方地圖，就是依漢人的觀點如此記錄。

拉魯島鄰近現在的玄光碼頭。最早的邵族聚落，其實在附近的土亭仔，而非現在的伊達邵；據說邵族追隨著白鹿而來，年輕的勇士在打獵時，瞥見林中美麗的白色野獸，雖然在獵人眼中，野獸不過是獵物罷了，但日光穿過葉隙，照在那唐突的純白毛皮上，想必冷冽而錐心，像雪的反射。

年輕的獵人們跟著白鹿。

他們是怎麼獵捕，如充滿智慧的肉食獸般圍上去的？又是怎麼追蹤白鹿的足跡，在失去蹤影時仍能鍥而不捨地跟上呢？他們有多少人？有沒有獵犬輔助他們？這些我一概不知。總之，那是場漫長的狩獵，是連續好幾天、緊咬著一匹獵物不放，簡直如同戀愛的追索。

他們最後抵達了有如海洋的巨大湖泊。直到現在，還是有人將日月潭稱為「海」。

白鹿披著月光般的光輝，就這樣遁入潭中。牠其實是神靈化身，引導邵族人來到這片尚未開墾的新天地。獵人們發現這裡山明水秀，土地肥沃，又有這麼多魚，連忙回去稟報。經過一番討論，部分族人遷到白鹿消失之處，並將此地命名為Puzi：Puzi是邵語「白色」之意，用以紀念帶領邵族來此的神靈白鹿，漢人則稱此地為土亭仔。

這個傳說從日本時代就十分風行，佐藤春夫手邊的《臺灣名勝舊蹟誌》便有收錄。不過，佐藤春夫似乎不太以為然，在〈日月潭遊記〉裡，他說：「這個荒唐無稽的傳說要津津樂道到什麼程度，那是每個人的自由。」

傳說的價值不在真實，認真追究是不是真有那頭白鹿，未免太小家子氣了。這傳說有許多變體，主軸大致相同，只有細節差異，譬如，也有白鹿一躍而變成茄苳樹的版本。不過在眾多版本中，有個版本截然不同，除了某個日本時代的文獻，我幾乎沒在其他地方見過——

入江曉風所寫的《神話：臺灣生蕃人物語》，將白鹿稱為「英雄神靈的使者」；據其所言，邵族之所以遷徙，並不是在狩獵中見到白鹿，而是與「紅毛人」開戰的結果。

紅毛人通常指荷蘭人，難道邵族曾與荷蘭人作戰？至少我沒見過相關文獻。但對口頭流傳的傳說，就先別追究細節吧！傳說中，邵族苦惱於要不要決一死戰，由於雙方武器的差距，決戰必然以滅族為結局。但不決戰，難道要放棄祖先留下的土地嗎？就算要放棄，他們又能到哪裡去？四周的土地都有別的部族居住了。

就在族人爭論該怎麼做之時，族長作了個夢。他夢到傳說中的古代英雄サラマンラ（文獻僅有日文標音，音近薩拉曼拉），サラマンラ期勉他不要草率犧牲，深山裡還有過去祖先留下的土地，只要到那裡去，就能延續部落的生命。

族長醒來後，將這個夢境藏在心底，沒告訴任何人。接著某天——據說那天的天象很古怪，像是有什麼事要發生，甚至讓人以為敵軍將要來襲——有位族人急匆匆地趕來跟族長報告，原來有隻白鹿來到他家前面，渾身都是銀白色的獸毛，有種崇高神聖的氣質。族人射箭威嚇牠，牠卻絲毫不慌，也沒有逃跑的打算。族長一聽，立刻醒悟白鹿就是サラマンラ派來的使者！當下命令族人準備遷徙，於是他們跟著白鹿經過巒大山，最後到達日月潭，在那裡建立部落……敘事者宣稱，這是發生在西元一六一六年的事。

西元一六一六年，連西班牙人都還沒在臺灣建立據點，更別說荷蘭了。但敘事者特別記得一六一六年，彷彿有什麼玄機……那麼，會不會是別的數字的訛誤呢？像一六六一年，那年正是鄭成功攻下赤崁城、圍攻熱蘭遮城的年份，同年，他們也跟北方的跨部落原住民王國「大肚王國」交戰。或許與邵族交戰的不是荷蘭人，而是鄭家軍；又或是大肚王國的遺民逃到了日月潭，並將這份記憶與白鹿傳說混和——當然，這全都是我的胡思亂想。說到底，口耳相傳的年份，就算想認真也無從著手。

日本時代，邵族已不住在Puzi，而是Taringkuan，在隔了一個峽灣的石印附近。石印曾住了一群矮小的異族，邵族稱為「烏狗蟻」——顯然是漢語。有沒有邵語的稱呼呢？至少我沒找到。在當代，邵語已是聯合國認定的瀕危語言，屬「極度危險」，離滅絕只差一步。

用烏狗蟻稱呼，或許是因為他們又黑又矮吧？但要是真的跟烏狗蟻一樣小，那已經不能稱為人種了。據說，「烏狗蟻」一族於一九三四年滅絕。為何年份如此明確？因為日本人從一九一九年開始策劃日月潭水力電氣工事，打算用水壩把日月潭封起來，當成水力發電的蓄水池。這個計畫走走停停，直到一九三四年才正式完工；一旦日月潭開始蓄水，整個潭面上升，足以淹沒Taringkuan的邵族部落跟「烏狗蟻」居住的山洞。據說，「烏狗蟻」面對滅族的水位上升，堅持不肯離開，最後竟與祖先留下的土地同歸於盡，沉入日月潭——

「烏狗蟻」是否真的作為一個人種存在，我是存疑的。如果真有這群落，又在邵族部落附近，那日本時代曾造訪邵族的人類學家們怎可能不好好記錄一番？我有種不切實際的想像，或許「烏狗蟻」象徵著邵族的另一種命運。他們堅守家園，最後滅亡了，與此對應的，卻是邵族不得不被迫離開家園的悲痛；這次強迫遷徙對邵族的創傷之深，甚至深到他們把這段傷痛編織在播種祭的禱詞裡——

> 日本人要趕走我們，我們不肯，這「海」是我們的，勿使他們來此點燈打鼓，他們來了叫我們住到那裡去呢？
>
> 我們養著豬和牛，求您們保佑。請坐下來接受我們的奉獻，您們的飯應該給您們吃的；只要

能使我們各姓平安。

一齊來吃吧！大吃吧！別忘了，使我們老少都平安。這些都是給您們的，吃不完的帶回去吧！

不要說小孩多，日本人來前我們人丁興旺；日本人來後我們人口大減。求您們庇護，使我們的小孩活潑可愛，能常在庭前遊玩；使我們人口增加。

來！都是您們的，帶回去吧！路上亦可以吃！

現在，請回去吧！大家高高興興地回去吧！

這段禱詞是一九五六年，人類學家陳奇祿、唐美君等人在德化社採集的，德化社就是現在的伊達邵（Ita Thao），即邵語「我們是人」之意——不是我在說，德化社這稱呼也太羞辱人了吧？彷彿原本未開化，哪個傢伙過來以德開化了，感恩感恩——到底是誰這麼沒禮貌？早期文獻，這地方叫「卜吉」，邵語稱為Barawbaw，由於日月潭水位上升，日本人將邵族人強遷至此，但這塊土地屬臺電所有，算是埋下了日後土地爭議的遠因——到了陳奇祿等人前往考察的五〇年代，這些早已是過眼雲煙，因此唐美君很疑惑，禱詞前面有勿信漢人的交代，討厭漢人就算了，明明日本人已經離開，為何還保留了對日本人的埋怨？先生媽只說以前的祭司就是這樣教的，她們便也如此記憶下來，並不覺得哪裡奇怪。

——是的，到了五〇年代，剝削只剩下殘骸；而這龐大傷痛的起點，正是一九一九年開始的日月潭水力電氣工事。

隔年，佐藤春夫抵達臺灣。

各位讀者能夠想像嗎？〈旅人〉裡，當臺電的工學士出現在佐藤春夫面前，向他說明這浩大的工程——我猛然醒悟過來，幾乎顫抖；佐藤春夫所遊覽的日月潭，與當今的日月潭完全不同！他看到的是那個水位尚未上升的日月潭，電氣工事才正要開始，這個讓日月潭成為「臺灣的心臟」、迫使邵族流離失所的時代巨輪，才剛剛要轉動而已……

三

我跟妻子W前往日月潭那天，花蓮發生了大地震。

讀者可能會想，花蓮與這篇文章有何相干？請容我解釋，我的妻子W——雖然當時還沒登記，但我已經求婚，她也答應了——她在花蓮的獸醫院工作，工作日也住在花蓮，休假才回新北。前往日月潭當天，她也是一大早從花蓮出發，在臺北跟我碰頭，一起搭上高鐵。快到彰化時，記得窗外是薄薄的烏雲透著些光吧？總之，並不是晴朗到能把人晒傷的日子。我滑一下手機，赫然看到前面提到的消息：花蓮發生了大地震。

花蓮銅門震度七級，甚至遙遠的臺北也因盆地效應劇烈搖晃，捷運一度中止運轉，看著新聞附上觸目心驚的照片，我連忙跟W說「花蓮發生大地震」，她驚訝地看了新聞，某種僥倖的共感在我們間升起。早上她還在花蓮——雖然留在花蓮未必會出事，我還是覺得逃過一劫。

「我請學姊幫我看一下房間有沒有事。」W說。她說的是花蓮的住處。但W補充，花蓮人早就習慣地震，如果有誰因為地震而大驚小怪，他們就知道是外地人。

她說起二〇一八年的地震——就是深夜震倒統帥大飯店那次——七星潭大橋結構變形，日本氣象廳也對宮古島跟八重山發佈海嘯警報。那次獸醫院受地震影響，住在醫院的醫生、助理發現停水，因擔心餘震，就拿狗罐頭抵住大門。當時是二月初，寒風從門口灌進來，冷得要命，大家裹上厚厚的外套守夜。即使是這麼嚴重的地震，兩、三天後，人們也回到了日常，只有一位剛就職的同事飽受驚嚇，幾天後請假回新竹老家，大家還擔心這位外地醫生是不是不會回來了。

這次地震沒有二〇一八年的嚴重，但也不能一笑置之；下高鐵搭計程車時，司機說花蓮有災情，社群網站也陸續出現災情報告，銅門山崩，花蓮車站水管破裂，車站大廳淹水。我有位文史工作者朋友住在吉安，離銅門很近，他說地震發生時，就像無數鼴鼠猛然奔騰，穿過腳底下，時不時還伴隨著要撕裂大地的地鳴。沒多久，救護車的聲響直朝山裡，救災的直升機飛過，但真正感到恐懼而手腳發軟，竟是幾小時後的事；大概是腎上腺素一時壓制住了吧？

這麼嚴重的地震，才隔了一個中央山脈，我便毫無所覺，這讓我感到一絲罪惡。

「你們要去二水啊，為什麼不去車埕？車埕比較好玩啊！」司機換了個話題。

因為我在效法佐藤春夫的旅行啊！佐藤春夫是從二水車站前往集集的，還說「二八水」這個舊名像是化妝品，所以才會去二水——不，其實我沒這麼說。這種個人興趣，說了別人還未必想聽呢！我敷衍說明天才要去車埕——但事實上，我們隔天是要去水里。

佐藤春夫的日月潭之行，當然不是搭高鐵。

他是凌晨五點多在嘉義搭上火車，順著縱貫線北上，經民雄、大林、斗南、斗六、林內等站，最後抵達彰化的二水。途中，他見到一隻蝗蟲攀附在某位乘客的草帽，轉乘到火車上。那一站，不是民雄就是大林吧？這些都被記錄在〈蝗蟲的大旅行〉中。

一九二〇年，集集線的前身——臺電為因應日月潭水力電氣工事而興建的外車埕線尚未開通；要前往集集，必須搭乘糖業公司的私鐵。但佐藤春夫前往日月潭時，剛好颱風肆虐，濁水溪沖垮了鐵路，甚至不得不下車步行，最後在某個車站換乘臺電的臺車，前往集集。

這個「不知名的寒村小站」，雖然沒充分證據，但我猜是濁水。一九一九年三月三十日，「臺灣日日新報」刊登了楚石生的遊記，他搭明治製糖的鐵路到湳仔換乘臺車，沿著廣漠的濁水溪前往集集，而且從隘寮庄開始滿滿的相思樹……

湳仔對應到現在地圖，與濁水站重疊。

離開車站月臺，佐藤春夫受到極熱烈的招待，以下摘錄〈旅人〉原文：

> 寬大而好奇的要路顯官，以公文發出了「給我好好地接待」的命令。憂懷難遣而浪跡到這個南方島嶼來的我，以文學家的資格，受到了特別的待遇。接待的人們接到大半是長官一時興起而發出的命令後，他們其實也不知道文學家是什麼，反正是長官的命令。可憐他們，不管我是多麼寒愴潦倒的小子，也非招待我不行了。
>
> 首先，他們用準備好的最客套恭維的語詞對我說話。為我準備了安裝著座椅又有遮蓋的台車。——儘管是貴賓，因為是在山裡，所以讓我乘坐了與在內地用來運送泥土同型的台車。不過，如我剛才已提及的，那是特別安裝上了座椅、附帶裝有像嬰兒車似的遮蓋的台車。那台車劃破熱風滑行而出時，和對面駛來的另一台沒有遮蓋等裝備的平民的台車相錯而過。對面迎駛而來的台車打了個招呼，兩輛台車在相錯過半町遠的地方停了下來。停下來一看，才知道對面來的台車，一樣是要來迎接我的。看起來，要迎接我，單單派一個人還不夠似的。而且這次來

「迎接」我的人，還是帶著隨從的身分的人呢。

當然，獨自旅行的我跟W可沒這樣令人稱羨的待遇；我們在二水買了往集集的車票，距下班車還有一個多小時。

集集線是觀光路線——應該吧？月臺上有個展示牌，炫耀般地宣稱集集線與日本的天龍濱名湖鐵道、夷隅鐵道締結成了姊妹線，顯然是有推廣觀光的企圖；但實不相瞞，我實在看不出什麼觀光線的精神。

列車抵達月臺後，裡頭的光景雖也像是觀光列車，但與其說有那種印象，更像是旁白用單調的口吻強迫我認知到「這是一輛觀光列車」；我感到的不是「觀光」，而是強調自己是「觀光列車」的努力。

靠著車廂兩側的長形座椅，在不知什麼材質的布料上，印著吉祥物的彩色印花，而塑膠製的獅子吉祥物本尊穿著漢人服飾，大概跟坐下來的成人差不多高，就這樣被黏在座椅上。這或許是觀光列車常見的設計，但整體給我的印象卻是蒙塵——甚至骯髒的。是配色的關係嗎？還是表面油亮亮的塑膠製品看來就缺乏真誠？總之，不知是缺乏執行面的細緻，還是從理念層級就有些粗糙。再說下去或許會得罪人吧！不過，真的不是設計吉祥物、將車廂內部裝飾一番就能稱為用心，要是讓觀光客覺得敷衍了事，不是反折損了觀光的興致嗎？

其實直到集集車站，這種營造觀光氣氛的力不從心可說是緊追不捨，甚至有些讓人惱火了。這一切，還不如集集車站東邊樹蔭底下的廢棄臺車軌道呢！那種不加修飾的歷史痕跡，伴著長長綠色隧道邁向地平線的從容，總算一掃我的鬱悶。

根據〈日月潭遊記〉，佐藤春夫是下午兩點多抵達集集，離嘉義上車的時間已過了九個小時；這在當代看來真是不可思議，現在搭乘區間車，嘉義到二水僅需五十分鐘，二水到集集差不多三十分鐘，就算百年前的火車比較慢，加上轉車、步行、搭乘臺車的時間，這段旅程一定比他自己筆下折騰許多。

現在方便多了，臺北轉運站就有客運直達日月潭，即使不是從臺北出發，臺中火車站、臺中高鐵站都可以轉南投客運。總之，方法多的是。

根據計畫，我們在集集的民宿過夜，隔天早上搭民宿附近的公車前往水里——這也是為了配合佐藤春夫的行程。

佐藤在集集過了一晚，但臺電的熱情招待還等著他呢！第二天早上七點，他坐著轎子，旁邊還有五個臺電的人隨行，浩浩蕩蕩地從集集出發。他們打算走「舊道」，也就是土地公鞍嶺，因此不是坐一般轎子，而是椅轎；一般轎子在山路可是寸步難行。

一九二〇年的集集是何等面貌，我難以想像。但離開集集小鎮，恐怕是一邊欣賞著左邊的集集大山，一邊眺望右邊的濁水溪河岸吧！佐藤春夫說能看見玉山，可說是被群山圍繞著；他們在水裡坑休息，走上崎嶇的土地公鞍嶺，經土地公廟後下行到銃櫃，接上新修築的道路，往北到日月潭，最後沿著潭畔道路，前往現在水社碼頭附近的涵碧樓投宿。要是不看地圖，光聽我這麼說，或許十分無聊吧！在此只說個重點：要走完這段路，非得花掉六到八小時不可。

佐藤春夫倒好，還有嫌棄椅轎不舒服的餘裕，我們可不想花八小時走到水社啊！所以我決定將重點放在土地公鞍嶺，集集到水里這段路，就由公車代勞吧。

這樣安排的可惜之處是，我們錯過了「化及蠻貊」的石碣；這塊巨石是陳世烈所題，他是雲林撫墾局委員，寫這四字，算是主張開山撫蕃的政績吧！石碣的所在地，據說是集集往水里的舊路——現在卻遠離主要幹道——要穿進產業道路，附近甚至沒有能稱為聚落的地方。但，也沒這麼可惜，畢竟佐藤春夫也錯過了；他會知道這個石碣，是從水社來迎接他的監督說的：

看過了刻著「化及蠻貊」的大石頭沒？這太遺憾了。要是我跟您在一起，一定告訴您的！

四

雖然有點突然，但我想說說「化及蠻貊」的往事——或許時間有點退得太多了，但總之，讓我們從牡丹社事件說起；在牡丹社事件前，清廷對臺灣的統治，其實是採取消極態度的。也對。撇開戰略位置之類的專業知識，在北京看來，不就是南方沿海居民移民過去的小島嗎？還一天到晚造反呢！然而，一艘宮古島的船因颱風漂流到屏東東岸的八瑤灣，誤會其為可疑人士的高士佛社原住民殺害了避難的五十幾人，日本嚷嚷著被害者中有日本人，向清國追究，清國說殺人的「生蕃」不歸清國管轄——這給了日本可趁之機。於是，日本軍隊大張旗鼓來到屏東，面對日本軍隊在明治維新後的先進裝備，原住民部落是怎麼想的？恐怕多少有些無可奈何吧！對手無寸鐵的琉球船員出草是一回事，但面對帶著槍砲的軍隊就是另一回事了。想當然耳，這事以牡丹社等部落的敗北作結。

歷史課本大概都有教吧！多餘的介紹就不必了。總之，這件事揭露了日本對臺灣的興趣，清國緊張起來，開始意識到臺灣的價值，總算是積極管理，主動進入「後山」——中央山脈以東的神祕地帶——撤銷先前對移民的種種限制，進入「開山撫番」的時代。

這就是「化及蠻貊」的序幕，陳世烈寫下這四個字時，已是牡丹社事件的十三年之後。

陳世烈是何許人？巡撫劉銘傳曾在一份奏章中提到：「縣丞陳世烈於雲林坪設局，招撫沿山郡番十六社，蠻番、丹番、樟腳等四十四社，番丁五千餘人，均先後薙髮歸順……」如此云云。所謂「薙髮」，就是那種前面剃掉、在後面綁辮子的滿州人髮型，算是統治的證明吧！滿州人入關，首先就是要漢人薙髮；在臺灣，歸化的原住民族當然也比照辦理。換言之，你們不只是要臣服於我，連物質文化、精神文化都要向我靠攏，最後與我同化——

仔細想想，這不正是「殖民」嗎？

所謂的「化及蠻貊」，就是把「文明與進步」帶給「野蠻人」——且不論文明是不是真有高低、進步又要如何定義，這種心態不是很危險嗎？西方國家殖民的時候，恐怕也是懷著「我為你們帶來進步」的想法吧！我不是說進步不好，但如果進步這麼好，不必用力量屈服，大家自然會起而效之，像什麼自強運動、明治維新；如果進步有選擇權，就表示存在著相應的「尊重」。

但要是沒選擇，就只是傲慢了。

這種不知不覺的傲慢，或許比我們想的更難察覺；我曾聽某些人說中華民族愛好和平，不會主動侵略別人——他們或許是真心的吧！撇開對歷史無知的可能，說出這種話，不正表示他們認為理番、勦番、同化政策沒什麼問題嗎？但要說比日本殖民好到哪裡去，我還真看不出本質上的差異。

先前提到的「德化社」也是。說到底，就是「沒什麼大不了」的事。邵族人正名，說不定還會有人要譏笑說「幹麼在乎這種小事，實際上又沒什麼差別」呢——我不是說真有這號人物喔；這只是我的想像。不過，哎，如果這種人真的只存在於小說家的幻想裡，天下就會太平許多了吧！

說件微不足道的小事好了。陳世烈曾建了間「番學堂」，就是讓原住民學童來學習漢人文化的，與日本人蓋的蕃童公學校相近；這間學堂在楠仔腳蔓社，位於南投縣信義鄉望美村；楠仔腳蔓這個詞，據說是鄒語「肥沃平原」的意思。學堂不到一年就荒廢了，似乎是教師急著教導漢學，不顧學生意願，甚至把學生打傷，大家心生厭惡，紛紛逃學。這位教師發現學生不來上課，是不是氣到跳腳，我不得而知，但對一位毆打學生的教師，假設他脾氣暴躁，應該不為過吧？雖然在他看來，可能是這些「野蠻人」不受教、可恨至極，甚至覺得自己是受害者。

但傲慢——對那些被暴力相向的人來說，可是心知肚明的。

五

我們下車的公車站在水里溪附近，溪水是澄澈透明的綠——這好像有點矛盾。既是透明的，又怎會有顏色？但這種矛盾確實存在。我站在圍欄邊，試圖理解透明是如何轉為美艷的綠，卻感到像被吸進去般的恐懼；就像人在高處時，那種一躍而下的衝動。

小溪對岸有個方方正正的建築，相當醒目，兩條碩大的綠色管子沿著山勢朝上延伸，應該是某種發電設備吧？後來查了才知道是鉅工發電廠。鉅工發電廠在日本時代是日月潭第二發電所，戰後，蔣中正與妻子宋美齡視察日月潭發電設備，將其更名為「鉅工」。

水里有種山村的閑適感。說到山村，或許有人會想像紅磚堆成的老房子、綠油油的農田、還有牛窩在水田裡……不，大概沒這麼誇張。水里當然沒這麼懷舊，甚至不能說被時代拋棄；但比起川流不息的城市，水里有種沉穩、不動，甚至頑固的成分，這構成了我想像出來的山村情懷。

幾乎沒有六、七層樓以上的樓房，與周邊群山的距離也恰到好處，這種謙遜感簡直讓人心曠神怡。我們沿著水里溪，沒多久渡過一座橋，對面有間臺電的服務處——我想起〈旅人〉的描述。

有一處山間小屋，是電力公司的第╳區辦公室。——在這裡，我的隨從換人了。那人告訴我，他是下一個工區的監督，呈給我了一張名片。從這裡起，路的坡度愈來愈陡了。

那個山間小屋，或許就在附近吧？臺電服務處左轉是條往山上的道路，正如佐藤春夫所說，開始上坡了。這條路對行人不太友善，或許是設計給車子的，就沒考慮到行人；山的那一側比想像中原始，還有猴子在樹上跳來跳去。繞過兩、三個很大的彎，我們進入一個社區。

這地方怎會有社區？或許是員工宿舍。

社區邊有能夠眺望水里的露天座位——不是符合文青想像的那種露天咖啡，記得咖啡也只有一、兩種，主要好像是賣枝仔冰吧！店家前廣大的柏油地都是停車場，座位沒幾個，桌椅看來也有十幾年的風霜。後來聽說二坪仔的枝仔冰很有名，老實說，當天看到的景象實在不能說是門庭若市，到底是網路風評加油添醋，還是風光的時代已經過去了呢？

W買了杯咖啡——也沒有值得稱道之處。但對這個具戰後現代主義風情，一定程度抗拒時代潮流進入的社區來說，這種口味或許恰到好處。

轉進社區旁的小路，兩旁是廣大的檳榔園，又像農村了；道路盡頭是間小廟，廟本身不大，但前方加蓋了長廊，紅紅的柱子撐著鐵皮拱型屋頂，都是廟本身的五、六倍了。W在廟前參拜一番。

小廟後面就是「二坪山水沙漣古道」——終於！這就是佐藤春夫當時經過的「舊道」了。光是走剛剛這段坡道，我就已汗流浹背，這時甚至還沒真正走上古道呢；一想到佐藤是悠閒地乘在椅轎上，某種嫉恨就油然而生；無法原諒啊……佐藤！

古道前立了說明牌，如下：

水沙漣古道入口其中一處位於水里鄉鉅工村，可通往至魚池鄉銃櫃村的另一頭入口，此路線步程約一個半小時。

水沙漣古道是漢人墾移路線的統稱，最早記錄於清朝乾隆時期（西元1788年），先民們經由集集經此地通往埔里，是一條非常重要的交通要道，即水沙漣古道南路，而現今的台21線，就是延續其道路開闢。

每逢春夏油桐花季，步道內落英繽紛，愜意宜人。另外附近出沒獼猴、蛇類與野蜂，請遊客注意安全。

——入口是整齊優美的石頭步道，就如說明牌所言，步道上除了落葉，還鋪了大量的油桐花；看來我們來的正是時候，而且石階平整的彷彿被切過，讓油桐花有如擺盤。

「水沙漣」這個詞，早在清代就已存在，當時是用來泛稱日月潭、埔里周圍的廣大區域，古道用「水沙漣」三字，算是某種異稱。關於古道由來，佐藤春夫也在〈日月潭遊記〉引述過《臺灣名勝舊蹟誌》的說法：「在南投集集的南方約三里十一町的地方，乾隆初年始有小徑，未有山名。道光十五年，於鞍上建土地公廟，始名為土地公鞍嶺。光緒八年，吳光亮削此險、開大道，以通埔里社。」這位吳光亮是誰？開山撫番時代，沈葆楨為了加強對後山的控制，分北、中、南三路，開路通過中央山脈，其中開拓中路的即是吳光亮，而這條僅存的中路，即是現今有名的八通關古道。

如果只把吳光亮當成擅長開路的冒險家，那可就錯了，畢竟他可是軍人，還曾任臺灣鎮總兵啊！這號人物在臺灣東部駐軍紮營時，曾跟原地主阿美族起衝突——這也是當然的，別人都把腳踏進家園了，哪有什麼好客氣的？眼看雙方僵持不下，吳光亮釋出善意，設宴說要和解，邀請阿美族青年來喝酒，等他們醉了，就下令開槍射殺阿美族青年們。

後來導致撒奇萊雅族差點覆滅的達固湖灣事件，也有吳光亮參與；對原住民來說，他是殘忍的屠殺者，但對漢人來說，或許是位大英雄吧？這些事，佐藤春夫自然是一無所知。

古道相當平整。過去有多崎嶇我不清楚，但現在算好走了。大約四十分鐘吧？我跟W就來到土地公廟的位置。不過，現在土地公廟只剩遺跡，變成有如亭子般的怪貌。

神像不在就算了，為何三面牆被鑿開，兩側還有著石椅般的構造？難道這間廟宇遺跡真的曾被當成亭子用嗎？若真是如此，也不奇怪。畢竟以古道上的廟宇來說，這間廟算大了，有些廟還要低頭彎腰，甚至小到只能把手伸進去呢！根據遺跡前的說明牌，神像已被移到他處，原因是埔里公路建設有成，古道失去功能，這才另立土地公廟云云。

廟前地勢平坦，也比較寬廣，確實適合休息。

根據《臺灣名勝舊蹟誌》，這裡能成為名勝，是因能遠眺濁水溪、陳有蘭溪——但這天天色不好，遠方看來像被染了塵埃的霧籠罩著，加上樹林遮蔽了視線，實在看不到什麼美景。不過，即使土地公廟只剩殘骸，還是以解說牌的形式保留下來，或許這間土地公廟真的是重要的地方記憶。

土地公鞍嶺的古廟

遺跡附近的其他牌子還記載了一則童趣的故事。

水沙連古道是以前居民往來貿易的交通要道，這座土地公廟因此香火鼎盛，地方也流傳著一個水缸的傳說。相傳有一個小販得罪了土地公，一次從水里挑水缸要往頭社去做生意，在土地公廟前休息時，扁擔其中一端的水缸沒放好，沿著斜坡骨碌碌地滾到山下。他覺得十分倒楣，心想剩下一個水缸也沒辦法用扁擔挑，索性把它打破，以免被別人撿去佔了便宜。後來他下山時，卻發現剛才滾下山地水缸居然完好無損，小販心中懊惱，回家跟左鄰右舍說了這個事件，大家都十分驚奇，認為是土地公顯靈。

——佐藤春夫說「這個荒唐無稽的傳說要

津津樂道到什麼程度，那是每個人的自由」的心情，我也算是明白了。

看完這故事，我跟W面面相覷；可以吐槽的地方太多了！撇開這點，這座土地公廟從道光十五年，也就是一八三五年到現在，也快有兩百年的歷史；而這裡流傳的顯靈事蹟，居然不是土地公到某地救某某人或託夢指點，而是土地公小心眼報復得罪祂的人？

但就是毫無戲劇性，反而流露出真實感吧？我實在很想勸勸那位小販——既然只剩下一個水缸就沒辦法挑扁擔，那就算山下那個完好無缺，你也無法把剩下的水缸挑到山下去，讓它們碰頭啊？所以根本沒什麼好惋惜的，打從這兩個水缸分離開始，你就拿它們沒辦法了！當然啦，也可以把扁擔背在背上，用滾的方式把水缸給滾下山，但沒想到這點，不能說是土地公的錯吧？總之，這裡應該還土地公一個清白。

傳說多半反映了某些事實，這則傳說也是；正如同水缸能直直滾到山下，從土地公廟開始，就是一路往下了。

雖然佐藤春夫在下坡路看到了聚落，我卻沒注意到。一定有農家，這沒有疑問，但要說聚落嘛……可能我看漏了。也可能古道荒廢，讓聚落難以維持，居民四散去了吧。

日本時代應該是真有聚落，賴和曾走過土地公鞍嶺，還寫了〈跋土地公鞍〉：

折坂盤迂出樹巔，此行真箇欲登仙。
好山未歷疲腰腳，悔不先將縮地傳。

山忽低時地忽平，誰家避世此躬耕。
桃花籬下雞豚犬，見著生人也不驚。
當面一峰又一峰，脚跟未跋意先慵。
回頭竊看來時路，樹繞山迴隔幾重。
到此真成罷不能，鼓將餘勇更樊登。
山靈賺我穿雲入，歷上高崖第四層。
無端短嘆復長吁，討苦又增一度愚。
拄杖回頭看下界，濁流滾滾正西趨。
攀緣力盡路猶長，五色雲中嘆渺茫。
行到前林心略慰，桃花嶺外見紅墻。

看著這極為生動的漢詩，我也只能感慨我輩俗人，感受力完全不可同日而語；這段古道真有這麼迂迴又起伏嗎？不過，既然賴和援引了桃花源的典故，大概是有聚落的吧！有趣的是，佐藤春夫在〈旅人〉中以「雞犬無聲」來形容……這當然是〈桃花源記〉裡「雞犬相聞」的反寫。即使不是桃花源，佐藤春夫也想必是嗅到了與賴和相似的某種氣氛，才如此描寫吧？

走到明顯有生活氣息的地方，已在銃櫃，附近甚至有民宿。

六

無法原諒啊……佐藤。

我知道這股憤怒毫無道理。但人要是非得有道理才能生氣，大同世界早就來臨了！可能是坐骨神經痛吧，還沒到土地公廟，我就時不時感到刺骨的疼痛，不得不走走停停，等到了銃櫃，已是兩隻腳都有肌肉像火燒般，痛到難以行走——後來我將這個慘況告訴R，她推測，可能是腰痛讓我用不良的姿勢行走，動到不常用的肌肉。對那些肌肉來說，負擔太重了，最後兩隻腳的罕用肌肉才會痛到不行。

「這就是『代償作用』。」R做了這個結論。

相比之下，百年前，佐藤從土地公鞍嶺下坡時，甚至在搖搖晃晃的椅轎中睡著咧！這傢伙，一下嫌椅轎不舒服，還不斷強調這種程度的山路自己可以走，不是得了便宜還賣乖嗎？我告訴各位，這就是殖民者嘴臉——什麼？佐藤春夫也不是自願的，甚至拒絕過轎子？哼，殖民體制不就是這麼回事？就算非自願，也不能改變既得利益者的事實，這點我們萬萬不能讓他脫罪。

好不容易到台21道上，我已經走不動了，便跟W搭公車前往水社。車沒等多久，但看這天色，我擔心山雨欲來。

「好像要下雨了耶，你有傘嗎？」

「帶了一把，你呢？」

「我沒帶，就祈禱不要下雨吧！」

按照計畫，今天我們要入住「涵碧樓」——但不是佐藤春夫當年過夜的「涵碧樓」，甚至那裡也不叫涵碧樓；我想讀者應該會不滿，到底在說什麼，也太亂七八糟了吧！請容我解釋一下。

一九二〇年的涵碧樓，據佐藤春夫所說，是「五、六年前，在這個島上，共進會成立時，總督府為了招待貴賓——那才是真正的貴賓，而建造了這個小屋讓貴賓們住宿。之後，讓渡給民間經營。」

這些貴賓是什麼人？我還真查不到，舉手投降了。共進會是振興產業的組織，展示各地物產，選出優秀的給予獎勵，也有技術交流的功能，我覺得跟農會有點像。涵碧樓的位置，佐藤春夫說是經過一座橋後，開始看不見湖水，旅館就在離開湖邊的小丘之上……

「小丘」這描述，會讓人想到現在的涵碧半島吧？我也曾這麼想，但真相沒這麼簡單。

先從「橋」說起。根據古地圖，從南方沿潭邊道路到水社，會先經過水尾溪，這裡是第一座橋，水社聚落就在對面；再走大約兩百公尺的彎路，有條無名小溪，經過這第二座橋後，才是現在被稱為涵碧半島的小山。

因此我們可以推理，要是佐藤春夫說的「木橋」是無名小溪上的第二座橋，舊涵碧樓就在涵碧半島上；反之，如果他說的是水尾溪的橋——

那涵碧樓恐怕就是日月潭底的淤泥了。

還記得前面說過的日月潭水力電氣工事嗎？在〈旅人〉裡，電力公司的工學士曾向佐藤春夫說明，以下原文：

在這件工程上，湖水充分發揮了貯水池的功能，竣工時，這裡的水深會比現在增加一丈以上，而這裡的景色絕對不會被破壞。——儘管工學士特意說明，但我還是想說出我的抗議！老兄，不要以為水深就可貴。

事實上，增高的水深根本遠遠不只一丈（大約三公尺），而是十八公尺！我不確定工學士唬弄佐藤的企圖，但熟知詳情的人都知道，水位上升後，許多地方會淹沒，畢竟剛剛說的十八公尺只是垂直高度，根據畢氏定理，稍微平坦點的地方可是會被整片淹過去的。邵族居住的石印附近如此，水尾溪旁的水社也是如此，那些街道、房屋，還有直到北旦的大片良田，全都成了現代化建設的犧牲品；高地倖存下來，成了涵碧半島，卻也有種可憐的孤絕氣質。

一九二八年，佐藤春夫離開臺灣八年後，日月潭邊建了新的涵碧樓——或許是知道舊涵碧樓將沉沒吧！總之，「臺灣日日新報」有幾篇文章提到新、舊涵碧樓的相對位置，可供考察：

日月潭新涵碧樓本月杪竣功（1928年8月17日）

前此新築中日月潭之涵碧樓。按八月中。全部完成。顧此番新築之涵碧樓其場所。在現今涵碧樓之左方隔谷高地……

＊

日月潭湖畔の新涵碧樓（1928年10月7日）

本年五月以來日月潭湖畔鰺坂臺（舊涵碧樓左方山上）に新築中であつた新涵碧樓は九月下旬落成したので……場所は舊涵碧樓の位置よりも數十尺高く……[1]

＊

河原田長官の初巡視に隨伴して

新涵碧樓に倚る（七）（1928年11月29日）

……探勝客のために建てられた舊涵碧樓は今朽ちるままに棄てられ狐狸も住まぬ危險家屋になつてゐる。ここは眺望なく僅に月潭の一部を遠望するに過ぎなかつたので朽廢を機會に

北方二百餘尺の丘上を選びここに新涵碧樓を新設した……[2]

由此可知，新涵碧樓與舊涵碧樓中間隔了一個山谷，而且比舊涵碧樓高了數十尺，在其北方二百餘尺的小丘。唉，報導使用數十、兩百餘等數字，實在讓人很焦慮——太不精準了吧！數十尺可以是二十一尺，也可以是九十九尺，以現代一般的公寓來說，已是二、三層樓到十一層樓的落差。二百餘尺也是。對想知道舊涵碧樓具體位置、需要斤斤計較的我來說，這麼不精準的數據真是折磨。

但不論數據，有趣的是「隔谷高地」這個說法——這是否暗示了新、舊涵碧樓不在同一個小丘？既然新涵碧樓位於涵碧半島，那舊涵碧樓就應當在別的地方。

根據古地圖，過了水尾溪的橋，立刻有一處高地，這裡會不會就是舊涵碧樓所在？也符合佐藤春夫過橋後看不到水面的說法。過了水尾溪的橋，右邊是一大片水田地，確實暫時遠離了潭邊；另一座橋當然不是完全不可能，但橋前、橋後都離潭邊有點距離，對不上佐藤的證詞。

不過這推論也有破綻。從涵碧半島往南算二百餘尺——就算取上限值二百九十九尺，換算下來也還不到一百公尺；這點距離要到水社高地，實在有點勉強。

1　編按：譯文如下。〈日月潭湖畔的涵碧樓〉：「自本年五月以來，新建於日月潭湖畔鰺坂臺（舊涵碧樓左方山上）的新涵碧樓，已於九月下旬落成……地點較舊涵碧樓之位置還高數十尺……」。

2　編按：譯文如下。〈伴隨河原田長官初次巡視　倚新涵碧樓（七）〉：「……過往為了尋幽探勝之客而建的舊涵碧樓，如今已老舊廢棄，成為連狐狸也不會棲居的危險樓房。此處無法遠眺，能遠望的只不過是部分的月潭，因而趁此朽廢之機會，選定北方二百餘尺之山丘上，新設新涵碧樓……」。

當然，地圖可能有落差，報導也可能不夠精準，甚至佐藤春夫都可能說錯；但就算擴建新的涵碧樓，舊館何必荒廢？我認為預計沉入潭底的可能性很高。換言之，佐藤春夫一九二〇年過夜的涵碧樓，現在已經不在了。

不存在的地方，自然無法複製相關行程，至少，我不可能在潭面過夜；因此我決定退而求其次——一九二八年新建的涵碧樓也是涵碧樓，雖然建築本身消失了，至少舊址還在水面上，這就是我們此行的目的地……涵碧半島最高處的旅館。

現在涵碧半島上有間「日月潭涵碧樓酒店」，但不是這間。新涵碧樓在戰後因空間不足而改建，接著被收編為三十幾處的「蔣公行館」之一；說起來，蔣介石或許不是只收編涵碧樓，而是把整個涵碧半島捧進懷裡。

蔣介石為日月潭著迷，這是實際走訪就能感到的；涵碧半島上有間耶穌堂，是他為了讓自己跟妻子有祈禱、禮拜的地方，特別在行館旁邊建的。從半島頂端往玄光寺方向看，能清晰看到山上立著一座中國式塔樓，那是慈恩塔，是他為了紀念自己母親蓋的。

興建是一回事，但樹立了「觀賞的中心」，使風景配合自己的位置，那是不為任何人、只為自己存在的風景——我能力不足，只能說那就是權勢的甜美之處吧！甚至蔣介石過世這麼久，走在日月潭街道上，還是能感到那些蛛絲馬跡輕輕掠過寒毛。

蔣公行館後來被改建成飯店，這才是我們的目標；大概是半島上已有別的涵碧樓，就用了別的名字。這個名字，坦白說並不重要，這裡就不提了，以下只以「旅館」稱之。

公車在水社遊客中心停下。

天上下起小雨。從遊客中心走到涵碧半島最高處，大約是十多分鐘的路程，我跟W認為撐傘走過去就好——但天有不測風雲，誰會知道不過短短的十分鐘，事情竟能變得一塌糊塗呢？

原本我就兩腿肌肉受傷，下坡時還能忍耐，但涵碧半島那段上坡路卻是九彎十八拐——或許是為了讓車子爬坡不會太吃力吧？上坡如此漫長，我真是痛到走三步就要停下來休息，原本十分鐘的路程也延長到兩倍以上。更糟的是，原本稀疏的雨勢，居然也在登頂中途變成暴雨。

那時我的心情——事後想想會覺得有些可笑，但當時是認真的——我真的開始遷怒佐藤春夫了。好不容易抵達旅館，我們褲子全濕了，襪子泡在變成湯碗的鞋子裡，滑稽之至。而且不只是濕，雨水是吸在褲子上面，一點震動就會破壞表面張力；我們走向櫃檯，就像未關好的水龍頭在移動，在地毯留下已不能稱為「腳印」的拖痕。

入住手續確認了很久，因為訂房間的不是我，是R——當初我提到這趟追尋佐藤春夫的旅程，R很有興趣，決定攜伴，與她的伴侶D同來與我們會合。原本我還邀請她走古道呢！但她說那樣太累，就婉拒了。看看我的下場，還真是睿智的決定。

總之，由於要跟R確認，我們在櫃檯待了很久。等候時，我不禁焦躁起來，心想，這是五星級飯店的待客之道……？連小雜貨店的老闆看到客人淋濕，都會拿毛巾給客人擦，放著渾身濕透的客人，假裝一切都沒問題，難道是常態？或許讓客人在大廳擦臉、擦頭髮很不雅觀，但應該有解決之道，隨便把我們丟進某個房間，或廁所，不就行了？放我們在那邊讓人側目，對旅館聲譽也不好吧！

或許有人會說，你們要主動跟櫃檯要求啊？或許吧。但櫃檯的態度相當冷淡……不，幾乎所有服務人員都如此；那種距離感，與其說專業，更接近蔑視，讓我心生膽怯。相較之下，佐藤春夫到涵碧樓的時候，卻是受到最客氣的招待——

「歡迎光臨，您一定熱壞了吧！——我們已經在這裡恭候大駕多時了。沒想到您會這麼快就蒞臨……」

旅館大廳是整面的挑高帷幕玻璃。

外面雨像颱風般一陣陣來，我想起佐藤春夫在日月潭也遇上雨。大概是傍晚吧？他受臺電招待，到邵族部落看表演，卻預感到大雨將至，連忙搭船回旅館；他運氣好，回到旅館後才下雨，那雨可劇烈了，每滴都是斗大的……我這邊才四點，雨來的太早了吧？但說到底，雨哪有什麼早不早的，這些都只是自然的展現——

「您好，請往這邊走。」

櫃檯總算確認好，由服務人員把我們帶到房間。途中好像還發生什麼令人生氣的事，現在想不起來。總之，關上房門，我們立刻打開浴室的熱水。

啊——溫泉。

是天然溫泉嗎？我沒打算深究。房間讓人滿意，但清點背包時，發現有不少東西要烘乾，打內線電話給服務台，不知為何又拖了很久；唉，只要涉及服務，全都令人著惱！雖說如此，當我們換上乾淨衣服，在陽台坐擁日月潭景色——不誇張，真的是坐擁——那些怨氣便都煙消雲散。好吧，佐藤春夫，原諒你。

R跟D大概是五點抵達旅館，我們約好六點一起用餐。我滿心期待，原本計畫四個人吃著豐盛的晚餐、暢談日月潭故事，把所有苦難丟到腦後——真的，要是事情能這麼發展就好了。畢竟，要是吃晚餐也遇上服務不周，小說家都不會這樣寫。太密集了，讀者會膩的。

但現實就是如此不講理。

菜餚上得非常之慢，這就算了。我們說W對某種食材過敏，請避開。但不知為何，W還是出現過敏症狀。我們決定跟服務生說。

「可是我們真的沒用那種食材耶。」

他這麼說，彷彿盡了一切義務——難以置信。W出現過敏反應可是擺在眼前的事實，不是透過食物，難道過敏原是突然出現在W體內的？有這種鬼魅般的作用力？

其實也不是想認真追究。如果廚具沒徹底清洗，過敏原就可能轉移，也不必真的用那種食材。我們只是要一聲道歉。但服務生無視顯而易見的事實，將責任推開，讓我懷疑這間旅館難道是家族企業，大家只是來就職，根本不用經過訓練？

這還沒完。旅館給了我們酒吧兌換券，但酒吧八點就打烊。我們六點去吃晚餐，上菜速度卻慢到讓我們吃到八點多；我們沒耽擱，可是一吃完就走喔？結果別說兌換，連酒都沒得喝。這兌換券該不會是讓客人惱怒的陰謀吧？

隔天早餐，我們還是不滿，就埋怨幾句。R說：「我們昨天也討論過，D住過涵碧樓，說那邊好多了。」

「真的？啊，可惡，早知道就住涵碧樓——」

「是啊，明明佐藤春夫就是住涵碧樓，為何我們住這裡？」

「因為這裡曾經是涵碧樓啊！」

「說的也是，都是佐藤春夫的錯。」

說著如此這般沒營養的話，上午就過去了。

事情真的是這樣發生的嗎？至少我記得的是這樣。如果是笛卡兒的惡魔在我耳邊編織夢境，我也無法辨別，旅館裡的荒唐離譜的一夜到底是幻是真，就留待讀者自己判別吧！但撇開服務品質，設備是好的，尤其此地佔據了涵碧半島最高處，還是有得天獨厚的優勢。剛到旅館那個晚上，我跟W在陽台喝酒，是陰天的夜晚，沒什麼燈，眼前只有黑暗。然而，我還是能感到日月潭就在近側。

——真是不可思議的黑暗啊。

透明卻又龐大的存在。擁有上萬年歷史的古老湖泊，就算有精靈也不奇怪吧？面對這壓倒性的年齡，人類實在太渺小了，但這座恢宏的湖泊沒打算支配，只是停在那裡，安靜地、永遠地……還有比這更能人忘卻寂寞的風景嗎？

不，那不是風景，是光尚未照耀的彼端，透明而龐大的存在——

七

其實此行之前，我已跟W來過日月潭。那次我們住在水社街的民宿，拉開小房間的窗簾，視線正好越過對面建築看到湖景；早晨起來，純淨而甘美的薄霧輕籠湖上，正是日月潭八景之一，水社朝霧。

日月潭確實像海。不同的是，這海是甘甜的——不，我沒喝過，但確實會有這種印象吧？曾有推理小說利用了日月潭像海的特色，設計某種詭計；原本我覺得太戲劇化，但看過日月潭後，也不得不承認作者掌握了某種日月潭風景的本質。

我們騎腳踏車到水社壩——據說是拍婚紗的知名景點，實際上也名不虛傳。水社壩壩體本身已成可供車輛通行的道路，靠近湖的這一側，有木材搭建的人行道，腳踏車也可在上面通行。從路旁看，壩體十分矮小，甚至給人袖珍的印象。綠茵從人行道延伸到水裡——對，不是水邊，是水裡，彷彿水面下依舊綠草如茵，甚至有矮樹從水裡長出；越過清澈淨朗的湖面，綠草漸稀，底下泥土裸露，是蟬繭般的黃色，粼粼波光像寶石般閃耀。更遠處，潭底像忘了自己的顏色，一下轉為孔雀綠，最後是融進整個潭的海青色。

遠方是水墨畫般的水社大山。

這片遠景，或許與佐藤春夫在舊涵碧樓看到的景色相似吧？因為水社聚落就沉在水社壩底下。要是划船遊湖，是否能見到高起的水社山丘呢？這我就不得而知了。

某種奇妙的植物從水裡長出來。可能不是水生的，花萼以上枯成了黑色，卻長著綠油油的葉子，彷彿焦黑是那種花天然的型態，還伸出惡魔般、又像是昆蟲的觸角。這種花，潭邊開了一大叢。多麼具有哥德小說氣氛的植物啊！但長在如此美麗的潭邊，反有種異世界般的幻想感。

植物的部分沉在水裡，在日月潭似乎是常見景色。《臺灣名勝舊蹟誌》裡有另一則故事：

> 去今二百年前，於水社湖之東北南邊，有巨大茄苳樹於一夕間發生，周圍二丈餘，根蟠於十二尺之水底，梢擴於三十尺之大空，蕃人稱之為神木，不加刀斧。

茄苳巨樹的根部在水面底下四公尺——確實有幻想氛圍。據說這棵樹的精靈寄宿在邵族女性胎內，出生後成為部落領袖，並與漢人作戰；由於是神靈轉生，漢人根本不其對手，後來漢人聽說邵族英雄的本體是神木，就派人去砍，誰知神木刀斧不侵；後來漢人神靈託夢，說要潑黑狗血破除其神力，這才鋸斷神木，打敗邵族。

這傳說，很可能是歷史上的「骨宗事件」變化而來的。

清國康熙年間，有個叫朱一貴的人打著反清復明的名義起事，水沙連、阿里山諸社的原住民本就不滿通事蠻橫的態度，就趁朱一貴事件引起的社會動盪殺死通事。清國勦平朱一貴後，再度招撫原住民，水沙連諸社表面上接受招撫，其實不再上貢。後來清國添置彰化縣，漢人大量移入，壓迫到水沙連諸社的生活空間——接下來的發展，就如各位讀者所預期；邵族頭目骨宗與帶頭出草，結果被打敗了，據說當時漢人搜出了好幾十顆人頭。邵族原是水沙連一帶最強悍的部族，卻從此衰退，現在只剩八百多人。

百年前，臺電的工學士邀請佐藤春夫到「化蕃的蕃社」，請他看邵族表演，並說把酒給原住民，他們就會表演歌舞，佐藤春夫不以為然。在〈旅人〉中，他不無嚴厲地評論：

丟棄勇猛的精神，沉醉在別人施捨的美酒中，用祖先傳來的神聖的歌與舞蹈，獻媚於好奇的旅客。——喂！你們可知道在霧社的深山處，你們的同伴現在正對我們的同伴進行可怕的攻殺嗎？

在他看來，似乎反抗更是值得讚揚的。

要抱持著怎樣的人生審美，是佐藤春夫的自由。不過，別人也沒有依照他想像而活的義務。說到底，當時的日月潭真的有抵抗的條件嗎？邵族的勢力早已大為衰退，集集、日月潭、埔里這一帶的交通也已有基礎，軍隊容易進駐，與進攻撒拉馬歐或霧社的難度根本不可同日而語。

作出這番感想的佐藤春夫，說到底，不過是「旅人」罷了。

從水社搭乘小舟前往邵族部落，與現在從水社碼頭到玄光碼頭的行程差不多，只是小舟成了遊

拉魯島

艇，而玄光碼頭當然也已不是原住民部落了。

途中，佐藤春夫等人經過拉魯島。

「那個長著大大的楠木的島是個浮島，叫做珠仔山。是八景之一。蕃社就在從那背面進去的地方。珠仔山的這邊有一塊高高地突顯出來的岩石，那是石印。大概是形狀像石質的印材而得名的吧。蕃社也因是在那岩石附近，所以稱為石印。」

這是工學士在船上對佐藤春夫的介紹。但說拉魯島是浮島，應該是哪裡誤會了；據我所知，日月潭確實有「浮嶼」——真的浮在水面上，會隨波浪起伏、長滿草的塊狀物。它的真面目，好像是水草的群結，這種東西可以人工製造，邵族甚至利用浮嶼來捕魚。

但拉魯島怎麼看都不是浮著的。我自己的猜想，是日月潭早有浮嶼這種東西，但沒看過浮嶼、卻聽說日月潭有浮嶼的人，擅自將舉日所及最大的島——拉魯島當成傳說中的浮嶼了。因此也不能說那位工學士錯，早從《彰化縣誌》的時代，漢人就已將拉魯島稱為「珠潭浮嶼」。

無論〈日月潭遊記〉或〈旅人〉，佐藤春夫對拉魯島的描寫都寥寥無幾，太可惜了。因為他見到的拉魯島，與現在完全不同——水力電氣工事竣工後，水面上升，拉魯島上本來有房子、有田地，面積卻一口氣變成百分之一，只有直徑三十公尺；原本著名的日月潭八景，現在卻遭遊艇帶動的波濤侵蝕，甚至有消失在地圖上的危機。

拉魯島的命運，某種程度上反映了臺灣史。

在西方文獻裡，除了「Dragon Lake」外，也曾將這個島稱為「Lake Candidius」——干治士湖。干治士是荷蘭時期的牧師，來臺後生活在新港，向新港人傳教；聽到「新港」兩字，對臺灣史有興趣的讀者想必會想到著名的「新港文書」吧？這是一種以羅馬字母記錄原住民語言的文字系統，對現代瞭解西拉雅語有莫大幫助。

干治士沒到過日月潭，這名字是另一位牧師取的。不過，既然有機會取這個名字，就暗示了當時的宣教勢力已進入埔里一帶；這引起漢人不滿。據說為了阻止傳教士在拉魯島上蓋教堂，先前提到的吳光亮搶先蓋了一間「正心書院」，表面上說是要教化原住民，其實只是搶地，根本沒好好經營，沒多久就傾頹了，簡直像是把那塊地當玩具——我的，不給你。

日本人來了，又將拉魯島改名「玉島」，在上面蓋了玉島神社，主祀市杵島姬命；市杵島姬命是宗像三女神之一，航海之神。後來水力電氣工事竣工，神社竟有一部分被淹在水面下，頗有嚴島神社那個大鳥居的氣勢。

戰後，國民政府又將拉魯島改名「光華島」，到了八〇年代，縣政府為帶動觀光，效仿西湖在島上建了月老廟，甚至連續幾年在島上舉辦水上婚禮。身穿西裝、婚紗的男女羅列，新人與賓客來在島上來來去去，踐踏每一吋土地。他們當然是歡欣的、快樂的，很多人沒想到未來，只專注在這光榮幸福的一刻，他們應該不是什麼邪惡的人才對；但面對此情此景，最高祖靈Pathálar究竟會作何感想？如果祂能顯靈，威風凜凜地坐在茄苳樹上，宣稱這是祂的居所，眾人應知身為客人的禮節——現場的新人、媒體、政治人物會怎麼想？他們會慌張嗎？還是縣長會站出來痛斥：「你啊，怎麼搞不清楚狀況！這叫作婚禮，你別來礙事！」

正名為拉魯島，已是二十世紀最後一年的事。

說起來，我走涵碧半島的步道時，發現日月潭涵碧樓酒店的官方英文是「The Lalu, Sun Moon Lake」——日月潭沒什麼問題，但以「拉魯」為名……這，算是尊重邵族文化嗎？或許真有這種意圖也說不定。但說真的，我不知道邵族人是否滿意。就好像你爺爺很有名氣，隔壁鄰居——其實他跟你們也沒什麼往來，但就因為住在附近，便拿你爺爺的名字去註冊商標。嚴格說來，你也沒損失，但就是會覺得怪怪的吧？要是真的去抗議，對方或許會說「我是在讚頌你爺爺啊」之類的話。我不知道。或許涵碧樓跟邵族關係很好，邵族一點也不介意。

真要計較這種事，其實是計較不完的。那次我跟W到玄光碼頭，也遇見哭笑不得的事；下了遊艇，剛好有兩個人穿著原住民服裝，放著伴唱帶唱歌跳舞。不記得細節了，但他們唱著唱著，忽然唱出「普悠瑪」三字，這讓我們警覺起來——普悠瑪不是卑南族嗎？為何在日月潭唱普悠瑪？

轉眼間，那兩個人變得甚是可疑；該不會不是原住民，只是假冒成原住民來賺觀光客的錢吧？當然，我們倆也沒證據，但竊用原住民文化以為賺錢資本，這種事真的司空見慣。

玄光碼頭離石印不遠，當初那個有如石頭印章的地景，現已沉入水底，附近的邵族部落也難逃同樣命運；這麼部落在哪裡呢？對此，佐藤春夫是這麼說的——

我們的船繞過珠子山的旁邊，舟舳直指那個蕃人的小村落時，大概是聽到了我們的船的櫓聲吧！一個個子小小的老人，站在用石頭堆積起來的及胸的圍牆後邊，朝我們的方向眺望。我們的船恰好抵達繫著一艘獨木舟的岸邊時，他也走下到岸邊來，弓起身體敬重地行了禮。這個岸頭在山峽的狹窄平地與水域相接之處，傾斜如平緩的斜坡，汀長大概沒有半町遠吧！也就是說，他們住在以此水汀為門戶，而愈往裡面愈狹小的山蔭的土地上。

其實這種「用石頭堆積起來的及胸的圍牆」，在陳奇祿等人拍攝的卜吉村照片裡也有見到，記得是碼頭到村子間還有塊平坦地面，進村子前的街道兩側，就有石頭堆起的圍牆，上面還寫了標語。照片看不清楚，但大概是什麼安內攘外、反攻大陸之類的話。

從水社碼頭前往玄光碼頭，經拉魯島時左轉，有處向內凹進去的險坡，過去的石印就在那；根據古地圖，這裡本有段狹窄的平地，後面突然高聳，想必是認為易守難攻吧？要說缺點，就是出入一定要有船，但對邵族來說應不是問題。

正因是臨水的平地，要是水位上升，立刻就會淹沒；要是地圖無誤，從岸邊到山腳，只有短短一百公尺喔？滅村真的是無處可逃、轉眼間的事。

那位工學士說「景色絕對不會被破壞」，要不是能力不足造成的誤解，還真是殘酷的謊言；但即使要破壞這一切，也要完成的日月潭水力工事，不可諱言，確實是臺灣工業史上的重要成就——

工事竣工後，源源不絕的電力用都用不完，直到一九五〇年代，日月潭發電系統的發電量都佔全臺灣發電的百分之七十以上，低廉的電價也帶動臺灣工業化速度。可以說，那真的是「臺灣的心臟」，整個臺灣工業像是血液在體內高速奔騰般地亢奮起來。這既非比喻，也沒有誇飾；臺灣的進步，就是以被葬送的日月潭記憶換來的。

八

旅館退房後，我跟三位同行者在水社碼頭搭船前往伊達邵。

相較百年前的小舟，現在到處是遊艇，浮動的碼頭讓人心浮氣躁，久了倒也能適應，倒是刺鼻的汽油味怎樣都不能習慣——這不是抱怨，只是記錄時代的事實；況且，確有不少人仰賴觀光營生。不過在這亙古的湖泊旁汲汲營營，以致無暇對大自然懷著謙卑……這就是短暫生命觸及宏觀事物時的無力吧？即使心知無可奈何，也還是有種對沉淪的惋惜。

照預定行程，C會在中午後來跟我們會合，接著我們就離開日月潭，朝臺南前進。這行程安排很倉促，我知道，不過，在排定去日月潭的日期後，突然出現了令我們難以抗拒的提案——那是眾多年輕作家齊聚一堂、品嚐經典臺式菜色的場合。R是決定去了。機會難得，我也把原訂四、五天的行程縮減……這些瑣事，讀者或許沒興趣知道，但後來這道臺菜宴席，卻成了R小說裡的重要橋段。

伊達邵碼頭眾多——這些拼接起來的浮板，要轉好幾個彎才能到陸地上。經過遊客中心，街道入口就在不遠處。即使是現在，湖邊的街道仍帶著五〇年代——陳奇祿等人類學家所拍攝照片的既視感；有幾棵樹看起來很眼熟，我都想是不是從五〇年代就佇立在那裡的。不過，觀光化比當時嚴重，這是誰都能意識到的。

譬如某間商品店吧！剛走進去，我跟W就說「咦？這不是排灣族頭飾嗎？」——排灣族與日月潭可沒有什麼深厚的關係。顯然，這間店是面向觀光客的。對觀光客來說，原住民是種風味，哪個族群並不重要；所以在原鄉的商店裡，任何族群的商品都可以賣，即便似是而非的仿冒品也有商機。某條商業氣息沒這麼濃厚的巷子裡，有個「逐鹿市集」，是另一處面向觀光客的場所。百年前，臺電的工學士還要拿酒到部落，現在什麼都不用做，只要到這個逐鹿市集去，就能看到日月潭八景「蕃家杵聲」的表演——可惜的是，當天正好沒表演，我們錯過了領略當代杵聲的美好之處。

所謂「蕃家杵聲」是什麼呢？讓我們看看佐藤在百年前的紀錄。

拿著杵的女人當中，有大約十三四歲的以及十六七歲的姑娘也夾雜在裡面，圍繞著庭前埋著有二尺四方的方形石頭處站著。她們以著不太大的聲音哼著歌，手拿著杵往石頭面搗。杵有直徑約八寸粗的，也有三寸左右的，也有略粗於此的，大小不一定。職是之故，木杵打在石頭上的反震的響聲，有尖銳的，也有沉重的各種音調。在這些混雜的聲響中，高低自然形成一個調子。那聲響明快得如金屬音，叫人幾乎不敢相信那是木石碰撞所發出的聲音。「在這裡聽來還不覺得怎樣，要在水上繞過那山的那一帶聽來，則其妙處實在難以言喻呢！」技師說著。「真的，在那裡聽起來是最棒的了。」監督接著說。

搗杵的女人們不時地用腳做出從旁邊往石塊的方向踏進去的動作。這個動作鐵定是搗杵這種原始音樂的原本，——模仿她們真的在石臼上搗粟、米或稷等時，用腳把掉落的穀類拾進去的動作。

記得在霧社時，不習慣長途跋涉的我，走到全身快散了，直到中途哼起歌，動作突然協調許多，彷彿音樂比我更清楚怎麼控制我的身體；邵族的杵聲發展成某種音樂形式，或許也是追求效率的必然結果吧？那是生命實感的自然流露。

即使如此，生命還是成了觀賞品，不然觀光客怎麼會圍坐一旁，對杵聲指指點點、做出品評呢？從這個角度看，我們錯失杵歌表演或許並不可惜；況且——即使沒看到表演，光看逐鹿市集的場地就能明白，實在太小了。百年前的技師說過，杵聲要在湖面、在山的彼端聽才妙，邵族的音樂，難道不是應該以整個日月潭為舞臺嗎？

說到底，這種音樂本就不是為了傳達什麼，而是透過旋律，將身體的姿勢與生產活動聯繫起來。旅人搭著船，聽到從湖面盪來的歌聲而喜悅，是他的雅興，但特別跑到別人家窗外窺探，就是冒犯了。更別說連米啊、粟啊都沒有，木杵早已忘了敲擊的目的，這樣的杵歌，或許沒有存在的必要吧！真的沒必要嗎？這讓我想起在數位部落時的疑惑。

當時我在編纂雅美族部落史——非常有趣的經驗。為了定位眾多老照片的位置，我用Google街景走遍整個島，第一次體會到「暈街景」——閒話就算了。總之，我知道日本人以保護文化的名義，限制外人不得移入蘭嶼，蘭嶼人也不得移出；就結果來說，確實保護了文化。要是日本殖民持續下去，蘭嶼是否能夠兩、三百年都保持著同樣的傳統呢？然而，維持或放棄傳統，與蘭嶼人的意志無關，而是殖民者的愛憐；就像對小孩的呵護，如果在成人後依然持續，那不是愛，而是否認孩子確實具備「人」的資格。

這讓我有些不安。在數位部落裡，我們盤點數位藏品的同時，也在形塑文化想像——但這樣的想像是否將部落限制在既定的框架內，否定其成長的可能呢？

我老闆的回答頗具洞見——我不見得能好好轉述，但盡力而為：「這幾百年間，原住民飽受日本人、漢人的剝削，直到現在還有很強的相對剝削感。我們整理出他們的文化，不是要限制，而是提供『我們曾經有這樣的文化』的材料。透過『這是我們的文化』，團結起『我們就是某某族群』的認同……因為認同，是關係到人類幸福的事。」

——對，這是關係到人類幸福的事。

若是如此，妄言著杵歌不必要的我，也不過是「旅人」啊！不過，如果文化傳承只能走上為觀光服務的道路，我是無論如何都不以為然的。

或許有讀者會質疑，觀光有什麼不好？不就是賺錢嗎？對，其實我也沒有否定觀光的立場，但如果文化必須靠圍觀的消費來支撐，不是會陷入追求形式的螺旋嗎？最可怕的結果，就是連文化死去都無人知曉，只剩殭屍般的軀殼舞動，滿足觀光客的凝視……

記得之前看過某篇文章，原諒我忘了作者是誰，甚至也不確定細節；總之，敘事者遇上了一位導遊，那導遊跟敘事者聊天，看到一位原住民小孩，居然說「喂！給你一千元，你跳舞給我們看」，那個原住民小孩狐疑地瞪著他，也沒理會就跑走了，導遊卻忿忿不平，對敘事者抱怨說「這些人，給他們賺錢的機會還不要」，讓敘事者瞠目結舌云云。或許有些細節錯誤，但要旨大概如此。

賺錢沒有錯。我可沒顏回那種清貧的志向！但要是把賺錢當成至高無上的價值，人類的尊嚴還有安放之處嗎？而且把給你賺錢當恩惠的想法並不是特例，幾年前，縣政府把向山地區ＢＯＴ出去要蓋旅館，那裡是邵族的傳統領域，因此引起抗議；那時蓋旅館的廠商說，他們會尊重邵族，旅館用邵族的文化元素來裝飾，還會請邵族來唱歌跳舞，給他們就業機會……

我也算是瞠目結舌了。

拿人家的文化當觀光資源，蓋在人家的傳統領域上，再花錢讓別人來出力勞動，怎麼看都是佔盡便宜，居然當成「給邵族的好處」？在我看來，這事合理的作法，應該當成邵族把土地租出去，代價是旅館的營收要有一定比例回饋給邵族，把整個部落當成握有大量股份的股東——不，這大概也不合理吧！只是我這個法律外行人的妄想。況且邵族根本不希望蓋旅館。但為何邵族沒有拒絕蓋旅館的權力呢？那不是他們的傳統領域嗎？

原因也很簡單。在「法律」上，那裡並不被視為邵族的土地，而是「國有地」，換言之，政府有權處置那些地。

這麼說，好像已經得到一個歲月靜好的答案。唉唷！法律嘛！畢竟是法治國家，沒辦法，大家就放下一切，繼續好好生活——或許真是這樣吧。但，請讀者別急著下結論，先聽我將一些史實娓娓道來……我雖是小說家，卻不只能傳達虛構喔？

各位有想過「國有地」這個概念是怎麼來的嗎？

不不，先這麼問吧。假設我的祖先很久以前就住在這裡，我打從出生起就沒離開過，平常也幫忙種田，所有時間都耗費在維護田地上，偶爾設個陷阱、打打獵，與鄰人聊天喝酒。要出遠門，鄰人也會幫忙。這種日復一日、毫無變化的生活……仰賴的是什麼？是「我」這位勞動者嗎？無庸置疑。但還有一個不可或缺的要件——土地。要是沒有土地，前述的生活就無法成立。

那麼，我要如何「證明」我擁有這塊地呢？

打從人類有經濟活動以來，這就是個嚴肅的問題，在此就說說臺灣的情況吧！當清國的拓荒者來到臺灣，首先官方會發墾照，等開墾到一定程度，再請官府來審查，通過審查才會給予土地權狀。雖然漢人帶來了土地所有權的概念，但麻煩的是，清國並沒有完全控制這塊島嶼。

到了日本時代，總督府頒佈一條法案，將所有無主地直接變成國有地。但什麼是無主地呢？就是沒有前面說的土地權狀，無法證明已被某些人擁有的地。開墾到一半、還沒登記的土地，固然直接收歸國有，那些清國根本無力控制的地方——像漢人口中兇猛的「生蕃」獵場——清國當然不可能給予土地權狀。由於總督府對土地是否私有的判斷，直接沿襲清政府的認定，就這樣，明明經歷數十代、已經生存幾百年、祖先流傳下來的地，就直接這樣落進總督府的口袋了。

聽起來日本人很可惡吧？不過，日本人好歹還有規劃一些國有地給原住民使用，這裡容我略而不提。總之，有些人嚷嚷著原住民竊據國有地云云，其實是混淆視聽。原住民原本就擁有土地，問題是，臺灣在現代化過程中，沒有一個足夠現代化且有效的政權來保障原住民的權利，讓日本「繼承」了清政府的「排除」，結果就是原住民的土地成為系統上的空洞；事實上，竊取者是國家才對。

邵族與此不同。畢竟他們的故鄉沉進水裡，又被日本人迫遷到卜吉；但即使是卜吉的土地，最後也被政府奪走了。

戰後初期，中華民國政府實施土地總登記，那些沒來登記的土地，全都自動變成國有——這些消息，被公告在南投縣政府。說真的，誰會閒閒沒事到縣政府看公告？結果日月潭邊的邵族渾然不知。說什麼王土之內，結果根本被遺忘了。總之，邵族沒去登記，當然也沒機會抗議；某天早上，政府的人來了，他們只帶來結論——

邵族失去大量賴以謀生的耕地，這或許與他們不得不依賴觀光有著分不開的因果。

說真的，剛聽說這段歷史，我還以為是小說呢；說精準點，是道格拉斯．亞當斯的《銀河便車指南》。在《銀河便車指南》裡，地球位於某條即將修築的超空間快速道路上，當修築通道的外星人抵達地球，說將在兩分鐘後「清除」地球時，地球人感到困惑、絕望、慌亂；對此，外星人說：「沒必要擺出這麼驚慌的樣子。所有的計劃藍圖和摧毀的行政命令都已經在位於半人馬座的本地計畫辦公室公佈了五十地球年了，你們有足夠的時間提出正式的抗議，現在再來大驚小怪未免太晚了。」

嗯，顯然地球人是兩分鐘前才知道的。這一定是地球人的錯。當有人類抗議時，外星人還不滿地說：「你說你們從沒去過半人馬座是什麼意思？看在宇宙的份上，人類，那裡只有四光年的距離好嗎？抱歉，如果你們不肯多關心一下本地的事務，有損的是你們自己的前途。」

聽來很耳熟，對吧？這些事發生在虛構小說裡，我們當然能捧腹大笑；但要是發生在我們身上——不，不必假設。已經發生了。

土地總登記是七十幾年前的事，有些讀者可能覺得「唉唷都這麼久的事了」……但國有地認定延伸出的問題就是一直糾纏至今啊？當事情與法令有關，就不可能放著不管自動解決。而且，如果以為邵族因土地受的傷只發生在七十年前，那就大錯特錯了，到現在為止，已有太多遠勝《銀河便車指南》的荒唐事，這邊我就只說一件……這件事發生在二十一世紀。

某地是政府的市地重劃地段（因為縣政府指控邵族竊據國家土地），依法要拆除，甚至土地已經被拍賣出去了；屋主是邵族耆老，他不願意遷出、也不願領補償，持續抗議著。其實那塊地是重要的祭場，不只是「土地」這麼單純，然而好幾次陳情，政府都沒回應。

耆老過世，他女兒接手土地爭議，四處陳情。後來在某個場合——大概是很熱鬧的場合吧？熱鬧到沒人能想像接下來的事——某人遞了一杯酒給她。誰會拒絕別人遞來的酒呢？這不是貪杯，而是禮儀；她喝下那杯酒，但酒裡加了除草劑，毒性發作後，救治無效。

她留下四名遺孤。

是誰遞酒給她——這點沒查出來。或許是遞酒的人太多，無從追查吧。不過，除草劑是能隨便出現在酒裡的嗎？這樣離奇的事件，居然還不是發生在什麼戒嚴時代！事情為何會變成這樣，我不好說些什麼，只能告訴各位後續：祭場還是被拆除了。

以上所言這些，全都源於邵族土地被各種名目巧取豪奪，而且還並不是年代久遠，是現在進行式。說件兩年前的事，那時原民會宣佈魚池鄉全境為邵族傳統領域——什麼意思呢？意思是，魚池鄉裡的大型建設，因為可能傷害到邵族，必須先經邵族同意。坦白說，這都只是亡羊補牢。長期土地流失，不僅僅是剝奪生存空間而已，還剝奪了記憶，那是會累積的痛；能夠想像疼痛被無限延長，成為一輩子嗎？在這種精神創傷外，才輪得到實際的文化斷層、生活方式崩壞、生命的消逝。不過，這項宣稱好歹表現了政府的決心，延宕幾十年的土地問題，總算要開始解決了。

結果呢？反彈可大了。我只說一、兩件自己記得的離譜之事吧。南投縣長直接說原民會的宣稱無效，他也不會配合。記得還有哪個單位，威脅說要取消日月潭的原鄉地位，言下之意就是日月潭是南投縣的日月潭，不是邵族的日月潭。有人說這是製造對立、撕裂族群，但不過就是徵詢在地人的意見與同意，這也算是撕裂族群？雖然沒辦法確知別人怎麼想，但這番話實在給我一種印象——所謂的和平共存，就是「閉上嘴乖乖讓我為所欲為」的意思。

到底是多習慣為所欲為啊？別人甚至還沒反對，只是獲得反對的權利喔？還有人說「就算漢人搶了原住民土地，那也是四百年前的事，有能耐就把所有漢人趕走啊」，但邵族有這樣說嗎？這才叫撕裂族群。動不動把事情推向極端的二擇，逼迫對方放棄成本太高的選項，只能屈從，我對這種手法非常不以為然。

邵族會遇上這些問題，都是因為失去了土地；要是擁有土地，大部分問題都能迎刃而解——這點，早有人看出來了。這號人物與佐藤春夫見過面，不久後，我們會正式遇見他。

觀光客對邵族的印象，多半只集中在熱鬧的碼頭地帶吧。但越過環湖公路，其實還有個聚落。那是條上坡的小路，入口處以簡單的材料做了一個牌樓般的建築物，兩根柱子繪製了花紋（看來是輸出的印刷品），上面用鐵皮做出屋簷般的構造，匾額的位置寫著「Ita Thao」與「伊達邵」，中間繪了貓頭鷹——據說過去有位邵族少女未婚懷孕，遭族人輕蔑，一個人逃到山裡，並在死後變成貓頭鷹——或許圖騰是源於這個故事。

關於此聚落的由來，在社區入口的牌子上有交代：

> 邵族伊達邵部落復育社區
>
> 921地震後為緊急安置受災邵族住戶，延續邵族傳統文化，運用社會各界捐助經費與物資，依照邵族傳說部落型態與文化傳承需求原則下，由邵族文化發展協會、謝英俊建築師事務所等單位參與，配合族人以工待賑方式建造完成。目前是邵族伊達邵較群體聚居的社區，也是邵族文化傳承與推動族群事務唯一僅剩的完整空間。雖然政府已同意歸還邵族一些土地，至今邵族人仍繼續以此為基地，並以堅決的意志在爭取族群生存各項基本權利，包括復育社區的土地在內。
>
> 邵族民族議會 2008.12

可說是在困境中不失尊嚴的宣言。

伊達邵復育社區大門

那天我們四人來到社區入口，雖然鐵門開著，旁邊卻寫著「非本住戶請勿進入」，彷彿不歡迎觀光客——這也是當然的。這些房子連在一起，屋頂是鐵皮還是波浪板，看不太清楚。有些地方還真是質樸到驚人，像木板釘成的窗、用一排排竹子舖成的牆面；有戶人家門上貼著紅色春聯，是漢人的習俗。邵族在日本時代被稱為「化番」，表示他們很久以前就漢化了。在佐藤春夫的記錄中，邵族族長也是穿漢服、會說臺灣話。

從這裡看，社區後面的山平凡無奇，但那就是水社大山。

社區裡有人騎機車出來了。是個男子。機車前面放腳的位置，擠著兩個小女孩，看起來是小學生，甚至更幼小——或許是男子的女兒吧？他狐疑地看著我們。

看來真的不受歡迎啊！我們匆匆離開。

牌樓附近到處有小攤販，可以買遊湖的船票。要不要買票遊湖呢——我們順口問，但誰也沒認真，因為時間是肯定不夠的。沒多久，C開車來接我們。閒聊間，R在車上講了「紅魔鬼」的事——是她父親帶她來釣紅魔鬼嗎？記不太清楚了。總之，我是第一次知道日月潭裡有「紅魔鬼」這種外來種。紅魔鬼會吃魚卵，嚴重破壞日月潭原有的生態。

離開時，日月潭閃爍著清純的綠，帶著點哀愁，很難想像湖面底下有那種可怕的掠奪性物種。我在副駕駛座透過後照鏡看，想像那種紅色魔鬼到底長得多兇狠；把這種魚放生到日月潭的人，恐怕連一刻都沒想過事情多嚴重吧？

日月潭離我們愈來愈遠，最後唐突地消失，像冰雪融化在山裡。

霧社

一

埔里跟日月潭很像——

國光客運抵達埔里站時，已是傍晚。湛藍色的光透過灰雲，這冰涼如水的小鎮，讓我聯想到日月潭；當然，埔里沒有恬靜如夢的湖光，也無杵聲，甚至剛下車，還在困惑不遠處的巨大建築是什麼——要形容的話，就像接收宇宙電波的基地台——那到底是什麼？（後來才知道是中台禪寺普天精舍）總之，光看這街道的風貌，或許很難讓人聯想到日月潭，頂多就是位於盆地，四面皆山，與日月潭邊的水社大山有些像……只有一點。

但夜更深時，那種相似感愈加清晰。那時已接近凌晨，我走在街道上，卻奇妙地並不覺得孤獨，彷彿夜晚融融地包進一切……讓人湧起想哭卻不悲傷的澄淨情感……或許是那溫暖卻不燥熱的春風吧？這種緊張不起來的薄寒，確實近乎水社之夜。

啊，真讓人沉醉啊——

說起來，國光客運埔里站的位置相當奇妙，遺世獨立，就像被鄰近的大樓排擠、隔離出去，兩層樓高的建築也不是方方正正，面向街道的這面像波浪般，有種現代藝術風格，卻是陳舊的。後面有個臺灣聯通停車場，相較於周圍聳起的樓房，就像寬廣的水泥大海，更讓這座客運車站宛如汪洋中的孤島。

停車場對面有間小廟，圍牆只有肩膀這麼高，上面掛滿紅燈籠，全是暗的，有種殘垣斷壁的印象。但隔天早晨看到，卻是再普通不過的廟宇，果然夜晚還是有些嚇人吧！我背著行囊前往民宿，民宿主人不在，沒辦法，只好先在附近找點東西吃。大約往西兩個街區吧，有間賣炸物的小店。

「老闆，還有鹹酥雞嗎？」

「鹹酥雞沒有了喔，雞柳可以嗎？」

我有些失望，但雞柳有各種口味——雖然只是灑在上面的香料粉不同——就答應了。

「那我要咖哩的。」

沒必要吃太多，稍後吃宵夜就好——

這麼想實在是太天真了。

誰想得到，在這小小的店裡吃雞柳，竟是我在埔里覓食最順利的一次。

到民宿後，我問民宿主人哪裡有夜市，民宿主人猶豫好久，說有一條街接近夜市，比較熱鬧。但十點到街上吃宵夜時，幾乎都關了；倒是遊樂場、夾娃娃店燈火通明。雖然有間火鍋營業到凌晨四點，我卻沒餓到那種程度。

跟著Google地圖，地圖上宣稱營業中的店家也全都沒開；一間接著一間，這根本就不是什麼命運之神不會對我微笑之類的問題，快變成喜劇了。為了找吃的東西，一、兩個小時匆匆過去，這就是我在埔里街道徘徊到凌晨的原因。

但冷清嗎？也不盡然。

有一、兩條街，我能遠遠聽到卡拉OK的聲音，彷彿山的那頭還有人開著宴會；卡拉OK大概是我對埔里印象最深的事吧！不是多悅耳的歌聲，生命的熱量卻無需多言，就像七彩霓虹燈招牌，好幾圈燈泡輪流發熱，令人目眩。

最後我在一間酒吧落腳。

除了我以外，店裡只有一位男性客人，其他兩、三位都是店員。沒招待客人時，他們輪流射飛鏢，嬉笑著。我點了杯琴通寧——實在不怎麼美味。琴通寧如此，這間酒吧自然沒什麼期待之處了吧？我如此想著。這時，另一位客人跟店員說了些什麼，態度相當輕鬆，像在進行無需遮掩的交易。投影到牆上的畫面閃現，出現選單，客人拿起麥克風……

原來這裡也有卡拉OK啊！

男子縱情高歌，太熱情了，都是我沒聽過的曲子。我對歌喉不允置評，但聲音也太大了吧！簡直像把水直接灌進耳朵。琴通寧已經不好喝了，還得忍受這音量？

我如坐針氈。這杯酒喝完前的感受，就像掉進電影裡的古典陷阱，只能眼睜睜看著水位上升，慢慢淹過我的鼻子；在這種妄想的生死關頭，我突然意識到自己不在臺北，這裡確實就是異國、異鄉。

——旅情。

我釋然，甚至微笑；喝完琴通寧，又點了杯長島冰茶，果然還是不合我胃口。不過，有何關係？店裡燈光昏暗卻艷麗，帶著科幻感，薄薄的煙味有如九〇年代。啊，異鄉果真讓人沉醉啊——

二

離開日月潭時，佐藤春夫是乘坐來日月潭的椅轎——其實那個時代已有從車埕出發、經魚池轉往埔里的臺車道，離開水社後，應該是可以在魚池轉乘臺車的，為何沒這麼做？或許是這段鐵軌也被颱風重創了吧。

從水社到埔里，單純步行，大約四、五個小時，佐藤春夫已經能熬過集集到水社長達八小時的路程，大概不會太辛苦。他們很可能是沿著現在的台21線；這段路可追溯到清國時代，可說是見證了漢人朝著埔里盆地開墾的歷史。

抵達埔里後，佐藤春夫在日月館過夜。

> 人們招待我住的旅舍，乃是這個市街上最好的。而且那房間是先年佐久間總督來此住宿時特意新蓋的一間十疊再加上八疊大的別館。

彷彿在炫耀其所受到的尊榮待遇。然而堂堂總督，為何會來到這片交通不便的深山盆地？佐藤春夫記錄這短短幾行字，或許埋藏了一個重大的伏筆。

先說說佐久間左馬太過夜的始末吧！簡言之，是為了「五年理蕃計畫」；從這裡開始，就是槍砲聲轟隆轟隆的血腥歷史劇。

對日本來說，上世紀的一〇年代，還有好幾個原住民部落尚未服從日本帝國的威光；這個未臣服不是口頭說說，而是會實際出草日本警察，以示抵抗的。為控制全島，將所有土地轉換為資源，佐久間決定以戰爭方式迫使他們歸順，其中，動員聲勢最為浩大的太魯閣戰爭發生於一九一四年，是從海陸兩方包圍花蓮太魯閣人，其中一條進軍路線橫越中央山脈，入口就是從這埔里盆地出發，經霧社走能高山，朝花蓮的木瓜溪推進……

對，佐藤春夫悠閒通往能高的旅路，正是沿著殺氣騰騰的太魯閣戰爭西路軍其中一支路線；而佐久間左馬太，正是為了指揮這場戰爭，才住進這間高級旅館日月館——據說連工匠都跟涵碧樓是同一批。

作為太魯閣戰爭的前置作業，佐久間發起多次探險隊、調查團，甚至還有探險隊遇上嚴重的山難——那是臺灣史上最嚴重的山難，被冠上探險隊隊長野呂寧之名。野呂寧當時藉屬蕃務本署，職位是「技師」，聽到這裡，或許讀者會小看他，覺得不過是區區的技術人員罷了，但事實上，日本時代的「技師」是官職名稱，這號人物也非同小可，他因蕃地探險而獲得眾多勳章，知名的《臺灣堡圖》跟《蕃地地形圖》都有他參與，還是「臺灣山岳會」的名譽會員；以探險來說，他無疑經驗十足，在一九一三年的這場山難前，他曾探勘玉山，當時還有「蕃通」森丑之助同行——

這位森丑之助——不，再等等吧，我們多的是機會談他。

總之，有著豐富探險經驗的野呂寧策劃了本次探險，事前準備充分，除技術人員外，還跟了五十名以上的警察作為戰鬥力，包括腳伕與帶路的原住民，整個探險隊竟是兩百八十六人的龐大團隊。

他們原本預期的災難，或許是與太魯閣人起衝突吧！畢竟資源足夠，也一直密切注意氣象預報，能有什麼問題？這條路從埔里出發，經眉溪駐在所、霧社……這段路還與佐藤春夫的行程重疊；之後往清境農場那條路前行，到櫻峰，隨後前往合歡山，經奇萊北峰穿越立霧溪，原本是這樣的行程；但當探險隊到了合歡山山腳，前方領路的原住民有意見了。

「萬萬不可以在山頂露營，沒有人受得了寒氣，剛好合歡山下有獵寮，可以就近露營於獵寮那裡。」原住民頭目如此說。

有經驗的人表態，野呂寧為什麼不聽從？其實也不是毫無道理。根據在前方探勘的人回報，頭目說的地點太遠，而且他們前年曾在合歡山頂露營，應該沒問題。

只是風有點大罷了，不算大礙，野呂寧或許是這麼想的吧？況且如此龐大的探險隊，物資都是計算過的，不能拖延。他跟原住民說，大家都有領到防寒外套跟毛毯，沒問題的，強硬要求他們上山；但抵達山頂後，風雨愈來愈大，眾人無法生火煮飯，只能吃乾糧，入夜之後甚至砸下冰雹，氣溫降到零下三度，帳棚也被狂風吹走，再怎麼有勇氣的人也無法忍受，甚至有人冷到嗚咽——

這場風雨，據說是開設測候儀器以來的測量到的最大值。他們的運氣實在不好。

等發現時，原住民已幾乎逃光，搬運物資的腳伕也逃走了。野呂寧原本希望天氣恢復，還能繼續探險任務，但不只天氣，人員大量逃跑也讓士氣崩潰般下滑，只好下令撤退。一路上，他們看到逃走腳伕們的屍體，還跟著隊伍的腳伕，也在回程中一個個倒下。這些人都是漢人，他們被配給的裝備較少，更不耐寒，這大概是野呂寧也沒想到的慘況。但他們自身難保，無法協助其他人下山，只能眼睜睜看著他們脫隊凍死。

光是野呂寧在回程看到的屍體，就有四十幾具，最後統計的失蹤者人數高達八十九人——很可能就是這場山難的死亡人數；在臺灣史上，不，或許包括未來，都不會有死亡人數更高的山難了？畢竟以數百人為單位的探險隊，沒有國家力量在背後支援，怕是很難有的了。況且，在山林測量已經完成的當代，也沒有探險的必要。

當然，這點小事根本不妨礙佐久間總督的計畫。下次合歡山探險甚至由總督親自坐鎮指揮；這段路，就成為太魯閣戰爭西路軍的另一條進軍路線。

其實這些探險，臺灣日日新報上都有詳細記載，只是當時沒學日本語的太魯閣人，大概無法看報得知這些針對自己領地的冒險。但就算知道，又有誰能想像這些冒險是為了純粹的暴力鋪路？一九一四年的太魯閣戰爭，結局不難想像；太魯閣人即使投降了也被趕盡殺絕，失去孩子的母親在戰火中發狂哭泣，族人最終被遷離故居、學日語，成為殖民地體制的一部分……即使沒有現代國家的形制，太魯閣人遭遇的，無疑是亡國之痛。

六年後，佐藤春夫抵達埔里。當時槍砲的煙硝，都已在山脈彼端消散，剩下的，只有「佐久間總督曾住在這裡」的隻字片語。

那麼，這座日本時代埔里社街的最高級旅館，現在位於何方？其實就在我之前下車的地方——國光客運埔里站旁的停車場。

大約能停七、八十輛車，靜謐而遼闊的水泥海。從地圖上看，大約是一千兩百平方公尺。

戰後，原本由日人經營的日月館被臺灣人接手，以「日月旅社」的名義了經營一段期間，後來又賣出去，原本的旅社被拆除，建起「日月商城」。這個商城後來遭到何種命運？為何變成停車場？原來九二一大地震時，這個商場也被震毀，不如說，整個埔里都是重大災區……

說起來，那或許是我人生中第一次聽到「集集」這個名字。

記得一九九九年——那年流行末日預言，恐怖大王會在七月從天而降，心裡懷春的少年少女，紛紛在世界末日前告白，七月後，青春遭到背叛，說不定人際關係也翻天覆地，但最黑暗的時間無疑過去了吧？所以誰也沒想到九二一。那天凌晨，我還沒睡，坐在書桌前跟我弟聊天，突然某種恐怖感逼近，像潑過來的黑水，根本無法抵禦。

天搖地動。

「地震！」

我們慌了手腳，平常學的那些防震知識全沒派上用場，不如說，晃到這種程度，連走動都很難；地震持續了好久好久，久到讓人覺得有些好笑；那是近乎荒謬的感覺，地震怎麼可能這麼久？但這念頭剛滑過去，燈就熄了。

地震帶來的是全島大停電。

隔天，我才知道震央在「集集」，那時還覺得這名字好怪啊，怎麼會連續兩個同樣的字？真是天真到近乎蠢笨的少年。不過，只有災區外的人才有這種餘裕。南投跟臺中有好幾萬棟房子倒塌，包括日月潭邵族的住所跟這棟日月商場；國際救援隊從世界各地趕來，有些救援隊受中華人民共和國阻撓，錯過黃金救援時間——這些，都是這座島嶼的記憶。

日月商場在震災後一蹶不振，變成停車場。

看著這塊地，我不禁想，要是「日月旅社」還在會是如何？埔里沒什麼高樓，日月旅社大概也不會超越兩層樓吧？或許還是維持著檜木構造，陳舊又卓然而立。客人從國光客運下來，馬上就可以住進旅館；旅館員工——會穿著怎樣的制服呢？無論如何，他們或許會笑呵呵地介紹，哎呀，我們這裡有間客房，日本時代可是住過臺灣總督跟文豪佐藤春夫的喔！那間客房可能保留原貌，成為觀光重點之一。

不，當然不會是這樣。更可能徹底變成當代風貌，掛著文青風格的招牌，與時俱進就是這麼回事。或許我會住進這樣的旅館，房間鋪著塌塌米，帶著藺草香，乳白色的電燈還是古老樣式；我推開窗，卻意外發現窗外的景色與當代不同，不遠處還有以泥土砌成的城牆、古老的城門，人們穿著簡樸的衣服，偶爾有日本警察的身影——這是因為我想到巫永福的回憶錄。巫永福是位詩人，自述出生於能高郡埔里社街八十五番地，就在國光客運埔里站的後面巷子。要是將頭伸出窗外，能看見他的故居嗎？清國時代，這裡有個大埔城，吳光亮為了處理原漢衝突，以城池分隔了不同族群，而客運車站的位置，就在東門附近；如果窗外景色就是巫永福出生的一九一三年，那時日月館才剛建好，佐藤春夫尚未來臺，甚至大埔城也還沒拆毀……

這些都只是幻影。但從一份記憶到另一份記憶，對建築來說——就算只是想像中的建築——也不過就是開窗那種程度的事。

三

霧社的日本人因蕃人的暴動而全部被殺了——

〈霧社〉以這樣聳動的句子開場。

只看這段文字，或許會以為是霧社事件吧！不過，這時離霧社事件還有整整十年；佐藤春夫記下的，不過是他在集集街旅舍聽到的謠言。

這麼說，是謠言預言了未來嗎？

恐怕是謠言也有其緣由吧。就算日本人在霧社建立市鎮，宣稱「蕃童教育」有成，也有些隱密的衝突正醞釀著。有什麼不對勁。但大家都說不上來。於是當衝突發生，人們就從混亂的心靈中抓出那根頭緒，嚷嚷著「一定是這樣」——發生暴動的地方一定是霧社！

「哪會平靜下來呢？那些傢伙們就算靜下來，再來這邊也不會平靜啊！」

霧社不遠處的茶店老闆娘也這麼說。

雖說如此……但「全部被殺」，驚人地吻合霧社事件的情況。事件當天，不只政府官員，整個市鎮的日本人，無論男女老少，幾乎是能見到的都殺害了。謠言竟看穿了十年後的發展，這實在讓人毛骨悚然。

但在一九二〇年，集集的旅人們似乎不太相信這個謠言。佐藤春夫如此記錄他們的觀點：

霧社本就是蕃界的第一大都會——這樣說大概不誇張，那裡至少有一百多個內地人住著，而且那個社裡的蕃人也應該不那麼野蠻才是。一百多個內地人悉數被殺，這件事是絕不可能的。這些話聽來，足以相信。果其然，來到日月潭就知道那個風聞是頗為誇張的了。而且場所並非在霧社，是再進去裡面的地方。這個消息是從埔里社來的人那裡得到確認的。儘管如此，我究竟能否從霧社到能高去，則尚未得知。

再裡面的地方？

這說法未免太不精準了。正確地說，是要翻山越嶺——可能要走五十多公里才能抵達的大甲溪上游；實際的情況，佐藤是在眉溪駐在所附近的茶店聽說的。

雖然有點突然，但來說一下一九二〇年，佐藤是如何前往能高山的吧。

從埔里開始，佐藤春夫要在現在埔里鎮公所東北一百公尺左右的臺車站，轉搭埔里興業株式會社經營的埔眉輕便軌道——這條軌道也是為太魯閣戰爭作準備——在平地走一段路，遇到眉溪時會緩緩上坡；佐藤說遠方有臥牛山，途中經過伏虎山，從地圖推測，他說的應該是牛眠山與虎仔山。其實，附近還有蜈蚣崙與鯉魚窟；埔里四周的山區還真是被動物所圍繞。

透過臺車移動約十六公里，抵達眉溪駐在所，佐藤就是在這裡得知謠言的真相。眉溪駐在所位於現在的眉溪公車站附近，對面有座「東眼山橋」；要到霧社，從這裡開始，就只能步行了。通過人止關，經連續S形彎路抵達霧社，徒步大約六公里的路程；佐藤說距離三十町，大約才三公里多，讓我難以理解，可能他是指直線距離吧。

在霧社過了一夜，隔天，佐藤要在天黑前抵達能高駐在所。路上經過荷戈駐在所、荷戈社、塔羅灣社——附近有另一條路，可以下切到頗富盛名的「櫻溫泉」，但佐藤顯然沒有去泡溫泉的餘力——經過斯庫社附近的鐵線橋，再一段路就會抵達波阿崙社，也就是現在的廬山部落。

附帶一提，附近也有溫泉。廬山溫泉在馬赫坡部落，日本時代就有記錄；但要前往能高山的話，並不順路。屯原駐在所，就在現在的屯原登山口附近，從這裡進入能高越嶺古道，還會經過尾上駐在所，最後抵達能高駐在所。

這就是佐藤春夫能高之行的終點，現代的「天池山莊」；從霧社出發，大約走了三十五公里左右，同樣的距離，都可以從臺北車站走到中壢了！

接著再來講講一九二〇年的這場「蕃人暴動」吧。

在眉溪駐在所旁的茶店，佐藤得知暴動的其實是泰雅族撒拉馬歐（Slamaw）群的原住民，茶店老闆娘轉述的情節十分慘烈，原文如下——

撒拉馬奥的日本人被鏖殺了。總共七人。是警察以及其家族，悉數被砍頭。最可憐的是署長夫人，可恨的蠻人把她剖腸裂肚，連嬰兒都取出。夫人是懷著身孕的，胎兒有八個月大。最慘絕的是連那胎兒的頭也被剝去。實在是突然的暴動，連求援的時間都沒有。

這些話，當然是傳聞居多，不過當時報紙上確實留有記錄；九月十八日凌晨一點，撒拉馬歐群的原住民突然圍攻合流點分遣所，官方記錄有六十幾人，他們埋伏在宿舍門口，用力敲打「雨戶」——在深夜，這是何等不祥的敲門聲啊！接著眾人放火燒屋，照亮原始叢林，從夢裡驚醒的警察與家人倉皇逃出，卻被埋伏在外的撒拉馬歐原住民殺害。五個巡查九死一生，逃到馬里科灣警戒所（大約位於今南投縣翠峰），將這個消息傳出去。

受害者七名，除了未出生的孩子，還有一個二歲的長男，後來應援隊趕到現場，發現遇害者的屍體燒焦了一半，大部分被馘首，樣子十分淒慘。

其實這份報紙記錄與佐藤春夫聽到的傳聞有不小落差，以下繼續摘錄佐藤的見聞：

當然，並非在兩三天以前完全沒有一點預兆，蕃人們好像有額外的要求；他們認為，其他的蕃社都得到許可，理所當然的，自己的蕃社也一樣能得到許可。對此，署長回答道——即使許可其他的蕃社，但這個蕃社和其他蕃社的情形不同。更何況該項要求，就是在其他的任何一個蕃社，照理說也不可能得到允許的，一定是你們聽錯了。署長如此地暫時把他們叱回了。不過，他們在第二天再度重覆提出同樣的要求。（那個要求到底是什麼，我不知道，所以就問她了，可是她也不知道。只說：「總之，那些傢伙明知那是難題，故意把它突顯出來的。」）那天，比前一天來了更多的人，署長接見了他們推派的代表，因為覺得有些不妥，也就回答說，讓他深思熟慮之後再做答覆，而把他們安撫了下來。那是傍晚的事。接著，就是次日早上離現在四天前的那一天。一大早八點左右時候，就來了五、六個人要求昨天約定的回答。據說他們的樣子看來很溫和。但署長回答說，再怎麼想都不行時，他們的態度就急劇地變化了。快速地往外面飛奔而出，署長察覺有異，叫道「マタラ（ma-ta-la），マタラ」（大概是蕃語的「等一下，等一下」之意吧）時，已太遲了，哪裡還有什麼等一下不等一下的，他們火速從後山一下子就群集長驅直下，抓到的全部殺光，隨即放火燒掉公所，揚聲退回山奧裡面去了。

從事發時間就不同了。其實這段傳言，可能是合流點駐在所的事件，與另一事件的混合；九月十八日上午十一點，還有另一場襲擊，那時奇雅伊（Kiyai）部落的頭目帶著三十幾名族人，到捫岡駐在所說要見長久保警部補。他們來意為何？報紙與官方文書《理蕃誌稿》都沒交代。總之，就在幾位重要人物在事務室裡談話時，外頭等待的族人突然衝進駐在所，見人就開槍。如果這一切都是奇雅伊部落頭目的計畫，他聽到槍聲時，是否會在事務室裡露出滿意的笑容呢？

不，這太戲劇化了，簡直像電影裡的黑手黨老大；撒拉馬歐群的原住民之所以反抗、出草，固然有其遠因，近因卻是西班牙流感——有這種說法。一九一八年，全球爆發了致命流感，而且是陸續好幾波，總共死了好幾千萬人。到了一九二〇年，流感蔓延到的撒拉馬歐地區，當地原住民認為這種不祥的疾病是日本人帶來的，跟日本人的衝突便愈來愈激烈，終於演變成撒拉馬歐事件；當然，日本人不可能無動於衷。佐藤春夫從日月潭來埔里的路上，就已見到集結的軍隊。

在我從日月潭出發前往埔里社的山間路上、田圃中，都可看到三四人一伍，肩上帶著槍械，帽子後方的遮日白布垂到肩上，翩翩飛舞，和我朝同方向趕路。那是為了討伐蕃人而被召集的巡查們朝著埔里社集合的光景。

這與報紙上的記載吻合。一九二〇年九月二十日的「臺灣日日新報」有篇報導：

軍隊の強行軍　晝夜兼行霧社に到著

臺中州下サラマオ蕃人の反抗により埔里社分遣隊は示威の為め十八日同蕃社方面に行軍したるに付臺中第三大隊よりは數十名の一隊十八日午後七時發中南鐵道にて草鞋墩に到著し夫より金仔を經て晝夜兼行の強行軍を行ひ途中北山高に二時間休憩し今朝十一時霧社に到著し

たり（二十日臺中電話）[1]

這正是戰爭的序幕。

大砲、飛機。同樣生活在山林裡的其他部落，被分發了殺人的槍——真是不公平的戰爭啊！但這樣的戰爭，被報紙大肆宣揚著。

1 編按：譯文如下。〈軍隊強行軍　晝夜兼程抵達霧社〉：「由於臺中州下撒拉馬歐蕃人之反抗，埔里社分遣隊為示威，十八日向蕃社方向行軍，故由臺中第三大隊組成數十人之一隊伍，搭乘十八日下午七點發車之中南鐵路抵達草鞋墩，並由此經金仔，進行晝夜兼程之強行軍，途中於北山高休息兩小時，於今早十一點抵達霧社（二十日臺中電話）」。

四

現在要到霧社、盧山，可以開車、搭公車，當然也可以徒步；但說真的——饒了我吧！沒有運動習慣、習慣現代交通工具、身體又早已不在顛峰狀態的我，實在不覺得自己能從埔里走上去。

我決定搭公車：南投客運。

南投客運的埔里總站離酒廠不遠，我從民宿走去，只花了十幾分鐘；根據古地圖，這位置已走出大埔城的範圍了……古代的城池實在不大，不需要多久，就能從這一頭走到那一頭。

我的計畫是搭公車到盧山溫泉，用兩天來移動；一天從盧山溫泉走到霧社，另一天從霧社走到眉溪的公車站。這樣的安排或許讓讀者疑惑，如果要追隨佐藤春夫的腳步，不是該到霧社，然後走到天池山莊再返回嗎？從盧山溫泉下來，連能高越嶺道的邊都沒摸到，更別說佐藤春夫根本沒到過盧山溫泉。

還請容我向各位解釋。在計畫霧社之行時，天池山莊正好在整修，只開放外面的露營區；當然露營也有一番風味，但天池山莊相當於佐藤行程的「能高駐在所」，都到那裡了，卻沒住進山莊，未免太可惜。然而，天池山莊的整修計畫長達五個多月，考慮到我的時間規劃，實在無法等到山莊重新開放後才踏上霧社之旅。

因此我將〈霧社〉的行程分為兩段，一段是能高越嶺古道，會在天池山莊重新開放後進行，並以附記的形式，附在本文之後。

另一段則是本次的重點：霧社。

佐藤春夫從霧社出發，沿著蜿蜒的深山小路，途中經過好幾個原住民部落與駐在所，荷戈、斯庫、波阿崙——我突然發現，他走的這段路，不正是霧社事件時，賽德克人舉著火把，往霧社殺過去的路線嗎？只是方向反過來了。十年前的旅路，在十年後竟成為燃燒著野火的戰場，這想像令我毛骨悚然。

於是我靈機一動。

何不試著從霧社事件的起點馬赫坡出發，前往霧社呢？不是「遙想霧社當年」——不是的。對賽德克人來說，那時的抵抗大概是不得不然吧？被殺害的日本人，也有許多罪不致死吧！對這場無可避免、無可挽回的悲劇，用「遙想」似乎太輕率了。

不過，我也不認為試著走這段路毫無意義。其實效法是不可能的。因為霧社事件是不同部落多線前進，中途還指派部落成員到其他部落聯繫，戰場就該是這樣；像我這樣憑自己的一雙腳，不可能再現霧社事件的行進實況。但聖地巡禮的虔敬，也不是只追尋表面的形式而已，至少對我來說，試著再現霧社事件的路徑，是想盡一絲「理解的努力」。

當然，讀者可能會說——喂，不能因為佐藤春夫寫了〈霧社〉，就覺得可以寫霧社事件啊！兩者相差十年，根本八竿子打不著。然而兩者真的毫無關係嗎……？這裡，請先容我賣個關子吧。

我們先回到客運站。

埔里總站很古老——我不是說有什麼悠久的歷史，而是車站本身的建築形式與精神，就散發著一種陳舊氣息。站務室外的牆壁漆成白色與藍色，很像以前臺鐵標誌的藍。站務室的標示牌，是寫在白色塑膠板上的綠毛筆字，那種字體與其說典雅，不如說符合體制的要求；我想到有些國小會在椅背寫國小的名稱，就是那種毛筆字。

「要去哪裡？」站裡的員工懶洋洋地問，是看來五、六十歲的削瘦男子。我說要去盧山溫泉，他就說：「一點。」

是一點發車的意思吧？內容實在太過簡潔，彷彿再多吐一個字都是浪費。我坐在木製長凳上等。為因應 COVID-19，凳子上貼了紅色膠帶，禁止大家坐在彼此附近。雖然車站裡也只有我一人。

天上浮著幾朵雲，但顯然是晴朗的天氣。

沒多久，三位年長的女士來到車站，聽她們談話，好像是一大早就從臺北來，也要去盧山，是姊妹淘退休後一起旅行嗎？不，也可能是家人吧。到了發車時間，我們被帶到車站另一側，來的是輛小巴。除了我們幾個觀光客，有位少女也上了車，她背著背包，似乎是小學生的樣子。

「哎呀，放學了嗎？」

一位女士熱情地向少女攀談。

「嗯，今天只有半天。」

少女有些怕生，還是禮貌地回應了。

「那麼放暑假了吧？」

「還沒，下週才放。」

「下週？你們還在考試？」

「今天就考完了。」

算是某種閒話家常。我偷偷觀察少女——不是偷窺，只是好奇；她應該是在地人吧？搭這班前往廬山的公車，難道是原住民？但我沒有光看輪廓就認出是不是原住民的能力，如果只因膚色較黑就覺得是原住民，那也太失禮了。況且，埔里這塊地的族群其實意外地複雜。

佐藤春夫那時將埔里稱為「埔里社」——既然用「社」這個字，難道是原住民族聚落？至少在日本時代，這個被稱為埔里社街的地方已不是以原住民為主，不過，這個「社」字確實是原住民聚落；史書上所謂的「水沙連六社」，就包括埔里社。埔里社究竟屬於哪個族群？有學者認為是邵族，也有學者認為是布農族——怪了，這種直接採訪埔里社人就能知道的事，為何會在學界引起爭議？原因也不難想像，埔里社已經消失了。

說到埔里社消失的原因，就不得不說說知名的郭百年事件；這事說來極為慘烈，要是佐藤春夫談起，是否會像〈女誡扇綺談〉對沈家發跡者的評價那樣，認為郭百年是位「怪傑」呢？——這我還真不知道。在我看來，不過就是詐欺犯與殺人犯罷了。但世上崇拜詐欺犯與殺人犯的人，意外地也不少，或許榨取他人所獲得的權力，確實有種讓人迷醉的魔力吧！

這事發生在嘉慶年間。當時的水沙連，還有不少土地未開墾，引起外人覬覦。水沙連有位黃林旺，他是當地的隘丁首；隘丁是在番界邊緣防守、保護開墾者——算某種警衛隊吧？或許他的身份沒這麼簡單，但我沒查到詳情。總之，他身處原漢邊界，自然知道番界內還有廣大肥沃的土地可供開墾，於是找上有「開墾需求」的陳大用、郭百年，將這消息告訴他們。

當時，越界開墾是違法的，就算知道那裡有土地，也只能牙癢癢地看著；但貪念——當慾望如洪水般湧來，頭腦也會變得機敏吧！他們勾結臺灣知府的門丁黃里仁，假稱過世的原住民頭目留下遺言，說部落欠了當地漢人的錢，無法償還，願意讓漢人承租水裡社、埔里社的土地。官府未加細察，公告水裡、埔里社土地讓人開墾，陳大用馬上出面承租，取得墾照，將墾照轉交給郭百年——這裡，《東槎紀略》是這麼記載的：

> 郭百年既得示照，遂擁眾入山，先於水沙連界外社仔墾番埔三百餘甲。由社仔侵入水裡社，再墾四百餘甲。復侵入沈鹿，築土圍，墾五百餘甲。三社番弱，莫敢較。已乃偽為貴官，率民壯佃丁千餘人至埔里社，囊土為城，黃旗大書開墾。社番不服，相持月餘。

這裡要提一件事。原本水沙連諸社勢力龐大，也十分兇猛剽悍，怎麼會讓漢人欺負，乖乖讓他們開墾？別忘了，康熙年間曾發生「骨宗事件」，那件事重創水沙連諸社的力量，因此到了嘉慶年間，竟無法阻止漢人過那一線——

那一線，也是人與非人的一線。

到埔里社時，郭百年帶領的人馬與埔里社人僵持不下。其實這段期間，清國官府已聽說這場衝突，但來探勘的人都被郭百年收買，竟無人遏止郭百年的惡行；眼見開墾沒進展，郭百年就跟埔里社人談判：只要以鹿茸作交換，他們就放棄開墾。

埔里社人答應了。

為取得鹿茸，社裡的壯丁們入山狩獵，希望能用商品換得這些漢人不再覬覦他們土地；但郭百年不這麼想。趁此「天賜良機」，他帶人殺進只剩老弱婦孺的埔里社，放火燒房子，見人就殺；這就算了，他們聽說埔里社風俗會以器物陪葬，就將百餘座埔里社墳墓挖開，屍骨暴露在外，掠奪墓裡財物。每個墓都以刀、槍陪葬，他們因此得到了大量兵器。

——埔里社壯丁從山上歸來，看見被漢人佔據、焚燒的家鄉，他們是怎麼的心情，我真是難以想像。失去了父母、妻子、孩兒，他們想必會因怒火而顫抖吧？但喪失了財物，甚至是武器，他們能與之一戰嗎？恐怕最後是白白赴死吧！所以埔里社人忍著悲痛，投奔眉溪以北的眉社——泰雅人。

這件事並非以郭百年的勝利作結。

最後，官府還是察覺此事，雖然有人說「都開墾了，不如就地合法吧」，但也有人認為開此先例，之後越界開墾的人會愈來愈多，如果把原住民逼到極限，誰也不知道會發生什麼事。最後，開墾埔里社的漢人被驅離，也在水沙連界外立石碑，禁止漢人越界，用詞相當嚴厲：

嚴禁不容奸入，再入者斬。

至於罪魁郭百年，只是打幾杖就了事。

漢人走了，埔里社人可以回到自己的家園了吧？是的。但在大屠殺之後，埔里社的倖存者已無力維繫部落運作；正好山下平埔族受漢人開墾壓迫，生活空間愈來愈小，就在埔里社的歡迎下，大量平埔族遷進埔里，包括巴宰族、噶哈巫族、羅亞族、巴布拉族、巴布薩族、阿里坤族、道卡斯族等——

沒過多久，埔里族就混進這個大熔爐，自然消滅了；據我所知，現在已經沒有誰能說出埔里社的回憶。〈霧社〉裡，招待佐藤春夫的官員說近一點的山地也有兩、三個蕃社，不知是否包含這些平埔族？前幾年，我參與《尋妖誌》計畫，聽說埔里有所謂的「番婆鬼」傳說——部落裡學了黑巫術的人，可以在晚上將眼睛拿出來，換上貓眼夜視，並用芭蕉葉在夜空翱翔；能變成煙霧潛入房間，還會吃小孩子的內臟——流傳著這則傳說的噶哈巫族，就在埔里的牛眠山、守城份、大湳、蜈蚣崙等地。

佐藤春夫搭的臺車，途中會經過噶哈巫的領地——要是知道這些傳說，他大概會興致勃勃的吧？

公車到了埔里轉運站（其實就是國光客運的埔里站），突然有大批人潮湧上，瞬間小巴就水洩不通；其中兩個人提著大包小包的，光是拎起那些塑膠袋，就有兩、三個人寬。他們用我聽不懂的語言講話，大概是原住民語吧？或許是下山採買……因為山上有宴會嗎？還是難得下山一次，非得買這麼多不可？這些我當然不得而知。他們之後在春陽部落下車。

公車的音樂很大聲，是很懷舊的風格，有點像那卡西。一位原住民女子在車上視訊電話，聲音竟能蓋過音樂；其實我不知道她是不是原住民，只是她說的語言，我一點都聽不懂——

比起佐藤春夫說的「旅情」，我卻是感到「親切的陌生」；雖說是這塊土地上的住民，我還是有太多不瞭解的事。

公車搖搖晃晃上了山路。原本沿著眉溪還能看到對面大山，視野算是遼闊，但一過人止關，氣氛瞬間不同了；溫度驟降——可能是錯覺吧？不過隨著公車往前，確實像穿進某種異界，嚴肅的氣象如雲海般流洩而下，讓人不得不謹慎起來。

遠方的山帶著點愁悶的氣息。

離廬山溫泉還有好幾站。經過連續的彎路，在接近霧社的地方，有個巨大木製路標，上面寫著距「奧萬大國家森林遊樂區」還有二十公里——

奧萬大，就位於日本時代「萬大蕃」後方；這個「奧」大概是「更深處」的意思吧！人類學家移川子之藏曾在〈表現詛咒現實性的範例〉提過萬大蕃，他說萬大蕃有個小社「斯米奧魯」，由於會下詛咒，受到其他部落的忌諱。

這件事，與佐藤春夫不算是毫無關係。

為什麼？難道佐藤春夫受詛咒了嗎？當然不是。是因為移川子之藏說的「詛咒」……對他人下咒的魔法……就是佐藤春夫在〈魔鳥〉這篇小說裡提到的「禍伏鳥」。

五

〈魔鳥〉裡的故事，大概是虛構的吧！

雖然佐藤春夫講的好像從原住民那裡聽說了真人真事，但說真的——細節太多了，多到不像是能在日常交談中透露的。根據〈魔鳥〉，他在往返能高山的路上，有兩個全副武裝的警察保護他，此外還有兩位歸化的原住民，為佐藤等人拿行李並帶路；禍伏鳥的傳說，就是這兩個原住民的閒話家常。

但同樣的能高之行，〈霧社〉的描述略有不同；到了霧社後，霧社支廳的官員跟他說，為了旅行者的安全，通常會派兩名警察陪同，但撒拉馬歐事件剛發生，人手不足，因此只能派一位警察陪同。作為代替，加派一位武裝的蕃丁，等實際上路時，還有一位運送郵件的蕃丁陪同。後來警察中途回到霧社，由能高來的警手接替，武裝的蕃丁也回霧社去了。警手與警察同時都在的時間，大概很短吧？當然，有可能是佐藤在〈魔鳥〉裡省略了細節，可是在我看來，這正是〈魔鳥〉虛構的證據。要是兩位原住民真講了這麼有趣的故事，佐藤真的可能不在〈霧社〉提及嗎？這傢伙可是抱怨前半段行程相當無聊，因為同行者都與他保持距離呢！

什麼？讀者還沒讀過〈魔鳥〉？

那也沒關係，因為接下來我講的，跟〈魔鳥〉的主軸並無太大關係——我說的可是歷史上的事實，而且比佐藤的小說辛辣多了！

雖說如此，還是借用一下〈魔鳥〉的文字吧。

> 禍伏鳥是什麼樣的鳥呢？聽說長得就像鴿子的形狀：白色，腳也是紅的。但關於它的樣子，知道得更詳細的人，在這世界上並不存在。因為，看過禍伏鳥的活人，在這世上一個也沒有。因為，只要看過這種鳥，這個人就註定要死。當然，能夠不死而能看到這種鳥的人，還是偶而有之。但那只限於禍伏鳥使。能夠自由地驅使這種魔鳥——禍伏鳥的人，他們稱為魔禍伏鳥。一般來說，這個蠻族在名詞的前頭加一個M音，使名詞動詞化。而動詞化之後的那個詞，也就意味著做那種行為的人。——不過，這種話語上的考證、詮釋，我也不很清楚，而且，和故事也沒什麼關係，就請記住是魔鳥和魔鳥使就是了。

佐藤春夫這段，算是相當詳實。但我想指出，雖然中文譯為「禍伏鳥」，很容易讓人認為那就是一種鳥——其實不是的。簡單來說，「禍伏鳥」這個詞就是「詛咒」或「魔法」的意思，只是這種詛咒的表現，剛好是以「鳥」的樣貌現形。事實上，在「禍伏鳥」的民間傳承中，也有不是以鳥型出現的版本，像白色老鼠。如果硬要類比，我覺得「禍伏鳥」有點像歐洲民間傳說的「Familiar Spirits」，那是受巫師驅使的小動物……不，比起動物，其實更像與施咒者共用同一精神的動物投影。

魔鳥

當然，這是強行的類比。「禍伏鳥」這種魔法是獨特的。

要是部落發生壞事——有人毫無預兆地生病，或出意外死了，甚至部落外發生坍方，把田地給掩埋了——當這些難以追究緣由的壞事發生，人們就會懷疑是不是有人下咒引起的；一旦有了這種懷疑，接下來的事會相當可怕，因為部落會找出下咒者，將其殺害……不，不只，是將下咒者全家殺害，並放一把火將房子燒掉，將邪惡的陰影斬草除根。

被指為魔鳥使，是比一般人看到魔鳥更為戰慄的事。普通的人看到魔鳥，充其量也是其個人死而已。但，若是魔鳥使，則不只是其本人，也意味著全家族的慘死。

如果讀者習慣推理小說，看到這裡或許會有

些懷疑。

證據呢？有人無故虛弱削瘦至死，也可能只是單純的疾病吧？要怎麼證明是咒殺？實際上真的沒證據。重要的不是事實，而是「好像有人施展魔法」的恐懼；那種感覺或許是有緣由的吧！就像種種徵兆匯流，形成某種難以解釋的直覺……但直覺真的準確嗎？不見得。不準也沒關係，重點是直覺確實浮現了。

只要恐懼有了對象——是不是事實，根本不重要。

部落的人懷疑某人下咒，不會有審判，也不要求證據，僅僅是嫌疑，就足以讓人殺害他們；日本時代，甚至有記錄此習俗的人類學家質疑，這個族群的原住民根本是討厭某些人，就說對方是妖術師。這話或許沒錯，但討厭是種複雜的情緒，事情絕無這位人類學家說的這麼單純；但有個實例，或許可以示範這種對下咒者的懷疑，不見得有什麼道理。

曾有位日本的口譯員東西被偷了，他懷疑是原住民偷走，把附近的原住民召集起來追問，沒人承認，後來他在紙上寫了什麼，將紙燒掉，沒多久，偷竊者全家死盡，只剩一人，眾人就懷疑他是能夠以那種魔鳥詛咒害人的妖術師；後來這位口譯員追求角板山部落的女子，該女子的父親不答應，沒多久，這位女子就股間腫脹而死，人們更加認為他是妖術師，直到口譯員辭職，事情才平息。

——雖然不能說沒有徵兆，但連剛接觸部落才幾年的日本人，都可能成為以魔鳥下咒的妖術師？這未免匪夷所思。在這個例子中，口譯員平安離開部落，但有更多例子，是被懷疑者全家被殺，就算有一兩位活著，也被其他族人忌諱、厭惡，最終還是面臨不幸的下場。對當代奇幻小說讀者來說，這也讓人難以接受吧？都能用魔法殺人了，怎麼會被抓到、還簡單被處死呢？應該用魔法將圍殺他的人全部殲滅才對。

佐藤春夫介紹這個故事時，說「地名人名等也一概從略」，彷彿百年後的我們，不太可能去追究是哪個族群流傳著「魔鳥傳說」——其實並非如此。

前幾年，有一本號稱「臺灣妖怪百科」的書收錄「禍伏鳥」故事，說是賽德克族的傳說——這是錯的。事後我問作者為何這樣判斷，作者說是因為地理位置接近。這不能說錯。畢竟佐藤春夫聽到這故事時，正在賽德克族的領地中；不過，僅憑佐藤春夫的一篇文章就論斷原住民傳說的源流，未免疏忽，也略嫌單薄。就算佐藤是在賽德克族的領地聽說這故事，與他同行、告訴他這則故事的原住民也不見得是賽德克人啊？更別說〈魔鳥〉很可能是虛構的。

其實光是〈魔鳥〉的文字，就已留有不少線索。為何人們要冒著害死全家人的危險，成為施展魔咒害人的人？佐藤曾問其他原住民，他們說「大概是亞凱・歐多夫來唆使的吧」，所謂的亞凱・歐多夫，是祖靈中的邪惡者——顯然是泰雅語中的Yaqih Utux；故事中，少女碧拉由於未刺青而被懷疑使役魔鳥，她的名字正是泰雅語的「錢」(Pila’)；弟弟科磊是泰雅語的魚（Qulih），父親沙三（Sasan）則是泰雅族常見的名字。

不只如此，〈魔鳥〉裡根本處處充滿泰雅辭彙！族人死後會通過Hongu’ utux——靈魂之橋，彩虹橋——這正是泰雅語發音；前進路上要是聽見Siliq鳥（繡眼畫眉）的叫聲，可以預見吉凶，這也是泰雅族習俗。由此可見，〈魔鳥〉所描寫的故事發生在泰雅部落，當無可疑。綜觀日本時代人類學文獻，多半將這種使役魔鳥者稱為「妖術師」，或將這種行為稱為「詛咒」，事情都發生在泰雅族部落；雖然無法否定魔鳥傳說流傳進賽德克部落的可能，但說明源流來自泰雅，才是疏理臺灣魔魅傳說的必要工作。

說到這裡，或許有些讀者會覺得——哎呀，真野蠻！果然是未開化的民族——果真如此嗎？我不這麼想。不如說，這在文明開化的現代社會也不罕見啊！對不瞭解事物的恐懼——有些人不是討厭同性戀？但同性戀沒做壞事，憑什麼只因性向就被貶低？或許有些人會說，沒辦法啊，我就是討厭——或許吧！若這是事實，人心當然是無法勉強的。但從討厭變成實際的迫害與暴力，就是另一回事。在這些人中，縱容自己傷害他人、甚至自認正義的，恐怕不在少數吧！這樣子的「文明人」，要怎麼指著別人說「野蠻」呢？

社會本就有消滅異端的傾向，這是普遍的人性。聽說有誰犯罪，未審先判直接丟雞蛋跟石頭過去，這不是社會大眾常見的姿態嗎？現代社會唯一能稱為文明的地方，就是群眾只能口頭喊喊，不能真的殺人——但那也只是法律不允許。如果人們落難荒島，裡頭出現了一個大家都討厭的人，在國家力量無法介入的時刻，所謂「文明人」，說不定也會脫下教養的軀殼，做出匪夷所思的事呢！

這麼說來，也可以說「禍伏鳥」真的存在——不只泰雅部落，那些毫無道理被恐懼著的人，也存在於現代社會。

這番令人不快的發言，還請讀者見諒，我真的很容易離題呢——讓我們回到〈魔鳥〉吧。說起來，各位有沒有想過，為何佐藤春夫會知道這麼多泰雅族典故？

不管怎麼看，這麼豐沛的資訊量，都不是在臺旅行短短一個夏天的旅人能知道的。其實，這在〈霧社〉裡已有線索。佐藤住在「霧ヶ岡俱樂部」的那個晚上，有位原住民女傭送晚餐，她看到佐藤桌上擺了一本書，翻閱起來，並對裡頭的原住民照片感到新奇——

那本書是《臺灣蕃族誌》第一卷，作者森丑之助；本書記載了彩虹橋通往天國與地獄、橋下的大螃蟹、以繡眼畫眉占卜的習俗，當然，還有〈魔鳥〉最重要的元素……禍伏鳥。

祖先の靈は蕃語にしてオットフと稱し、又數詞の一も亦この語を用ふ、この語は他にも種々の事に用ひられ、人間の影も人間の脉搏も等しくオットフと云ふ。[2]

提到北蕃的神靈時，森做了這番說明，與佐藤春夫在〈魔鳥〉裡的「所謂的歐多夫，乃是靈魂之意。還有，自己的脈搏、影子，他們都同樣叫做歐多夫」完全一致；考察到這裡，我們可以說已經找到佐藤書寫〈魔鳥〉時用的參考書了。或許他是一邊旅行，一邊閱讀《臺灣蕃族誌》第一卷來瞭解蕃地的情況吧！

這座山裡有魔鳥——

2 編按：譯文如下。「祖先之靈，蕃語稱為『歐多夫』（音譯），又數量詞之『一』亦用此語。此語也用於其他種種之事，人類之影、人類脈搏等等，皆稱歐多夫。」

至少日本時代的萬大部落，確實流傳著魔鳥傳說。

根據移川子之藏的記錄，那不算特別慘烈的故事，但接下來說的這件事，或許能確實說明魔鳥傳說不但可怕、還成為了一種社會現象的實例吧！二戰期間，《臺灣警察時報》記錄了一段將近十年前的往事……

一九三四年，宜蘭四季部落的駐在所闖進一位原住民婦女，大喊著「大人，不得了、不得了啦！」由於這位婦女有些痴呆，部落中誰都知道，所以河合巡查開玩笑說：「又說不得了，每次你說不得了的事都沒有什麼不得了的啦！」

「唉唷，把人當笨蛋嗎？我都說不得了了！」

或許是那認真的樣子讓人放不下心，旁邊的木村巡查忍不住插口追問：「你說不得了的事情到底是什麼？」

結果確實很嚴重。

四季部落附近，有個叫馬諾源的舊社，在那裡的某塊耕地上，有個泰雅族婦女帶著兩個女兒自殺；婦女的丈夫在幾年前過世，留下她與三個女兒，大女兒十八歲，二女兒十四歲，小女兒六歲。母女四人一起應付生活的壓力，過著不能說是快樂的日子，不過，為何他們突然自殺呢……？

警察現場勘查的結果，發現婦女懸在耕作小屋的橫樑，二女兒則吊在棟木之下，小女兒十分慘烈，被丟進火爐中燒死。這時，警方意識到一件奇怪的事——為何大女兒沒有跟著家人一起自殺？調查員懷疑大女兒是在其他地方自殺，便在附近搜索，隔天，他們在四季部落附近的濁水溪下游發現大女兒的屍體——死因是溺斃。

至此，集體自殺有了他殺的可能。

這個故事的後續，我就不詳加說明了。總之，警察在其他部落調查，最後判斷犯人應該是四季部落內部的人，因為如果四季部落的成員被其他部落的人殺死，絕不會不吭聲；換言之，這場謀殺是部落內部默認的。經過一番努力，警方總算得知婦女一家被懷疑使役魔鳥，才以偽裝自殺的方式遭到殺害。

〈魔法使殺人事件——蕃界裡發生的恐怖慘劇〉，有如推理小說般的標題，就是《臺灣警察時報》裡的篇名。根據本篇作者的考察，四季部落所在的溪頭蕃過去是沒有魔鳥傳說的，但在事件的五十幾年前，有從斯加耶武群（Sqoyaw）過來的人帶來了咒殺同族人的魔鳥傳說，這習俗才流傳開來。

如果不殺死施展詛咒的妖術師，整個部落都難以安心，對日本警察來說，這無疑是治安的大挑戰！要是有人被懷疑是妖術師，日本警察也無法二十四小時保護他們，最後只能將這些疑似妖術師的人集中起來管理。東部某個地方，就有疑似養魔鳥的人被日本人聚集在一起形成的村落——

魔鳥之村。

何等完美的推理小說題材啊！這個村子，就是現在的╳╳村……

為何不說出村子的名字？

或許是因為，神祕果然就該隱藏在神祕之中吧！聚集到這個村裡的住民，難道真是養了魔鳥害人嗎？要是有冤枉的情事，那用迷霧將村子籠罩起來，隔絕在黑魔法的污名外，才是恰如其分的敘事吧。

六

「先生，你是我今天看到的第一個客人。來來來，你喝茶嗎？試看看嘛！這些我便宜賣你——」

這是我在廬山溫泉聽到的第一句話。坦白說，實在是讓我詫異，因為廬山溫泉這地方，跟我原本想像的完全不同。

公車抵達廬山溫泉，是下午兩點左右的事。甫下車，我就感到意外，廬山溫泉不是旅遊勝地嗎？怎麼沒什麼人？即使走到有商店的地方，也沒多少商店開著。

商店與旅館群聚的地方有個廣場，中間立著石雕，以還算是可愛的風格雕刻出紋面的賽德克胸像，下方有浮雕文字：

馬赫坡社（精英村廬山溫泉）

——這座胸像是電影《賽德克・巴萊》的影響嗎？還是作為「抗日英雄」莫那・魯道的原部落，政府本就有意宣傳呢？這點我不得而知。

從那裡往前，兩邊的房子逐漸緊縮，夾出一個小道。沿著階梯下去，是瀕臨塔羅灣溪的峽谷，被吊橋連接起來。方方正正的石頭砌成的橋塔，有種厚重的感覺，但吊橋本身不長，大概也只能容兩人錯身而過，反有些袖珍的印象。

吊橋上，大理石板以毛筆字刻著「廬山」。

橋右方有間小店，即使在陽光下都有些陰暗；招牌寫著「櫻花麻糬」，旁邊還有小字「蔣院長說：『好吃！好吃！』」——等等，蔣院長？都什麼時代的事了！蔣經國當行政院長的時代，我都還沒出生呢！從招牌本身看，也不像有三、四十年的歷史，真不可思議。

我想試看看能讓蔣院長連喊兩聲好吃，還是用驚嘆語氣的麻糬，但店根本沒開；更晚的時候再來，店像是開著，卻無人看顧——讀者諸君，我在廬山溫泉度過兩天，經過吊橋這麼多次，居然都沒機會吃到這櫻花麻糬，實在是這趟旅行最感遺憾之事。

吊橋對面的店家還是關著的，走了幾步，才看到開張的店家，而且顯然是面向觀光客的；顧店的是兩位女性，她們一看到我就熱情招呼，接著就是前面那句話——

「先生，你是我今天看到的第一個客人。」

——坦白說，這間店賣的東西，品項沒什麼特別。就是水果醋、茶、小米酒之類的，幾乎所有的臺灣老街都看得到；但東西本身特不特別，我就不知道了，畢竟我對茶沒有研究，或許他們賣的茶真的很高級，但我孤陋寡聞呢！

「我們這邊的醋，是用梨山的水果做的喔，你知道梨山嗎？」

我知道。

梨山部落就是撒拉馬歐群的部落之一啊！想不到在廬山溫泉聽到梨山的事，這讓考察佐藤春夫行程的我滿心雀躍。她們將我拉到店內，推銷起梨山茶，說我要是買回家泡，會比她們那裡泡出來的好喝，因為那裡沒有自來水，只有溫泉水，溫泉水不適合泡茶云云。說著這些事的時候，旁邊的黏蠅紙根本是怵目心驚，那種密度，我只能說從未見過；但她注意到我的目光，絲毫不扭捏地將黏蠅紙藏起來，完全沒干擾介紹商品的流暢度，那時我就該意識到她是個推銷高手。

不，其實是我不會拒絕推銷。這算是我的缺點吧！要是鍥而不捨地糾纏到底，我就很難拒絕。但我也是努力過的，我說要是買太多東西寄回去，會被太太罵，但她的氣勢如滔滔洪水；這金牌茶葉要六千多？沒關係，跟這三盒一起賣，我算你一千！不夠嗎？銀牌的也算進去！雖然我的常識不斷警告我這是商人伎倆，最後還是敗下陣來，回家後也一如所料遭到W的白眼。

但，且不論茶，水果醋是挺好喝的。

「——現在人這麼少，是受疫情影響嗎？」我問。她笑著（可能是發現眼前有肥羊的笑）：「現在還好啦！八八風災那個時候比較慘。」

八八風災？一時間我沒弄懂，這跟八八風災有何關係？後來才知道，原來莫拉克風災時，廬山溫泉災情非常慘重，二十幾間旅館、民宿遭洪水吞沒、被土石掩埋，甚至有報紙浮誇地說廬山溫泉將從地圖上消失。

原來如此。當年看到這篇報導的我，還真以為廬山溫泉已經不在了。兩天後在霧社，民宿主人也說同意：「八八風災後，盧山溫泉就再也沒有恢復過。」

怪不得附近有個「經濟部中央地質調查所衛星連續追蹤站」——從說明文字看來，盧山溫泉早就暗藏危機：

南投縣仁愛鄉盧山溫泉北坡母安山近數十年來，一直存在著間歇性的緩慢滑動現象，較嚴重者包括83年道格颱風、88年921大地震、93年敏都利颱風、94年瑪莎颱風等，雖未曾釀成重大災害，但是歷次均造成台14線的下滑塌陷，影響當地交通。民國95年69豪雨期間，盧山溫泉北坡岩體滑動情況加劇，97年辛樂克及薔蜜颱風期間，再度發生滑動，危及盧山溫泉旅館及居民安全，由於歷年來滑動量累計已達數公尺，屬持續性大規模岩體滑動之地質災害。

經濟部中央地質調查所自96年起於盧山溫泉北坡設置監測系統，並建置3個地上型GPS連續追蹤站（各站之位置分布如右圖），獲取高精度之連續性地表變形監測，以充分掌握岩體滑動前兆，提供盧山溫泉北坡防災及預警的資訊。

莫拉克風災是二〇〇九年，結果盧山溫泉這麼慘，這不是完全沒幫上忙嗎？但對天災，能夠盡的人事，或許真的就只有如此吧。

「我們這裡是晚上比較熱鬧。」離開店家前，掌櫃的這麼說。我不禁想像入夜後，街道兩旁的店家紛紛拉開鐵捲門，在暗夜中發出七彩的光輝，照滿石子路，人群摩肩擦踵，小小的商店街延伸到深山——不過，當然沒這麼回事。晚上再過來時，還是只有半數店家營業，招牌的燈也閃爍著，欲振乏力。

盧山溫泉與我想的不同。從Google街景看，過去吊橋旁還有一間全家，現在整個盧山溫泉都沒便利商店了。下午三點，我朝溫泉頭的方向走去，路上所有建築都關著，在豔陽下有如金色的廢墟；仲夏的蟬鳴吵到惱人。我是錯過盧山溫泉的黃金年代了。

七

說起來，廬山溫泉——馬赫坡——比起霧社事件的起點，或許更接近終點。

那時日本人派兵鎮壓，族人們邊戰邊退，最後退到馬赫坡一帶。為了激勵戰士們，老弱婦孺率先在林間上吊自殺，讓戰士無後顧之憂；有些樹枝承受兩人以上的重量，因此下垂曲折——就是如此慘烈。

我所住的民宿，後面有條小路通往「馬赫坡古戰場」，據說日軍曾佔據那邊，與賽德克人交戰——或許可說是槍林彈雨吧！原本我抵達廬山溫泉當天就想去看看，但擔心時間不夠，就留到第二天，打算第三天再前往霧社；再怎麼說，這裡都是廬山溫泉啊！不多享受一下，辜負了廬山溫泉美名，我可沒這麼不識趣。有這種心態，果然我只是區區旅人啊！

不過，根本不必擔心時間不足，那段前往古戰場的路，一、兩個小時就能走完了。而且要是對古戰場抱著某種浪漫綺想，或許會失望吧？第二天，我從廬山溫泉的溫泉頭那一側走進古戰場步道，不怎麼崎嶇，已經是一條相當好走的道路，可供貨車通過，算是產業道路吧。

過去的馬赫坡部落，似乎就位於步道旁，那裡有著巨大的賽德克男子石雕，寫著「馬赫坡原址」。兩邊都是廣大的農地，已看不出當年的痕跡。不過，這片山坡的視野很好，不難想像為何會成為村落。

走不到五分鐘，有條往上的石階梯，大約一層樓高。階梯盡頭是一間廟宇，廟前有塊半個人高的巨石，前面立有石碑，寫著「抗日英雄莫那魯道紀念碑」，是一九九三年立的。坦白說，這間廟讓我相當驚訝。廟宇是木頭建的，看那窗花與屋簷的樣式，完全是漢人廟宇。裡面同樣是漢人的神桌，祭拜的神明則寫著：

莫那魯道
開山先靈
將軍府

祭拜莫那魯道的廟？那怎會是漢人廟宇？簡直匪夷所思。而且匾額寫著「莫那魯道紀念館」——紀念館？即使裡面沒有任何解說牌，僅是一間廟？種種錯亂的情境都令我感到不可思議。加上前面石碑是仁愛鄉鄉長所立，讓我懷疑這會不會是一次失敗而粗暴的官方規劃造成的。當然，只是我的猜測。

這間廟有人維護，似乎還有人在祭拜「莫那魯道將軍」；我很好奇是誰——畢竟霧社事件後，馬赫坡的人都被遷走了——不過，這好奇心是沒有結論的，我也沒有在廟外守上幾天、等待那位神秘祭拜者的計畫。

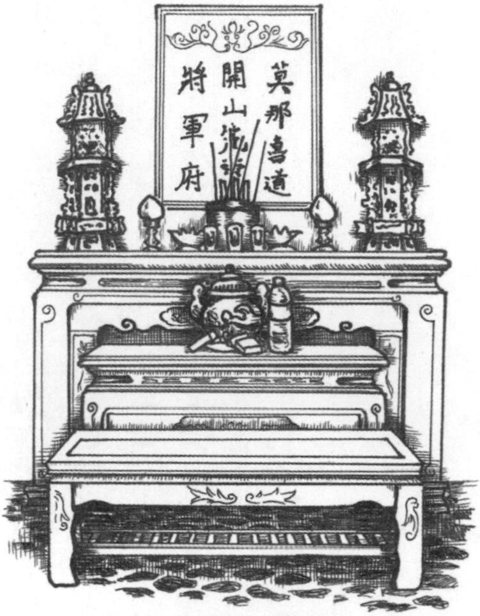

莫那魯道將軍府

至於馬赫坡古戰場，再走十幾分鐘就能抵達。

那是這片山坡上顯著的平坦地勢，也難怪日軍會想駐紮在這。更後面，是生命力蓬勃的幽深密林——彷彿有誰在裡面窺視。如果日軍駐守在此時，那看似無人的樹影底下，其實是一雙雙賽德克人的眼睛；他們靜悄悄地盯著，像盯著獵物，接著子彈從密林裡擊發，一顆，兩顆，螺旋狀的軌跡如刺出的槍，日本軍隊下令朝密林射擊，但那片林子裡，什麼都看不見……我不禁想像這樣的景色。

不過，現在古戰場已變成大範圍的露營地，接近密林的部分被封鎖起來，我進不去。露營地下方是大片的農田，意外的是，竟居然有原住民傳統房屋；主要以木頭架起，並用繩子綁住，屋頂是石板，支撐屋頂的架子則是由竹子構成——即使是原住民，現在也不是住這種房子了，大概是某種展示品吧。

屋子不遠處有個賽德克人塑像。

塑像看起來頗為斑駁，旁邊放了好幾個綠色袋子，或許是農地用的肥料吧？賽德克人塑像舉起右手，指著遠方，我看著那方向，是陡峭的山壁。那裡是什麼地方？是故鄉，是葬身之處，還是沒什麼特別的意義？不過，塑像神情嚴肅，彷彿在說：「去吧！我們的未來就在那裡！」

說到葬身之處，就不得不說馬赫坡岩窟；不過，那地方可遠了，在這座山的後方，沒做好準備，是不能隨隨便便去的。總之，要是對古戰場懷著綺想，那才是真正能滿足浪漫情懷的地方。霧社事件最後，日本出動飛機——早在撒拉馬歐事件時，他們就用飛機朝部落丟炸彈了——不過馬赫坡岩窟是入口很小的洞窟，只要躲在那裡，就可以避開轟炸，宛如天然的防空洞。

這也是為何日本人最後用毒氣。光是炸彈已無法解決此事。

當然，毒氣是不人道的。這麼說，要是日本人堅守人道立場，最後霧社群的抗爭是可能成功的嗎？所謂的成功，不是消滅日本人，而是在這山中創造一塊不受日本人干擾、統治的田園，有這個可能嗎？

我沒這麼樂觀。不過，那時賽德克人所希冀的，或許就只是這麼平凡的願望。

塑像附近有個紀念碑——不看還好，一看還真覺得令人髮指；那是巨大的立方體紀念碑，其中一面寫著「霧社山胞抗日事件馬赫坡社最後戰場紀念」，正中央寫著「浩然正氣」。其實浩然正氣已經有點微妙了，在我看來，這完全忽略了抗爭的背景脈絡，只把霧社事件當成抗日的樣板看，而不是把他們當成真實的人物。但這不是最令人髮指之處。

立方體上面，則是一個騎著馬、拿著圈繩的牛仔的金屬雕像。

我真是瞠目結舌。

這是什麼意思？因為是馬赫坡，所以有馬？牛仔是怎麼回事？已經不是臺灣人了啊！還是想表示「你們就像牛仔一樣是很棒的獵人」？不，這直接用賽德克人的塑像就好嘛！由於事情已經太過荒唐離奇，都讓我懷疑是不是別有用意了，但不管怎麼想，這都只是單純的輕侮，可以照搬到以原住民為主題的諷刺劇裡了。

「嗯哼，這是為了表彰你們的貢獻所立的紀念碑，感恩吧！」

「可是市長，這上面的根本不是我們啊？」

「什麼？我看看。哎呀，哪有什麼不同？你看看，這鼻子，不是跟你們一樣粗嗎？」

專業的劇作家，應該可以寫得比我更諷刺、更精妙；不過這種應該出現在荒唐劇裡的事情發生在現實中，還真是讓人笑不出來。立這個碑的，跟剛剛「抗日英雄莫那魯道紀念碑」是同一位仁愛鄉鄉長，更加深了我「失敗而粗暴的官方規劃」的印象。對政治人物來說，大概覺得褒揚已經是一種恩賜；但事實上，褒揚可能是一種貶低——

要是不懂這點，人們就會永遠活在不知悔悟的傲慢中吧。

八

昭和五年，也就是西元一九三〇年，那年的十月二十七日凌晨三點半，莫那・魯道的長子達多・莫那帶著同伴到深山的造材場。那裡有兩位日警：吉村與岡田。其中，吉村前陣子才與達多互毆——原因是吉村經過賽德克人婚宴，達多請他喝酒，他推托不願，竟拿警棍毆打達多，兩人打了起來，婚宴變成圍毆鬧事的現場；事後莫那・魯道雖然帶著酒去道歉，吉村卻不領情，執意報復。

若是對等的兩人，報復不過是個人意志的展現，甚至稱得上高潔；但當雙方是殖民者與被殖民者——就沒這麼簡單了。光是在制度上刁難，就能讓人活不下去。這等小事，吉村卻不肯原諒，或許也是有些殖民者優勢的自覺吧？那時他也沒想到事情發展與他預料的完全不同。

深夜來到造材場的達多，已是死神化身。

兩位造材場的警察被殺了。說不定他們至死都搞不懂發生了什麼事！一個小時後，深夜四點半，馬赫坡的駐在所也成了地獄現場。莫那・魯道與次子巴索・莫那殺害了駐在所的警察杉浦，他的兩個孩子同樣死在現場。

還沒結束。

六點，波阿崙社眾人也襲擊駐在所，將所內警察及其親人、孩子全部殺光，放火燒掉，穿越能高越嶺古道一路往上；八點，屠殺屯原駐在所全員，建築被野火吞沒；中午十二點，輪到尾上駐在所；下午三點，則是佐藤春夫曾過夜的能高駐在所。警察與其家人無一倖免。

在〈霧社〉中，對撒拉馬歐發生的「蕃害」，愈是深山駐在所的警察就愈覺得事件與他們無關。這次，他們是真的被捲進去了。

巴索・莫那率領社眾前往霧社，與塔羅灣社合流，凌晨六點——那時太陽才剛出來吧！他們襲擊櫻駐在所，同樣全員殲滅，放火燒屋；這段期間，莫那・魯道也沒閒著。他穿梭部落之間，聯絡消息，指揮進軍路線，然後再到荷戈社與兒子合流。在那裡，他來到荷戈社頭目面前，威脅他加入這場軍事行動——

或許有人覺得「全部殺掉」太過殘忍吧。不過，這可是戰爭喔？要是把人放走了，通風報信怎麼辦？如果只是俘虜，也要耗費人力去看管，這是本就處於弱勢的原住民有餘力採取的戰略嗎？我不會說殺人是正確的，但在決意反抗的同時，他們已必然走上這條地獄之路。

一個多小時後，震撼日本的「霧社事件」即將發生——

但那是九十年前的事了。

我從馬赫坡出發是上午十一點的事。離開有人煙的地方前，還先去雜貨店買了運動飲料，以免中途缺水。日正當中，又是盛夏，氣溫應該很炎熱才是；但在這個海拔一千兩百五十公尺的深山裡，竟頗為清爽。

我開始魯莽的單人步行。

從地圖看，馬赫坡到霧社大約九公里，步行時間大約兩小時；九十年前，莫那．魯道他們離開馬赫坡，到霧社事件發生，中間經過三個多小時，自然是因為中途還花不少時間在調度人馬與分進合擊。雖然霧社事件發生於上午八點，但他們抵達霧社的時間，也可能更早，只是在等一個「最好的時刻」。

這段路沿著塔羅灣溪，剛開始是和緩的上坡，右邊峭壁，左邊溪谷；濃密的樹影伴隨著奇岩怪石，涼風徐徐——實在是愉快的正午。沒多久，到了視野比較開闊的地方，底下河川、山勢盡收眼底。或許是夏季吧，溪流甚至有種瘦弱無力之感，兩邊裸露的河床，幾乎有河流的十倍寬，看來全是砂礫；但比起荒涼，更給人壯闊的印象，就像看不見盡頭的荒原，讓寂寥帶著肅穆的宗教之情。

溪流在疊嶺層巒中蜿蜒，山勢古怪崎嶇地隆起——據說「廬山」是蔣介石冠上去的（畢竟已有地名），就是覺得此地的地勢與中國廬山相似；從這角度看，是有點中國山水的味道。

不過往前走一段路，從另一個角度，竟看見河岸上有怪手與砂石車。怎麼會有砂石車？雖感到詫異，但河床到處都是碎石，還有崩塌的痕跡，難道是怪手挖出來的？

當然，光憑我看這麼一眼，是無法解開任何謎團的。

下坡後十幾分鐘，視野開闊起來，已能遠遠看到塔羅灣附近的紅鐵橋，還有稀疏的農舍。

塔羅灣部落——霧社事件時，這個部落參與了起事。

「塔羅灣」這個詞，有「舊社」、「永住之地」、「祖居地」的意思，是霧社群最古老的部落——

祖社；看著這片濁水溪沖出的廣大臺地，一塊塊田地生長著不同作物，茂密的叢林從山的緩坡伸展而下，農舍點綴其中，給人一種歐洲農莊的印象……也難怪是最古老的部落，這裡確實適宜人居。

據說賽德克人誕生於Pusu Qhuni——起源之樹。

那是棵非常巨大，一半石頭、一半木頭的巨樹。怎麼會有這樣的樹呢？實在非常不可思議。我無法告訴各位這則古老的賽德克神話的統一版本，因為賽德克也有不同族群，有各自的傳承；以下版本出自清流部落：

這是非常、非常古老的故事，不是近代才廣為流傳的，而是我們祖先代代口耳相傳的故事。我們的始祖是誕生於Bnuhun山區的Pusu Qhuni，那Pusu Qhuni像一座小山那麼壯大，「祂」的胸膛呈斑白色，右臂已被颶風所摧毀，如今僅剩其左臂。他的雙臂是由大樹所形成，其根基部有天然的大岩洞，大岩洞後方有一潭池水，那潭池水的水流會流經大岩洞的前面。據說有一個女孩和一個男孩在這裡誕生，他們就是我們賽德克人的始祖。

Bnuhun——這塊山區十分廣大。大概是現今能高南峰、牡丹山、白石山附近吧！至於傳說中的起源之樹，則是被稱為牡丹岩的巨石；從遠處看，牡丹岩就像是被雷劈中的神木，少了開枝散葉的樹冠，但主幹部分仍挺然而立；那是一座親眼看見，就不難理解為何被當成巨樹的巨石。

如果牡丹岩是巨樹，或許要有一百多個人張開手臂，才能把這棵樹抱起來吧！確實是神話領域的物種。最早的賽德克人最後離開這神話之地，一部分往東，即是現在的太魯閣族，往西的人，則成為賽德克各群。

而霧社的起點就在塔羅灣。

塔羅灣附近有日本時代知名的「櫻溫泉」，就在那座紅色鐵橋附近；現在改名為春陽溫泉，是野溪溫泉。雖然對櫻溫泉有興趣，但要到鐵橋那邊，得先經過一段不算和緩的下斜。雖然只要十幾分鐘的路程，光想到回來要走同樣的斜坡，還不見得馬上能在橋邊找到溫泉所在，興致就被耗光了……文字可能看不出來，但離開馬赫坡後，我已走了四十分鐘；平時缺乏運動的我，那時正覺得大腿開始僵硬，不伸展一下就走不下去呢！這種狀況，根本不可能有什麼餘裕去考慮溫泉的事。

大約再十五分鐘，我來到雲龍橋——現代的鋼結構拱橋。橋的兩端都有寫實風格的賽德克人胸像。過橋時，從溪谷吹來的強風幾乎把我的帽子吹走。雖然理性上知道安全，但我緊抓著帽子，還是有種被吹飛的恐懼。

這座橋，或說這個位置——佐藤春夫也曾路過。

我在途中經過兩座吊橋。其中有一座差不多有一町這麼長，同時還是懸掛於斷崖與斷崖之間。這吊橋是用鐵線絞成，不過聽說之前的是蕃人用樹藤編成的。

另一座橋我不確定在哪，但那個一町長的鐵線橋，大概就是雲龍橋的前身吧！霧社事件時，為

雲龍橋

了抵抗日軍進擊，參與起事的賽德克人將鐵線橋砍斷了。

看著橋下的萬丈深淵，我感到內心軟弱的部分都翻騰起來——少了這座橋，日軍大概會感到困擾吧！但這終究沒有阻止日軍，他們直逼馬赫坡，賽德克人只能一退再退。

根據橋邊的石碑，這座橋在戰後本來叫龍雲橋，是為了紀念抗日將軍龍雲。為何根據抗日將軍命名？依我個人猜測，或許是對改這名字的人來說，所謂的「抗日」都是同一回事吧？但這是十分危險的舉動，會窄化賽德克人的抵抗脈絡。說到底，賽德克抵抗的不是單一民族，而是權力的壓迫啊；如果現在漢人以同樣姿態壓迫他們，他們也有抵抗的道理，是不是日本，根本不是什麼重大問題。

諷刺的是，後來這位龍雲將軍投共了，中華民國容他不得，就把龍雲兩個字倒過來，改為雲龍橋——該怎麼說呢，還真是不乾不脆！

雖然現在是拱橋，不過鐵線橋時期的橋塔還留在旁邊，看來像巨大的墓碑。

九

我等勢將見殺。蕃人出役者眾。遂生此事。我等不能有所為。

昭和五年十月二十七日午前九時

花岡兩人上

蕃人現往各方面。郡守以下職員。全部死於公學校方面。

霧社事件後，在短短幾天內，日本軍隊就重新佔領霧社。在霧社的宿舍裡，他們發現署名花岡兩人的遺書；文字簡短，無可奈何之情卻盡在不言中。

花岡一郎與二郎——霧社事件時，他們的動向一直被日方檢討；日本人覺得賽德克人的行動太有計劃性了，應該是受過教育的人在指揮，說到受過教育的人，自然就想到兩位花岡，尤其是有證詞指出，霧社事件當時，花岡一郎脫掉日本制服，穿上族服，宣示的意味相當明顯——

是的，這兩位花岡，其實是賽德克人。

明明是賽德克人，為何有著日本名字呢？這是因為他們被當成日本統治底下理想蕃人的「示範」；讓他們去讀專收日本學生的埔里小學校，畢業後，也讓他們在公家機關任職，當然也不能忘了日本名字。某種程度上，人生是被規劃好的。其實兩位花岡並非兄弟，只是因為櫻花乃霧社知名風景，就不管三七二十一，給兩人都冠上了花岡姓氏。即使已經被「安排」到這種程度，在發生霧社事件後，還是立刻懷疑他們——血統不純啊。

有件事或許值得一提，前面提過的埔里詩人巫永福，與花崗二郎是同學。在《我的風霜歲月：巫永福回憶錄》中有這麼一段：

一九二五年，我從埔里公學轉讀埔里小學六年級。為何要轉讀，我完全不明瞭，只是順從大人的指揮而已。其時父親在埔里相當有名望，據說日人方面希望加強日臺人的親善關係，希望父親照二兄永勝讀埔里小學校的先例將我轉讀。我對轉讀並非願意，因要離開自一年至五年間的親友，又怕在日人學生的新環境中不能適應，幸好轉學時隨而認識唯一非日人的霧社泰雅族花岡二郎。雖然花岡二郎已是大人，我的身高只到花岡二郎的腋毛下，他對我非常友善，在眾多日人男學生中時時刻刻保護我不被日人學生欺負。在新的環境中我為不輸日人學生，更加努力用功，但在作文方面仍然輸於日人學生。二郎的身高有一七〇多公分高，在上額下顎各有刺青不為苦。他在毛筆字、運動方面都是全校第一。

何等純潔的少年情誼啊？不過，巫永福的記憶未必完全正確，因為根據照片，花岡二郎並未刺青。如果二郎與巫永福同年，那五年後霧社事件爆發，花岡二郎不過是十七歲的少年而已。至於花岡一郎，巫永福沒說怎麼認識他的，但霧社事件前，巫永福曾入山見花岡二郎，問過一郎的近況。

一郎早我二年，埔里小學畢業後考進臺中師範學校正科畢業，有資格任小學校訓導，遇著小笠原能高郡守的差別待遇，不肯任他為霧社小學校的訓導，任他為巡查。訓導是判任官，巡查是雇員，社會地位與待遇相差很大，相當不滿與怨恨。

霧社事件時，巫永福在名古屋，他在報紙上看到這事，立刻就聯想到一郎對差別待遇的不滿。當然，日本報紙上不會提差別待遇的事，反而認為花岡一郎忘恩負義，政府給他機會讓他去唸師範學校，他卻恩將仇報。

不過幾天後，日本人在荷戈社附近的森林發現二十幾名賽德克人自殺，花岡一郎、二郎赫然在其中；某份文獻裡到，花岡一郎是以切腹的方式自殺，有如日本武士。在死之前，他先絞殺兒子，再以蕃刀割開妻子咽喉，安置好兩人屍體後切腹。

難道一郎還認為自己是日本人嗎？這發現立刻翻轉了兩位花岡的評價，人們開始說他們並非首謀，也沒有協助策劃，只是無法阻止族人暴行，不得不自殺。當然，這全是事後諸葛，沒人知道當時他們是怎麼想的。要是真的忠於日本，為何與族人一起自殺呢？況且霧社事件前，還有兩花岡到荷戈社教族人怎麼用槍的傳聞——我不是說他們一定是共犯。只是，被夾在族人與國家之間的兩位賽德克人，內心想必非常糾結，絕非理所當然的民族大義——那是事不關己的人的風涼話。

巫永福最後見到花岡二郎時，這位童年好友說：「巫君，你去日本留學當然恭喜的事，但你不要認為比人高一等噢。」

賽德克少年是懷著何種心情對昔日好友說出這番話的呢？

花岡等人自殺之處，是當時叫小富士見的山丘。後來為了紀念兩位花岡戲劇性自殺，遂改名花岡山，位置就在春陽天主堂對面。

我到春陽部落，已是下午一點多。原本我打算在此吃午餐，順便休息，卻沒找到餐廳，只得作罷。雖過了正午，村裡還能聽見雞鳴——雞犬相聞，還有卡拉ＯＫ——大白天的就開始熱唱了啊！

村裡建築多半是一層樓。如果有二樓，許多是鐵皮屋。也有整棟都是鐵皮屋的。住宅交錯著幾間製茶廠，還有賣茶的店舖，或許是這裡的主要農作物吧？春陽部落的位置，大概是過去的「荷戈社」，但這不表示現在的春陽部落就是霧社事件荷戈社人的後代，因為霧社事件後，參與事件的部落都被強制遷徙到現在的清流部落——當時稱為川中島。

波阿崙、馬赫坡、斯庫、羅多夫、塔羅灣、荷戈，這六個部落全被迫離開故居。

關於霧社事件，許多人聽過馬赫坡，但荷戈在這起事件中一直有不小的影響力。在當代研究中，也有一種理論，認為霧社事件並非莫那．魯道發起，他只是贊同並全力協助，真的煽動起反日情緒的，其實是荷戈社的比荷．沙波跟比荷．瓦力斯——也有這樣的說法。

前面提到的花岡一郎、花岡二郎，其實也是荷戈社的人，二郎的父親更是荷戈社裡的有力人士；仔細想想，荷戈社在霧社事件裡位置鮮明，也是理所當然，畢竟這是參與事件的六個部落中最接近霧社的部落，也有一種說法，認為當時荷戈社的勢力不在馬赫坡之下。

春陽天主堂對面，如雨般靜謐的林蔭下，是天主教的墓園。這墓園相當美麗，看來有受到照顧，青草綻放著新生般的光輝。旁邊小路能通往當年花岡一郎、二郎自殺的花岡山，但我看到花岡一郎、二郎自殺處的解說牌時，解說牌倒在地上，由於被什麼東西壓到而凹了一塊，似是遭到冷落——這裡當然沒有什麼我能置喙的。或許這牌子才剛倒下不久，並不是居民不聞不問，但說真的，春陽部落跟霧社事件的遺族無關，他們確實沒什麼非得繼承記憶的義務。

這些關於霧社事件的解說牌出現在這裡，與其說是賽德克意識的展現，或許更像是《賽德克．巴萊》的觀光效應；當然，只是我的猜測。是不是事實，我沒去追究，也不覺得自己有追究的資格。

繼續往霧社。我走在左側，對面有輛巴士從後方緩緩駛來，或許是看我滿臉通紅、汗流浹背，司機打開窗戶大聲問：「要上來嗎？」

「不用！謝謝！」

我提起精神回應。這裡的公車班次並不密集，我很感謝司機有這份心。可是啊，我畢竟是想挑戰步行到霧社啊！

再走十幾分鐘，就能看見萬大水庫——乾涸到讓人啞然，都快見底了！濁水溪來到此處，分成無數條小支流，就像賽車道的終點前，每輛車都以不同軌跡連續過彎，留下千奇百怪的擦痕。如果這是廣大的河床，那確實堪稱奇景，河川時而匯合、時而分散，宛如逆著生長的生命之樹；但這是水庫，當時甚至稱不上旱季！

萬大水庫又有碧湖之稱。幾天後，家母看了我拍的照片，感慨碧湖怎麼變成如此；當年她看見的樣貌，想必是被群山圍繞，在翠綠中閃閃發光的銀色湖泊吧。不過，當年佐藤春夫看見的景色也大不相同，因為萬大水庫是一九三九年才開始建的，別說佐藤春夫，連霧社事件時的賽德克人都沒見過。

那時，大概是猴子在樹上跳躍、流水聲在叢林中迴響的溪谷吧？

霧社近了。

才接近霧社，我就有些意外。剛剛在春陽部落，雖是閒適的農村，但絕對稱不上熱鬧；事實上，連旅遊勝地的廬山溫泉都冷冷清清，我還以為這是蕃地——不，是南投縣仁愛鄉的特色——但並非如此。霧社雖只有一條街，卻比我想的熱鬧多了；便利商店！手搖飲料！還有胖老爹！在佐藤春夫的時代，霧社就是「蕃界裡的大都會」，看來此地在政治上的重要性確實沿襲了下來。當時有霧社支廳，現在有仁愛鄉公所，而我要住進的民宿，就在霧社櫻臺之上，仁愛鄉公所後面不遠處。

十

「這裡的櫻花是在二月裡開的。」

沒說的話，我還以為是佐藤春夫住進俱樂部時，俱樂部主人跟他說的話呢！但事實上，這是民宿主人跟我說的。抵達民宿時，民宿的後院裡有棵巨大的櫻花樹，據說是日本時代就存在的，確實有種蒼勁之感。他說：「我們這間民宿之所以有『二月』兩個字，就是因為這裡的櫻花是二月開的。」

——來的不是時候，真可惜啊！

民宿似乎是改建自日本時代警察或官員的宿舍，因此房間的門很低矮。那是鋪滿塌塌米的房間，擺設很別緻，還擺了些古早的桌遊。房間裡只有電扇，我問「沒有冷氣嗎？」，他笑著說「這裡是山上，不需要冷氣」，他是對的。

民宿主人——雖然長得不像——但他給我一種萊恩．雷諾斯的感覺，尤其是笑的時候。

佐藤春夫是在「霧ヶ岡俱樂部」過夜的。這個地方位於當代何處，已經很難考了。他說「這裡並沒有旅館。為了偶而來此的罕有旅客，才有這個俱樂部的設施。實質上，和普通的旅館沒有不同」——一九二〇年確實如此吧？但霧社事件發生時，霧社是有旅館的：櫻旅館。櫻旅館主人是曾任霧社分室主任的井之瀨幸助，一九三〇年，霧社事件發生時，他還把賽德克人開槍的聲音當成運動會起跑的信號呢！由於霧社事件後找不到他，眾人以為他遇害了，後來才知道他及時逃跑，受其他原住民部落的幫助，倖存下來。

雖然有人將霧社事件當成整個賽德克族的民族革命，但大錯特錯。首先，賽德克人有三個族群，發起霧社事件的只是其中一個族群，而且也不是該族群全體參與；像離霧社最近的巴蘭部落就沒參加。真要說的話，那時巴蘭部落的頭目瓦歷斯・布尼，才是霧社這邊的大祭司。據說霧社事件前，巴蘭頭目就知道要突襲，但巴蘭部落在姐妹原事件中遭到重挫，不願冒此風險，同時他也保證不會把這件事說出去。霧社事件發生後，有日本人逃到巴蘭部落，被瓦歷斯・布尼收容，追來的族人不敢造次，因此被日本人稱為「仁俠」。

或許有些人把他當成親日份子吧！但原本日本人打算把參與霧社事件的六個部落趕盡殺絕，正因瓦歷斯・布尼居中斡旋，處置才改為遷至川中島，保全六個部落的血脈，這世上，有很多事不是表面上這麼簡單的。

離題了，我們回到櫻旅館吧。日本時代的文獻中，曾整理出一張「霧社附近被害狀況圖」，指出櫻旅館位於郵便局對面偏右方；如果郵便局就是現在的郵局，那櫻旅館大概就位於霧社天主堂或霧櫻大飯店對面吧！我之所以想確認櫻旅館位置，是因為在交通不方便的當時，這條街或許容不下第二間旅館，既然如此，櫻旅館會不會就是一九二〇年「霧ヶ岡俱樂部」的升級版呢？

當然我沒證據，只是猜測。不過一九一六年，《臺灣日日新報》刊載了曾遊生的〈臺灣見物〉，他住在「霧ヶ岡俱樂部」，並說俱樂部瀕臨濁水溪，能看到奇萊主峰與合歡山，顯然他住的客房，是靠街道這一側的。〈臺灣見物〉裡，俱樂部的位置與一九三〇年的櫻旅館同側；依我之見，他們就算不是同一棟建築，也不會太遠。

從能高下來後，佐藤也是在俱樂部過夜，但他走到腳起水泡，下山反而花了比上山更多的時間。抵達霧社時，天色已經暗了。那天晚上的俱樂部絕不和平，由於撒拉馬歐事件，軍隊如水之就下，匯集到霧社來，俱樂部裡住滿官員或警官——雖不是戰場，卻也有點殺伐之氣了；外面有原住民玩起騎馬打仗的遊戲，佐藤推測，他們是完成把糧食送到戰場附近的任務，回霧社時感到氣氛熱鬧，便喧鬧起來。

——是的，霧社群的原住民，其實不是撒拉馬歐事件的局外人。

不只協助搬運物資而已，日本人還把霧社群招攬為「味方蕃」；日文的「味方」就是「己方」，在撒拉馬歐事件中，有部分霧社群原住民親臨戰場，拿著日本人配給的槍，射殺撒拉馬歐群的泰雅人。

其中可能包括莫那．魯道。

雖然是妄想——小說家的妄想——但那個晚上，一九二〇年九月二十三日，已經洋溢著戰爭氣息的霧社，除了日本人外，還有從戰線返回的賽德克人；這些人中，會不會有我們意想不到的人物呢？譬如霧社事件中被日本人視為仇寇的莫那．魯道，那年四十歲，在那樣燃燒的夜，他會不會旁觀部落的年輕人嬉戲，沒阻止他們，放任他們縱情玩鬧？這位身穿披風，有著領導者威嚴的男子，會不會注意到有個跟現場氣氛格格不入，只想著鋼筆墨水用完了，要去買鉛筆代用的年輕男子，那人就是佐藤春夫……？

其實不太可能。

根據《理蕃誌稿》，九月二十日確實有巴蘭、馬赫坡、荷戈、道澤等部落的人協助日軍作戰，其中一批放火燒了佳陽部落。但馬赫坡只有五人參戰，大概不包括莫那．魯道吧？就算包括，二十日發生的戰役，以賽德克人的腳程，也不至於二十三日晚上才回到霧社。

不過十一月二日，馬赫坡、荷戈、波阿崙部落，共三百五十位原住民隨日本軍隊行動，被派去偵查，襲擊了現在谷關水庫附近的烏來魯瑪部落。該部落居民事前察覺到日方蹤跡，帶著財物逃亡，霧社群的原住民追著足跡，與泰雅人開戰，回程時還燒了幾間房子——這場戰役，莫那．魯道或許就在場了。無論事實如何，部分泰雅部落確實流傳著莫那．魯道率人屠殺泰雅人的傳說。

撒拉馬歐事件後，部分撒拉馬歐群的泰雅人離開故鄉，投奔到眉原部落。眉原位於現在南投縣北側，座落於北港溪旁；十年過去，霧社事件後，日本人將參與事件的六個部落強制遷徙到眉原部落附近的川中島——

居心叵測。

因為，對當年被霧社群襲擊、屠殺的泰雅人來說，那確實是深仇大恨！經過霧社事件，六部落的戰力已消滅殆盡，要是眉原部落裡的撒拉馬歐群想要報仇，還真是手到擒來；如果日本人確有這種盤算，那他們恐怕失望了，眉原部落的頭目知道日本人在利用他們內鬥、削弱彼此，不但沒放任屠殺發生，還資助了當時缺乏資源的川中島部落。

看吧，見證了撒拉馬歐事件的〈霧社〉，跟霧社事件確實不是毫無關聯。

其實不僅如此——至少在小說家眼中是如此——佐藤春夫剛到霧社時，曾見到一位穿著日本和服的高大原住民女性，她對一群原住民發號施令，就有人對佐藤解釋：

在很久以前，最初來到這裡的日本人——說起來，好像是個巡查身分的人娶了那女人為妻。但是後來他轉任到其他地方去，把她丟棄不管而逃走了。曾經一度和其他種族結婚的女人，不管有什麼理由，都不能再回到她所出生的蕃社去，這乃蕃人的社會制度之一。她被孤零零地遺棄，且不能再回到自己的同族的地方去，後繼而來的官員對此感到同情，同時也覺得攸關內地人的面子，於是決定雇用她當公所的蕃語通譯。

這讓我想到一件事。在提到霧社事件的遠因時，時常提到莫那．魯道有位妹妹特娃絲，她嫁給日本巡查近藤儀三郎，後來儀三郎被調到花蓮港，在那裡失蹤了；日本官方認為儀三郎並非死亡，只是失蹤，因此沒給特娃絲撫卹，且不論儀三郎究竟發生了什麼事，在旁人看來，就是特娃絲被遺棄了，這觸怒了莫那．魯道——堂堂頭目的妹妹，竟受到這等待遇！有篇文章說，無法回到原部落的特娃絲不得不在霧社討生活，而儀三郎在一九一七年失蹤，不過是佐藤春夫來臺灣三年前的事，難道……佐藤在霧社看到的這位原住民女子，就是莫那．魯道的妹妹，特娃絲．魯道嗎？

不不不，這很難說。在日本人的理蕃政策中，蕃地警察與原住民女子結婚很常見，女方被遺棄也不是什麼罕見的事，或許當時霧社不只一、兩位被日本警察遺棄的女子。

可是可是——也有一份資料說特娃絲後來日子並不好過，兩個女兒相繼病死；在〈霧社〉中，那位原住民女性也有兩個女兒！這是巧合嗎？真會巧到這等程度？——不過，這也只是小說家的獵奇心理，要找到並非如此的證據，也不是沒有。特娃絲跟儀三郎是一九〇九年結婚，如果馬上生小孩，那大女兒在一九二〇年也才十歲而已。可是，佐藤春夫遇見的那兩位少女，年長的大約十五、六歲，這可對不上啊；當然，小說家可能會說，佐藤春夫可能沒有正確辨識混血兒年齡的能力——是有可能。但說到底，不過是小說家的妄想罷了。

那個晚上，佐藤春夫被兩個少女的其中一位被拉到一間房子裡——那位少女有何打算，直到〈霧社〉最後都是個謎團；佐藤先是覺得少女要招待他，又懷疑少女要賣春，聽少女向他打聽軍隊的事，又懷疑她是間諜。總之，害怕少女不懷好意，他從屋子裡逃出，走到附近的小丘上。這個小丘，是他前一天參觀蕃人的小學時經過的。這個小學，會不會就是「霧社公學校」呢？根據《臺中州教育年鑑》，霧社公學校創立於一九一四年，一九一七年改名為「霧社蕃人公學校」，一九二二年再度改回「霧社公學校」；對殖民地學制不熟悉的佐藤，確實可能以「蕃人的小學」來稱呼吧？

若是如此，他參觀的這間學校，就是十年後霧社事件的屠殺現場。

他們被灌輸著在他們的世界裡無法想像的其他的概念。而灌輸者與被灌輸者之間的苦心，實在是值得無以復加的同情⋯⋯（中略）⋯⋯若是沒有最後的兒歌教唱的話，這個早上的我的小見聞，恐怕會把我的心情永久地導向奇妙的不愉快吧。

佐藤對教學現場有著這樣的感慨。

霧社事件起事的族人中，應該也有這所公學校畢業的，當年他們就讀這所學校時，也沒想到這所學校會被鮮血沾染吧！霧社事件發生在一九三〇年十月二十七日，是因為臺灣神社的祭典在十月二十八日，那是殖民地的大事，根據慣例，霧社地區會有一系列的紀念活動，公家機關的眾多長官，包括能高郡守也會蒞臨，長官巡視殖民地教育成果，這無疑是「殖民」的高潮；在這天反抗，實在是理所當然，也極有象徵意義。

據說當天，花岡一郎演奏國歌時雙手顫抖。

霧社公學校現在已非學校，而是臺灣電力公司萬大發電廠第二辦公室。由於不對外開放的，我站在外面也看不出什麼所以然。總之，沒什麼當年的痕跡了。佐藤經過的小丘，既然位於俱樂部到公學校間，我們也不難推測，這個小丘就是現在的霧社櫻臺——我過夜民宿之所在。

那確實是能將整條霧社街一覽無遺的地方。

不過現在大概不容易吧？登上櫻臺的樓梯旁，有個「歡迎蒞臨仁愛鄉」的看板，還有半層樓高的ＬＥＤ螢幕。是否美觀，我就不評論了，但擋住從櫻臺眺望霧社街的視野，在我看來真是令人疑惑的設計；雖然看板旁的平臺還是能眺望街道，但要從櫻臺中心直接觀覽霧社街，那些看板、欄杆還是難免讓人覺得不夠清爽。

晚上八點，在民宿用過非常豐盛的晚餐後，我在櫻臺散步。

霧社依舊燈火通明，不愧是仁愛鄉的大都會。

黑夜裡，隔著濁水溪，對面山頭閃耀著一排排光輝，像城堡的輪廓；從方向看，大概是廬山溫泉吧？更後面的深山是馬赫坡岩窟——反抗者棲身的最終堡壘。為了殲滅他們而出動的飛機，或許也曾飛過這霧社的上空吧？和平如幻夢。而眼前的景色，就是那樣的幻夢。遠處有輛車子開著明晃晃的車燈下山，平穩的引擎聲經過，稍微有些寂寞。幾個人排隊買鹹酥雞，旁邊圍著好幾隻土狗，不會是在等誰餵牠們吧？我到便利商店買了一瓶礦泉水。

佐藤確實備受禮遇——但不知為何，這時我沒這麼羨慕他了。

十一

隔天早餐在清境農場那邊。

早上六點就要起床，我本想拒絕的。但當民宿主人理所當然地問「明天要載你嗎」，我實在不好意思說「放過我吧，我想睡到十點」——當然，這跟他讓我想到萊恩·雷諾斯毫無關係。

除了我，還有兩位房客沒開車來，民宿主人因此開廂型車載我們到清境。一路上，我看到至少十幾個人騎自行車在山路奮勇邁進，有些像專家，譬如戴安全帽、穿運動服、車上有裝礦泉水的支架之類的，也有人看來就像出門買菜，居然到了這種地方。

「他們應該是從埔里上來的。」民宿主人說。

「埔里？這麼遠！」

埔里到霧社至少二十幾公里，大部分還是上坡！民宿主人說，是啊，現在騎到這裡，大概四、五點就要從埔里出發了。他解釋，這條路似乎算知名的自行車路線，而且不算困難，之前有個自行車比賽，從花蓮騎到合歡山，有選手住進民宿，所以他跟選手聊過天；據選手說，從花蓮上來的路難多了，跟這條路比，就像暑假作業跟寒假作業的差別。

絕妙的比喻。

往清境農場的方向，會經過過去的羅多夫社；他們也是參與霧社事件的部落之一，同樣被遷徙到川中島——但清境農場本身，過去似乎並沒有原住民村落。這是民宿主人說的。現在清境農場的居民，其實是孤軍的後代。

還真沒想到會在深山裡聽到這名詞。

說到孤軍，我想到的是電影《異域》；雖然當時年紀小，沒看電影，只是略有耳聞，但要是沒這部電影，我可能聽都沒聽過。我對孤軍的歷史全然不瞭解，說什麼都是班門弄斧，只知道大概是國共內戰後期，一批中華民國國軍潛伏在雲南、緬甸、泰國等地，繼續對抗共軍——總之，中華民國是以英雄敘事在描述的。

根據民宿主人的說法，由於國際情勢，孤軍被中華民國政府召回，需要地方安置，就把一群人安置在清境農場這邊，並要他們開路；這也讓我恍然大悟，前一天在霧社時曾見到泰緬料理，不記得名稱了，當時還疑惑為何會在霧社？如果是孤軍，就不難想像了。

仁愛鄉公所介紹清境地區的火把節，也反映了這個脈絡。

擺夷族（火把節）

仁愛鄉擁有多元族群，一九六一年有一批隨著國民政府遷移來台之異域孤軍，其家眷居住於清境地區，即為滇緬邊境撤退來台的少數民族，包含擺夷族（傣族）、哈尼族、苗族、拉祜族、傜族、佤族、布朗族、環傈族、回族和彝族等族群，其中以擺夷族人數較多，並在博望新村定居，讓清境地區染上一抹獨特的雲南文化風采。

每年十月底期間舉辦，象徵薪火相傳的火把節，成為清境地區的年度盛事，包括類似民間辦桌的「長街宴」，品嚐橋米線和包料魚等傳統美食，亦有孔雀舞等民族舞蹈，眾人於火把晚會高舉象徵薪火相傳之火把祈福。

這是否真的符合當地傳統，我也不確定；但聽朋友說，因為孤軍的形象，當地的雲南菜很有名，有些人根本不會雲南菜（很合理，畢竟軍隊是去作戰，不是學習當地文化），為了符合觀光客想像，他們特別去學了……這也算是「凝視」迫使對方成為其想像模樣的案例之一吧。

早餐是在另一間民宿的餐廳，窗外視野非常好，空氣澄澈到對陽光來說毫無阻力，彷彿能穿透一切；不遠處的豐饒田地，竟像是雪地反射，作物表面的油脂閃閃發光，直刺雙眼。不過，畢竟在農地旁，蒼蠅數量也相當驚人，走道欄杆貼了四張黏蠅紙，成果豐碩。

餐點沒什麼好抱怨的，是結合中西餐飲的 Buffet。

回霧社後，我開始準備第二天健行。忘了為什麼，應該是有原因的，民宿主人提到附近有霧社事件罹難者的墳墓或之類的東西。我很意外，民宿附近就是莫那・魯道紀念公園，顧名思義，就是讚揚霧社事件——不，正確來說是讚揚抗日吧！前面牌坊寫著「碧血英風」云云，濃濃的漢族色彩。霧社事件罹難者與此立場根本相反，這兩者能在附近並存嗎？

「我本來也不知道，」民宿主人說，「有次一位日本旅客來，拿著日本的地圖，問我這個地方在哪裡，我才知道有這地方。我們的地圖沒有，但他們的地圖上是有標注的。」

那個地方，就在仁愛鄉清潔隊旁邊，有條小路能上去，如今已是荒煙蔓草，只剩石製的方形基座。此地過去似乎有「霧社事件日本殉難殉職者之墓」——說是墓，或許更像是紀念碑，那是巨大的石頭圓柱，看來跟阿里山的樹靈塔有點像，但戰後被破壞，現在只剩幾張意義不明的桌椅；這種地方，實在不可能有人特地來坐坐，草都比腳踝高了，放桌椅有何用？或許這也算是某種對歷史的塗抹吧？如果剩下一個基座，或許會讓人好奇原來有些什麼，但上面擺著些東西，就沒這麼令人起疑了。

——即使如此，也太缺乏維護了。這樣的地方還有日本旅客前來？但對某些人來說，他們的家人、祖先就是死在霧社，會來此憑弔也很自然。他們有他們的敘事。

清潔隊所在的路口，正好就是通往奧萬大的交叉口。另一側的上坡路，過去是通往巴蘭部落的。往下的大路，則朝著眉溪、埔里——也就是佐藤春夫的來時路。

我往眉溪前進。一路上車來車往，很不適合行人。沒多久是一段S形連續彎路，佐藤也在文章裡提過。不過，有個交通號誌寫「連續彎路十八公里」——認真的嗎？快彎到埔里了吧！對駕駛來說，虛數跟誇飾可沒有參考價值啊。

這段路的山勢並沒有可觀之處。雖說如此，這景色也與當年佐藤春夫所見大不相同；峭壁處處可見用水泥砌出的網格構造，大概是水土保持工程吧？上方還是有樹林，不仔細看可能不會注意，但仔細看的話，就會覺得光禿禿的相當無趣。其實不只這裡，從廬山溫泉那段路開始，就時常見到這種工程的痕跡。

或許這種工程是有必要的。我也不是什麼自然風光至上主義者。不過，這段路沒有百年前的野趣，也是事實。

轉幾個彎，隱約能在靠近溪谷的那一側聽見溪流聲，大概是眉溪的聲音。不過，要看到河道並不容易。連續彎路結束後，能隱約看到眉溪彎成ㄑ字形的河道處，有個小小的露營地，停滿車子，旁邊還有方形水池，呈混濁的綠色，大概是死水吧？對面山勢頗為陡峭，顯然有土石流的痕跡，就在露營地對面，讓人有些膽戰心驚。

經過一座橋，底下應該有溪水流過，但已徹底乾涸，像埋著石塊的泥流，還有樹枝落在裡頭。大約走了一個多小時，總算到了能直接看到溪流的高度。在一座現代橋邊，保留了一座舊的拱橋，大概是被新橋取代後就荒廢了吧！樣式古樸，以石頭鋪成道路與護欄，看來十分可愛；由於沒在使用，上面滿是生意盎然的野草。

沒多久，就是傳說中的「人止關」。

到了這裡，景色確實有讓人心悅誠服之處，就像整塊的岩石從地面猛然穿越而出，朝著道路中心壓倒——是赤裸裸的懸崖，但仔細看，還是有水土保持工程的痕跡。剛剛一直與道路相伴的眉溪，現在被這面懸崖給擋住了，左手邊則是峽谷，底下的溪流會在不遠處與眉溪匯合，大概有三層樓高吧！峽谷對面也是峭壁，高度我無法計算，只能說，那簡直像是巨人用斧頭鑿出來的，每一道斧頭的痕跡，經過千萬年都還清清楚楚。要說有所謂的野趣，可說是直到這裡才真正見到。

「人止關」——人啊，就只能抵達這裡，再過去便是非人的境地——何等氣勢不凡！一九〇二年曾發生「人止關之役」，那時日本打算試探霧社群戰力，從埔里帶著軍隊上來，在人止關遭東眼、西坡、巴蘭等部落反擊。峽谷與懸崖拱起的窄道，確實像一道關卡。在這裡，日本人被賽德克人重挫，甚至被追擊，從此「人止之關」的名聲就傳開了。

但說到底，這名稱不是很平地人中心嗎？人者到此為止，那上面的難道不是人嗎？不是人，就只能說是超人了吧！

人止關離眉溪公車站不遠，大概再走十分鐘吧。往前走一些，過了東眼橋，左手邊有處高地，那裡就是過去的眉溪駐在所。百年前，佐藤春夫聽聞撒拉馬歐事件細節的茶店，大概也在附近吧！當然，現在看不出什麼痕跡，別說茶店，臺車道的蹤跡都沒了。

眼前是筆直的下坡路。

來到這裡，我終於可以踏上歸程。

十二

離開霧社後，佐藤先是到臺中、彰化等地，之後又到臺北，住進了M氏的家。這位M氏，正是《臺灣蕃族誌》第一卷的作者，臺灣第一蕃通森丑之助；事實上，在佐藤春夫的這趟旅程中，他佔有相當重要的地位——

因為佐藤春夫的行程安排，正是根據森丑之助的建議。

在打狗時，臺北的丙牛先生再三來鴻，提到要讓我能在最短十日內看盡臺灣該看的地方。隆情高誼，意誠言懇；我則完全依照他的安排而行。現在我還保存著他的大函。我所走過的路徑與行程、日期，信中寫得相當明瞭，我則在情況許可下，盡量遵守先生為我訂的計畫，沒有做多大變更。

剛閱讀《殖民地之旅》時，我因為能看見百年前的臺灣，內心相當欣喜，連連在工作室裡向同伴推薦。閒聊間，我說佐藤春夫怎麼品味這麼好，他去的地方，都是我們也會想去的地方，他來臺灣前不是對這個南方島嶼一無所知嗎？

後來看到森丑之助——啊，服了。畢竟是臺灣研究的大前輩啊！在〈霧社〉中，佐藤是如此介紹森的：

他是一個隱姓埋名的好學之士，同時也是一個探險的實地踏查者，據說，對這個島上的蕃山踏查，沒有比他更深入的了。而且最令人吃驚與肅然起敬的，乃是他在踏查時，始終身不帶寸鐵。

這樣的人物，佐藤是怎麼認識的呢？

意外的是，這次不是官方引薦，而是邀他來臺灣的同鄉好友東熙市介紹的。其實以官方的立場，說不定還不希望佐藤見到森；如果他們希望透過作家宣傳殖民地的治績，太瞭解實情的人未必對此有益。

當時森在總督府博物館擔任代理館長，這間博物館就是現在二二八公園裡的臺灣博物館。我與這間博物館也有些淵源，替代役時，就是在這間博物館的某組別服務，可惜辦公室不在館內，而是館前路的辦公大樓。直到現在，要查日本時代的蕃地、駐在所相關論文，仍時常看見當時同組前輩林大哥的名字。總之，替代役的經歷，多少也增加了我對森的親近感。回到一九二〇年，當時二十九歲的佐藤春夫，就是在這間優雅、厚重的典型文藝復興風格建築裡，第一次見到矮小、跛腳、態度溫和友善的森丑之助。

能擔任博物館長，就表示森當時已有一番成績；「蕃通」是他的其中一個面向，但遠不止於此。總督府博物館是自然史博物館，現在臺灣博物館的定位亦然，在這方面，森的建樹也相當卓越。他深入臺灣山林，帶回眾多罕見的高山植物——這不見得受同僚所喜，因為他動不動就入山搞失蹤，但說到成就與貢獻，是沒人能質疑的。現在，臺灣至少有二十種高山植物是森丑之助發現，以他的名字命名的。跟讀者說這些，是希望讀者能理解，如果只以「蕃通」來認識這號人物，實在太片面。

只透過佐藤春夫的目光也是。

在森丑之助家中，佐藤向森提到這次能高之行聽到的撒拉馬歐暴動，身為瞭解原住民文化、習俗的人，森自然十分感慨，同時敏銳地指出總督府與原住民間衝突的根源；佐藤如此引述：「M氏更舉出蕃人們一直以自成一國自任的事實，向我說明對蕃人而言，在他們之上尚有統治者是無法令其了解的。」

這番話乍看之下，像是在說原住民很笨，所以才「無法了解」，其實並非如此。不如說，既然自任國家，那是理所當然之事；如果原住民的最高領導者是祭司、頭目（或之類的稱呼），而日本政府外於這個權力體系，無法進入體系的內側發揮效果——無法越過部落首腦直接命令某位部落人士，那對部落來說，日本人單方面宣稱統治他們根本毫無意義，甚至是莫名其妙的。

舉個極端的例子吧。如果外星人突然造訪地球，單方面宣布這個太陽系已歸某某星際帝國管理，這種亂七八糟的宣稱——地球人能接受嗎？如果外星人下令，「美國，槍枝太危險了，給我禁止一般人合法持有槍支」，美國人會接受嗎？想當然會生氣吧！即使有人支持槍枝管制，但這個國家有民選總統，也有國會可以修改法律，憑什麼要聽外星勢力的？

最初，外星人可能也會有些不解，但他們很快就會意識到，妨礙他們統治這個星球的，正是「國家」這種概念。「國家」會妨礙人們認知到自己是「某某星際帝國」的人，不只制度，還有國民自認為是國民的依據，如習慣、語言、文化，這些都是阻礙——

於是，外星人提供尖端科技，以此名義建立起文明與野蠻的分野，要求所有地球人改正其行為；譬如，不分男女，所有人都該將頭髮留到腰際，這時，某些主張男人就該有男人的樣子的人就抗議了，但外星人不管，總之，所有跟他們不一樣的地方都是不文明的。這只是第一階段，其最終目標，是弭平地球所有差異，讓所有人都自認為是某某星際帝國的人，講某某星際帝國的官方語言，用某某星際帝國的官方教科書，文化歷史都只有單一版本。這一切與地球人的意志無關，完全是某某星際帝國的恣意妄為。

不想被不知哪來的外星人消滅自己的認同，這真的是愚笨嗎？我不這麼想。所以原住民不融入現代國家，本就是理所當然的，油也不會溶於水。

但事實上，油可以溶於水。

化學先擺一邊吧，至少，部落的風習是能用權力強制改變的——總督府就是這樣做。但，這也正是霧社事件的遠因。森曾跟佐藤說，原住民與政府的衝突，正是由於「一般蕃人的習慣一切被漠視，也因此而屢屢激怒了他們」。某種程度上，森預言了霧社事件。

賽德克族有所謂Gaya——

硬要解釋這個詞彙，包含了祖訓、傳統、法律、生活習慣等概念。看似複雜，其實就是生活方式有了共識，就會形成約束性，進而成為習慣法，甚至變得具有宗教性質，不可動搖，像是西方的「十誡」。日本統治時，又禁止紋面、又禁止出草——我不是說應該維持出草傳統，但出草適不適合當代社會，部落可以自行思考，不必把人當成沒有思考與反省能力的動物——總之，總督府是懷著要把賽德克人變成日本人的念頭，以權力逐步否定其傳統，實現真正的臣服：忘記什麼是賽德克、什麼是賽德克．巴萊（真正的人）。

因此，霧社部落的反抗，可說是為了「人的尊嚴」。

其實這是場必敗的戰爭。莫那．魯道親眼看過日本人的科技力量，他會不知道反抗幾乎等於族群滅絕嗎？但有著高度社群性的他們，難道要眼睜睜看著傳統的約束力在自己這一代消失？他們做了選擇，他們決定要——不，我還是不要過度揣測吧。戰爭的發端，有時未必有真正的理由，更多是細瑣往事的累積；當仇恨爆發的時候，仇恨的緣由是什麼，或許已不重要。

日本時代結束了，原住民就得到自由、解放了嗎？很遺憾，我無法這麼認為。

接下來要說的，或許會讓部分讀者感到不快吧？不過，光是戰後強迫原住民改漢名，就可窺見國民政府對原住民的心態——有件軼事，或許可作為代表。一九七〇年，中華民國內政部發了一張褒揚令，如下：

查南投縣民莫那奴道（即張老）於日據臺灣時期（相當民國十九年）領導本鄉霧社山胞起義

抗敵先後數戰斃敵百餘終以眾寡懸殊彈盡援絕全部殉難其志可嘉特予褒揚以慰英靈此令

張老是誰啊！

就算褒揚原住民，也不過是將他們當工具，用來滿足漢族民族主義的敘事。其實，這種將原住民當工具的癖性，在當代漢人中也絕不罕見；雖然在《賽德克．巴萊》後，是有更多漢人同情原住民的處境了，但近幾年來臺灣意識抬頭，就開始有人把原住民當招牌，譬如某開幕儀式請原住民上台唱歌，歌聲真的是美極了，也令人陶醉，但人們有更關心原住民土地流失、母語瀕危的問題了嗎？將原住民當成臺灣的象徵，轉頭卻嚷嚷著原住民加分不公平，這種事真的見太多了。原住民要恢復傳統姓名，還有人說記不起來，彷彿他記憶力不好這件事很重要似的。前陣子某獎項的評審委員，因為入圍名單的節目跟原住民相關，就發出「吼吼吼」的低叫，說「你們是不是這樣叫？」或許當事人真的覺得風趣吧！不過，那正是歧視的心——

不，或許不是歧視。

「不是人類」，或許這才是真正的想法。人，總是將非我族類當成人類外的生物。

這還不過是意識形態。最大的問題，或許是國家存在本身，就是對原住民的剝削這一事實吧！十幾年前——是相當近代的事——曾有個「蜂蜜事件」。事情發生在阿里山，當時，鄒族頭目與家人正要去奔喪，途中看到有輛車子裡放了一桶蜂蜜，懷疑是竊自林班地，便要求一起去警察局，但對方拒絕了。依照傳統，他有權利，也有義務管照山裡的事，就跟對方互留車號，在對方未反對的情況下，將蜂蜜扣押下來，打算處理完事情再去報案，結果對方卻控告他搶奪蜂蜜——

事情發展至此，蜂蜜究竟是不是偷竊的，已不重要。整件事最可悲的地方，是在審訊的過程中，警察跟檢察官只把這位鄒族頭目當成不懂法律的笨蛋，還質疑他為何不講國語。但事實上，是鄒族傳統跟中華民國的律法不同；據說這位頭目在法庭上說：

> 我們的土地是Hamo賜與的，它成為我們身體的一部份，侵入我們的土地，就是侵入我們的身體，我們將會用生命保護它。

Hamo（哈莫）是鄒族的創世神。頭目所說的，是無法扭曲的神之律法吧？要是扭曲的話，還能是自己嗎？然而一般的漢人，卻覺得是原住民佔地為王。

——因為鄒族也是中華民國的成員，所以必須遵守中華民國法律？

或許吧。但要是同意這句話，那按照中華民國現況，光是國家與其法律存在，就是在剝削原住民了。因為國家可以動用國家機器，將原住民傳統輾壓成國家的形狀啊！就算有一天，漢人對原住民沒有任何偏見、充滿善意，國家也會繼續運作，直到將這座島原本的居民磨成粉，加水捏成「現代人」的樣貌，再把剩下的粉末拍乾淨。

一定有讀者覺得我是在危言聳聽吧。

不過，如果某種不合理的怪象確實存在，只是覺得不嚴重就沒必要糾正，我可不覺得這是值得大聲堅持的主張。況且，要怎樣才會覺得不嚴重？

但最關鍵的問題——怎樣才合理、才公正，我還無法回答。森丑之助或許有答案吧！這不是我能知道的。不過，即使他有答案，也不能代表現代人；要是他的觀點比現代人還先進，那這一百年的光陰，還真是虛擲了。

本文的最後，我想回顧森對撒拉馬歐事件的看法。關於此事，佐藤筆下的森丑之助沒有多加解釋，只說「事件的起因若不追溯到十年前佐久間總督率軍嘗試全島蕃地縱斷強行軍之事而想得知其真相是不可能的」——

為何他不仔細說明呢？

所謂的「全島蕃地縱斷強行軍」，大概是指「五年理蕃計畫」的種種措舉吧！當時有一條路被開出來，橫越中央山脈，從宜蘭開到臺中；宜蘭溪頭群的泰雅族奮力抵抗，大甲溪上游的撒拉馬歐群跟斯加耶武群也協助他們。畢竟，這條路再開下去就要進入他們的地盤了。差不多在一九一三年左右，日軍與大甲溪上游的泰雅族交戰，結果當然是以泰雅族敗北收尾。

「當時對撒拉馬奧的處置，甚至有人批判是失政」，森跟佐藤這麼說，但我一直沒找到是何等失政的處置；只是，這段時期似乎發生了「佳陽事件」——

說「似乎」，是因為在官方文獻中，我沒找到此事的紀錄。佳陽地方的人似乎記得，但只有口頭流傳。換言之，這是個全貌相當模糊的事件。

佳陽部落是撒拉馬歐群的一份子，過去住在佳陽沖積扇，日本人與他們交戰，隨之說要和解，就在一間屋子裡請他們吃喝，等他們喝醉了，就放火把屋子燒掉——關於這件事，我找到的版本眾多，除了年份不同，有些只提到屠殺，沒說發生了什麼事。但要是有細節，就是這類用酒宴把人騙進屋子裡放火的故事。結果佳陽部落菁英全滅，剩下的四處逃竄，不得不在別的地方定居，而原本居住的佳陽沖積扇，則成為不祥之地，被稱為「惡魔島」。

這讓我想到了〈魔鳥〉。那位少女碧拉居住的部落附近，也發生過類似的事——

那時一個非常大的不幸正降臨到這個蕃社。這乃是，在蕃人們一無所知之間，某個文明國的軍隊的長蛇似的隊伍不知何時起已進入他們的領土，貫穿蕃人的土地做大行軍。那是蕃人們無法想像的，人數相當多——是令他們對平地會住這麼多人而大感吃驚的人數。這群從平地來的人對蕃人做出了令人不解的無道理、大膽的行為，他們完全毫無理由地命令不反抗的蕃人說：你們投降吧！還命令蕃社的男人全部集中到一個建築物以表示屈服。他們說「蕃人中，男的全集中過來，集中到那裡的話，我們就認為那些人是正直的歸順者，會分別發給禮物，不到指定的地方來的，就當作是反逆者而加以討伐。」蕃人們看到那麼多拿著武器的人，還驚魂未定呢！突然接到這個不明意義的命令，不知如何是好，無法判斷。結果想，總之在這種情況下，只有唯命是從，別無他法。於是他們聚集到了被指定的建築物裡面，約有八十多人。在完全封死的那個建築物外面，突然，火燒了起來。裡面的蕃人們全都被燒死了。軍隊解釋道：「這個蠻社的蠻人們在平常就是最兇暴的一族。」然後，離開這個蕃社繼續行軍。

當初看到這段故事，我就有許多疑問；譬如，那建築是哪來的？能容得下八十多人的建築，要憑空在這深山裡建造出來也不容易吧！不過這只是小問題。最大的問題是，為何日本軍隊要行軍到這個地方？為何突然將這個蕃社的人殺死？

如果那個軍隊就是「全島蕃地縱斷強行軍」——就可以理解了。

我突然想到一個可能。

〈魔鳥〉的這段故事，難道是以佳陽事件為原型嗎？他從森丑之助那裡聽說這個版本，便化用到故事中；撒拉馬歐群確實很可能流傳魔鳥傳說，雖然沒有他們本身的紀錄，但更上游的斯加耶武群，曾因為某個小部落有養魔鳥的嫌疑，就將那個部落的人全部殺光；如果撒拉馬歐群聽說過魔鳥傳說，絕非不可能的事。也就是說——

少女碧拉他們的部落，很可能就是撒拉馬歐群之一。

在〈霧社〉裡，佐藤說森沒有多談，但會不會森所說的，比佐藤願意透露的多呢？畢竟直言某人批判總督府，對當事人可不好。但透過〈魔鳥〉，佐藤春夫順著森的意見，指控總督府曾做出如此殘酷之事，並交代了撒拉馬歐事件的遠因，有沒有這種可能……？

這都是我的胡思亂想！但要真是如此啊——佐藤春夫，或許是比我原先想的要俏皮，也更尖銳的人呢。

附錄 能高越嶺道西段

天池山莊，一九二〇年被稱為能高駐在所——但也只是位置相同罷了。當年那個被稱為「能高檜木御殿」，供佐藤春夫渡過一夜的高級檜木建築，已在霧社事件被賽德克人燒毀；後來雖然重建了，但已不是佐藤當年所見景色。要說還能見到的，頂多就是那片亙古的山林吧！但在怪手、砂石車陸陸續續挾進步之名入侵深山的現代，那片山林還是百年前的景觀嗎？我也沒這麼樂觀。本以為還能存在數十年的事物，轉眼間就荒廢傾頹，或被搗毀變造；這等成住壞空，或許才是世間的常態。

現在的天池山莊位於能高山北鞍，海拔二八六〇公尺，已進入容易發生高山症的範圍。在眾多登山路線中，據說能高越嶺古道算是老少咸宜，天池山莊的設備，在山屋界更是五星級的水準。聽到這些，我本該早點規劃能高越之旅，不過呢，我一直對入山有種抗拒，像擔心體力不足啦，或聽太多山難故事，害怕心慌，也擔心高山症；總之，好不容易下定決心時，卻發現天池山莊要整修，還一口氣整修好幾個月！等公告的維修時間結束，居然又公告要再延長；那時我正在趕稿，完全在地獄裡，如火如荼，只好麻煩妻子W代為處理。結果W一下子就搞定了，包括民宿、山屋、交通等，真是風捲殘雲；而我則像是個漢人傳統男性，只會出一張嘴，根本派不上用場。

這次同行的人，除了妻子W以外，還有小說家R、她的伴侶D，另外還有G；她是W在獸醫院的同事，也是登山的前輩，對初次擔任領隊的W來說，算是定心丸一類的存在吧！行程規劃——這裡不詳加說明了，前半部跟到廬山溫泉差不多。在溫泉站前，司機問「有人要在溫泉下車嗎？」沒人回應，他就倒車出來，在剛才的交叉口左轉。從那邊到廬山，公車大概要十幾分鐘。

不過，中途下起了雨。

大概是從霧社開始下的吧。雖不是大雨，卻也讓人擔心前往天池山莊時是否也是這樣的天氣。今天是四點開始下雨，如果明天也是同樣時間，早點出發應該沒問題吧？我們在廬山公車站略帶不安地討論著這些時，R說要去雜貨店買水，順便買雨衣，我也心虛地附和要買雨衣。之所以心虛，是因為對瞬息萬變的山中氣象來說，雨衣當然是必需品，我早就知道了，原本想在臺北車站或埔里買，想不到行程匆匆，居然都忘了；無論如何，這絕對是早該處理完畢，而不是到了登山口附近才做的事。果然，G雖沒說什麼，還是露出了不以為然與難以置信的表情——居然沒在事前準備雨衣？

撇開行前準備嚴重不足的不安感，這山村倒是帶給我們不少驚奇。

往上坡走去，好幾間店都叫「富士」什麼的，應該是因為日本時代將波阿崙社改名「富士」吧？那些招牌的年代感，說有五十年以上大概不誇張。我們走進其中一間店，看來昏昏暗暗的。

「請問有雨衣嗎？」

我不期待有人回應，因為店裡看來根本不像有人，然而老闆不知道從哪裡冒出來，說著「有啊有啊，一件五十元」，看起來精神很好，與這陰暗的店面不相符。她把燈打開，看來剛剛的陰暗都是省電所致。這時D發出驚呼。

「啊，這是什麼？好可愛喔！」

只見平凡無奇的鋁窗邊，有個五十公分左右的玻璃罩，裡面竟有隻飛鼠標本；不，不只飛鼠，還有其他東西。老闆高興起來，笑咪咪地說：「是啊，牠毛皮是白的，很難得！所以我們把牠製成標本。」

看來確實栩栩如生。

「那這是什麼？」D指著飛鼠旁的白色頭骨。

「這是山豬骨頭，」老闆說，然後指著某個Y字形，漆黑到發光的物體，「這是羊的角。」

——該說不愧是部落的雜貨店嗎？展示這些標本，竟是再平常不過的事！屏風後還有隻水鹿頭部標本，該有上百公斤吧？張揚的鹿角姿態十分優美，我們圍觀著標本，也只能讚嘆了，R指著標本說：「你看，水鹿的眼睛下面，不是有個像淚痕一樣的痕跡嗎？遠遠看就像眼睛一樣，因此也有人說鹿有四隻眼睛。」

在我們著迷於標本，差點把時間給耽擱的時候，W已連絡上民宿主人。

民宿主人是頭髮有些花白、輪廓鮮明的中年男子。他走路來接我們，身邊跟著一隻狗，那隻狗興奮地跳來跳去——我對狗不熟，不如說是怕狗的，但就連我都看得出來那隻狗高興得不得了。民宿主人客氣地說：「牠知道我要帶你們去民宿，所以很高興，接下來牠會帶路。」

原本我以為是開玩笑，但那隻狗竟真的在前面走！還不時繞回來在主人身旁討摸，實在令人驚嘆；他帶我們走的是地圖上沒有的路，穿越眾多民宅之間，當然，沒人有意見。

「去民宿嗎？」「是啊！」這樣打個招呼就行了。沒多久，我們經過一片田地，水墨畫般的山谷浮起像要吞沒一切的山嵐——純白的海嘯。田地旁有小叢的灌木，比人還高，民宿老闆指著它說：「這個可以吃，我們小時候都會吃它。酸酸甜甜的。但現在還不行，要等它更紅一點，紅到發黑的時候就可以吃了。」

明明顏色已經夠紅了啊？我問：「那大概還要多久才能吃？」「大概還要一個禮拜吧！」民宿主人說，「以前長輩會告訴我們哪些東西可以吃，哪些有毒，用族語告訴我們，但現在忘了族語是什麼了。」

我不禁想像民宿主人小時候的樣子，或許是很頑皮的孩子吧？他跟同年齡的孩子一同嬉戲，或許就是附近小學的同學；經過這灌木叢時，他們見果實已紅到發黑，便呼朋引伴摘下來分享。或許那時他還記得果實的族語也說不定。當然，這都只是我的妄想。或許因為我們是外來客吧？在這山村裡的時間，其實我們也沒聽見過幾句族語。

民宿是兩層樓的山屋。

房間是八人房，裡面有張巨大的木床，手工的質感頗符合鄉村印象；上下舖各自能躺四個人，中間用通往上舖的木梯隔開，看來就像四張雙人床。二樓是餐廳兼交誼廳，桌上有熱水器與好幾種茶包。等我們放下行李，用熱水器在二樓沏一壺茶時，天色已頗為昏暗，只能從濕漉漉的雲間看見一點天光。雖還不到颱風的程度，但雨嘩啦啦地下，從屋簷沿著觀賞植物滴落，雨珠的殘影重疊在一起，給人一種珠簾的印象。

遠方閃過驚人的電光，好幾秒後才響起雷聲。

——正當我們鬆懈的時候，突然停電了。

忘了當時在聊什麼。不過，最初是從一盞燈熄滅開始。我們聊到一半，突然聽到跳電般的劈啪聲，離我們最遠的燈熄了。是燈泡燒壞嗎？我們面面相覷。才這麼想著，其他燈泡也一盞盞熄滅，黑暗戲劇性地朝我們靠攏；我們還來不及慌張，整棟房子就陷入沒有電氣的沉默。不是沒有光——當然，確實沒有光，我們連忙拿手電筒跟頭燈照路——但那是更沉寂的，彷彿所有雜音都消失，只剩下雨聲，還有山的聲音。那是令人心安的無聲。或許是這樣，我們當時也不恐懼，反而笑了，開始找能照明的東西，W則打電話聯絡民宿主人。

「什麼？整個部落都停電了？」

W從民宿主人那裡聽到意外的消息。要是探頭出去，說不定整片山頭都是暗的。據民宿主人說，這種情況也不常發生，但可能要到隔天才能恢復，因為臺電員工要從埔里上山，還不見得能馬上找到問題所在。坦白說，這實在是惡劣的開端：手機不充電，真的能維持到山上嗎？山上畢竟比較冷，還有熱水可以用嗎？我們連忙檢查，幸好瓦斯還在運作，還能洗澡，要燒開水吃碗泡麵也不是問題。

這是超乎預期的窘況，但即使如此——後來W說，這就是選擇旅伴的重要性——我們還是保持樂觀。記得小時候，颱風往往伴隨著停電，那時雖不能說是享受，卻也能自得其樂。成年後，即使停電也會很快恢復，這就是科技進步吧！總之，那個停電的夜晚，我們靈魂中年輕的部分也甦醒過來，彷彿忘掉一切不便；D舉著民宿主人找出來的蠟燭，幽幽的光在走廊裡時明時滅，簡直像恐怖遊戲裡的主角，她笑著說要拍照，R立刻配合她。真是沒半點煩惱。

原本已做好摸黑過夜的打算，電卻突然來了；歡喜之餘，卻也有回歸現實的掃興感。我們盡快吃晚餐、洗澡，一大早就睡了。那是我數個月以來最早睡的時候。

第二天，我們到民宿主人經營的早餐店，簡單吃點東西後，民宿主人就載我們到屯原登山口，日本時代的屯原駐在所就在那附近——根據文獻，霧社事件那天清晨，波阿崙社的人在早上六點燒毀波阿崙駐在所，接著與斯庫社的人會合，他們越過崎嶇的山路，拿著刀，在早上八點抵達屯原駐在所，殺光裡面所有警察與其家人。

九十年後，我們在早上六點多上路。

民宿主人載我們前往登山口的道路，是有些狹窄的產業道路，每次會車都讓我膽戰心驚；某個彎道處，有輛紅色的廂型車倒在比人還高的草堆中，民宿主人隨口跟我們說：「那輛車也不知道是誰的，拋錨了，就扔在那裡。」

「扔在那裡就不管了？」我們問。

「可能是太難處理吧？總之，幾個月後，那輛車的輪胎就一個個消失，能用的零件也全被拆走了，只剩外殼，裡面都空了——不知道是不是原主人自己把可以用的零件拿走，如果不是的話，盜用別人的東西也不太好吧！」

不知是不是我多心，最後一句話，彷彿是在擔心我們會有原住民容易犯法的偏見；但在我看來，既然原主人無力處理，那拆掉裡面的零件，也不失為合理的資源運用。當然，那還是違法的。只是單純以違不違法去看待事情，我不認為稱得上高明。

二十分鐘後，車子抵達屯原登山口，正是七點出頭。

這段路，就主觀感受來說實在很漫長；地圖看不出來，但在廂型車上，真是搖晃到快吐了。當年那些賽德克人或許是越過道路在山林裡奔馳吧？即使有那樣的腳程，他們也花了兩小時才從部落到屯原駐在所——

不，不對。

其實用花費時間來推算距離，這種想法本就是錯的；又不是登山客，只要前進就好，戰爭要注意的事可多了！不同行進路線間的聯繫、資源與人員的調度、是否真正趕盡殺絕以避免風聲走漏……戰士們快起來自然是風掣雷行，但要慢，理由也多的是。

事實上，我在估算時間上就曾犯了個錯。文獻裡，賽德克人在能高越嶺道上襲擊駐在所的順序與時間如下：

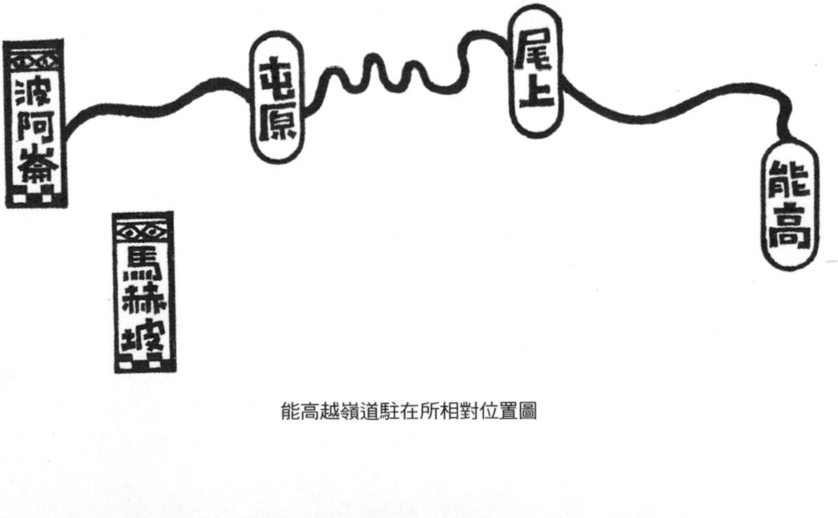

能高越嶺道駐在所相對位置圖

早上八點　襲擊屯原駐在所。
正午十二點　襲擊尾上駐在所。
下午三點　襲擊能高駐在所。

光看這段紀錄，會覺得尾上駐在所到能高駐在所的時間較短，距離也應該比較近吧？但是這麼想就錯了——尾上駐在所到能高駐在所的距離，其實是屯原駐在所到尾上駐在所的兩倍！之所以花比較多時間，是有不得不處理的要事吧？當然，現在我們不可能得知發生什麼事。

無論如何，尾上駐在所到能高駐在所只花三小時，實在不得不說賽德克人腳程驚人；或許習慣登山的人也做得到，但同樣的距離，我們花了六小時，加上從登山口出發的時間，最後走了九小時之久——賽德克人那種速度，我們登山新手只能望洋興嘆。

不過，佐藤春夫的速度也讓人驚異。他是早上八點半從霧社出發的，黃昏時——大約下午五點半——抵達能高駐在所。光看時間也是九小時，彷彿不怎麼快，但他是從霧社，不是從屯原出發啊！用當代的地圖計算，這段路可有三十四公里之長，只走十三公里的我們，根本無法想像那是怎樣的速度；而且能高越嶺道還是緩坡居多，霧社到屯原登山口的路，卻是紮紮實實的上坡，下坡只佔一小段。

路太平坦，一點也不覺得勞苦。

哎！真是看了會氣死人的發言。當然，有人幫忙拿行李，是能走得快些吧？而且聽朋友說，日本時代的能高越嶺道比較好走，現在由於坍方之故，當時平坦的道路，現在可能要上上下下的。但就算如此，這速度還是很驚人；總之，也怪不得他會走到起水泡了。他在〈日月潭遊記〉裡覺得從集集到日月潭的八小時只是小意思，原來不是在逞強啊，看來百年前人物的腳力，還真不是缺乏鍛鍊的貧弱都市人能望其項背的。

事後做這些計算固然有趣，但還在屯原登山口時，我可沒想到真會走到九小時，甚至一度樂觀認為走六小時就到了；幸好W跟G深明新手直覺不可信賴，規定一大早就出發。

從屯原登山口出發半公里，就有處崩塌的山壁。那裡到處是碎石，有種壯闊的荒涼，奇妙的是，碎石間開著一種花——它們是怎麼在石頭荒原裡生長的呢——花莖直挺挺的，頂端有好幾撮細長的小花成團群聚，像截短短的流蘇；顏色嘛，大多是石蓮花般的淡青色，但也有淡紫紅色的，兩種顏色都與石徑十分相襯。這種花到處都是，簡直是荒涼的化身！如果荒原讓人聯想到時間盡頭，那這些從石縫裡迸出的花，想必度過了同等的時間吧？從亙古到永遠，它們如此久遠不變，如宇宙般古老……才剛開始走，看來我還有興起這種幻想的餘裕呢。

崩壁後又是森林，此處林相沒什麼高海拔的印象，像佐藤春夫所說——眺望的景色也沒什麼太奇特的地方——但樹蔭下走起來挺舒服的。經過一段路，有塊突出地形，原本還以為是懸崖，但從旁邊看，竟是某種水泥製成的大型人工構造；大概是荒廢多年吧，土壤覆蓋其上，竟長出草了。為何深山裡有這種東西？光看構造，實在難以判斷。

但用不了多久，這個謎團就解開了。我們走過往右的彎路，眼前出現一個三公尺以上、有著牌坊形狀的朱紅色構造；D有些雀躍地說：「啊，鳥居！」

「不，應該不是吧？」

我對這看法持保留態度。

「上面形狀不像鳥居，而且應該也不是牌坊……這是金屬製的？鳥居應該不會是金屬的。你們看，下面這裡有環狀構造，應該是綁什麼東西用的，不過到底是綁什麼……」

我們研究半天，還是無法察覺其真面目，要放棄又不甘心；穿過那朱紅色構造，我們回頭看，突然發現要是把它當成牌坊那類供人穿越的門扉，竟能跟剛剛看到的水泥人工構造連成一直線——

「啊！是吊橋！」

忘了是誰先說的，真是一言驚醒夢中人！那個朱紅色的構造，應該就是吊橋的橋塔；不知曾幾何時，吊橋壞了，所有鐵線都脫落，只剩下這邊的橋塔，還有對面的橋墩。這個推論很快就得到證實，因為往前不遠還有一座吊橋，也有著相同橋塔。

說到吊橋——

佐藤春夫有段話，其實我至今仍無法解釋。

在前往能高的路上，他說經過兩座吊橋，其中一座有一町之長。長的那個，顯然是斯庫社的鐵線橋；但另外一座呢？如果在能高越嶺道上，他要過的橋可多了，絕不止一座才對。即使沒特別去數，到天池山莊為止，至少也有四座吊橋；當然，當年未必有橋，但光看地形，有好幾處應該是沒橋就過不去的，為何佐藤只經過兩座？

還有一種可能。或許他說的是還沒到屯原，從霧社上來的那段路；若是如此，就是我怎樣都找不到另一座吊橋在哪了。或許是佐藤春夫記錯，如果不是，就是百年前的山川景色，真不是實地調查能追上的。追趕時間——或許我的嘗試，真的就像是夸父追日吧？

走了三個多小時，我們抵達雲海保線所。

這是第一個可以好好休息的地方。保線所前的廣場，大約能容納數十人。既名雲海，想必能見到此類景觀吧？不過當天萬里無雲，想看雲海也無緣了。

所謂的保線所，是過去臺電為了傳輸臺灣東西部的電力，通過能高越嶺道，建立了運輸電力的鐵塔，每十公里就設立的管理、維修據點。到了現在，許多保線所都撤了，這間雲海保線所，也是山友使用居多吧？但對我來說，雲海保線所的意義與臺電無關，而是過去曾被賽德克人襲擊的尾上駐在所，其實正位於此——

不，嚴格來說不在這裡。雖然這裡無疑也是歷史的痕跡。

霧社事件時，尾上駐在所被燒了，但之後重建卻不在原址，而是舊址的西邊一公里處；時光飛逝，歲月如梭，新的尾上駐在所變成今日的雲海保線所。至於真正的舊址，據說在坍方中消失了。佐藤春夫曾在一九二〇年見過、十年後被賽德克人焚毀的駐在所，屍體、血跡、悲哀與憤怒的迴響——半點痕跡都沒留下。

再往前幾公里，我們從樹影間看到馬海濮富士山——所謂的「馬海濮」就是「馬赫坡」，我們眼前所見的，正是廬山溫泉的背面；日本人稱為富士山，是因為這座山呈均勻的等腰三角形，跟富士山相似。據說霧社事件尾聲，莫那．魯道在山頂自殺，山腰的馬赫坡大岩窟，就是抵抗的賽德克人最後的據點。

風聲中，我們只看到馬海濮富士山上濃密的樹冠，看不到那象徵著事件末路的岩窟。不過，日本飛機從上面飛過、投放炸彈的樣子，倒是不難想像。那種現代武器竟到了這樣的深山啊……總督府出動化學毒氣，根本不可能只影響人類，恐怕是場生態浩劫吧？

從中途開始，林相逐漸有了高山氣象，那些吵到讓人受不了的蟬鳴，這時早已聽不見了。倒下的樹木長滿青苔、蕈類，某種植物如綠色的毛毯鋪滿石板，凝聚著露珠；一種白色的小花從石縫間鑽出，G說那是一種叫「籟蕭」的花。不知不覺間，山峰是平坦的綠，無數蒼白的冷杉聳立其上，腳底下是萬丈深淵，沒有欄杆的木棧道外，滾滾白雲在山谷間翻騰；所謂的一望無盡，本身就有種「空無」的魄力。

要是沒有懼高症，我大概能好好享受這般景色吧！然而在大家讚嘆美景時，我卻跌坐在木棧道上，得鼓起十分勇氣才能前進。光是想到回程還要走同樣的路，我就頭皮發麻；沒多久，我們已能遠遠看到天池山莊。

太陽將沒，周遭微寒，正想我的腳力再也走不到三十町遠時，眼前一間很大的房子、能高的警察署已望眼可見。感到耳鳴而有點呼吸沉重。那是山氣使然。我是在一萬尺的高處。在不覺之間，由坦坦大道走過來了。

我們與佐藤春夫的旅程，在此明確地重疊。

經過能高瀑布時，那裡有座高大的吊橋，幾位山友從吊橋前的小路鑽出，他們打招呼，並問：

「你們不去能高瀑布嗎？」

R說不用了。我們已走到精疲力盡，哪裡還想節外生枝？但山友們不斷慫恿，說很近，從這裡走下去就到了，只要五分鐘吧！不，哪要五分鐘？三分鐘就到了！這非但沒說服我們，還讓我們覺得——又來了。

其實離開雲海保線所不久，一路上遇見下山的各路山友，全都跟我們說天池山莊很近、快到了。已經不遠囉，只剩六公里——六公里不是還有一半的意思嗎？由是之故，第二天下山時，D就決定以牙還牙，對上山的山友說「加油，快到囉」，結果那位山友嘆了長長一口氣，說「莫騙啦！」D第二次這麼做，那位山友沒被振奮到，反而哭喪著臉說「我撐不下去了，讓我跟你們一起下山」——當然只是說說。我們與她錯身而過，還是朝著兩個不同的方向前進。

總之，山友們說的「很近」，是一種心照不宣的謊言，這點我們已深有體會。所以聽說能高瀑布只要三分鐘，我們就當成是三十分鐘的意思，繼續往前了。通過吊橋不久，我們總算抵達天池山莊後側；不過，那時我們已經累到連成就感都磨光了。身為領隊的W向大家拿身分證去登記入住，我脫掉鞋子，坐在椅子上休息。

夕陽的光已照在雲上。

天池山莊正前方，像被刀削出來的尖銳山峰，正是能高主峰。大塊的雲團從左邊的山坡滑下，像張牙舞爪的怪物，被夕陽照成發出螢光的淡橘紅色。那是沒有陰影、層次，堪稱暴力的純粹色彩。右邊，遠方的雲宛如海上的龍捲風，有種波濤洶湧的氣勢。這幅構圖，就像暴風雨中的船隻對抗海上怪物。

從尾上駐在所到這裡，賽德克人竟能只花三小時。他們的腳踝、小腿肌與大腿究竟是何等有力啊？他們拿著切開獵物的刀，有斬殺敵人、強而有力的手——我想像著這一切，迷迷糊糊的，差點在椅子上睡著。

夜很快降臨了。在那之前，我們就穿上外套、戴上帽子，溜到山屋的房間裡。我們的房間是八人房的大通鋪，每個人都要躺在睡袋，除了我們，還有三位登山客跟我們住在一起。其中一位問我們打算到哪裡？我們說天池。他說都到天池了，怎麼不去奇萊南峰？R說我們本來就不是來登山，是來工作的。

那位先生沒有追問的意思，似乎也猜到背後的緣由不是三言兩語就能解釋。

晚餐後，G說外面的星空很美麗，從沒看過這麼清晰的天蠍座；我大為心動，但帶來的帽子不夠保暖，便向R借了帽子，跟W和G到二樓平臺眺望星空。

那確實非常驚人。

之前我在綠島也見過美麗的星空，由於沒什麼光害，我還認為不可能比那更美了吧？但綠島的星空完全無法與天池山莊相比。太過乾淨、澄澈了。要是凝視單一星斗，久了甚至覺得刺眼！銀河如團狀的雲橫過天空，那是無月的夜。

「那就是天蠍座的心臟。」G指著一顆紅色的星。

「後面一連串的星星都非常明顯，這樣連下去，就是天蠍座的尾巴。」

「總覺得比在地上見到的要大。」W說。

確實。如果把地平線劃分成三百六十度，天蠍座就佔了其中六十度吧？我在地面上也找過天蠍座，但只能看到心臟與鉗足——看來過去我從未見過天蠍座的全貌。冰冷的空氣中，星空也像凝結了一樣，閃著結晶般的光。

「啊，有流星。」W說。

——如果這是那個夜晚的全部，我對這趟旅程就毫無怨言了。可惜並非如此。當天我們睡得很早，九點就睡了，但十一點，我就被旁邊的鼾聲吵醒。那可真是令人髮指。當然，打呼不是本人能控制的，我也明白，可我沒什麼堅強的意志力，實在無法承受；與我們同房的兩位先生，他們的鼾聲各有各的節奏，還像歌劇一樣，有高潮起伏，迂迴曲折，更可怕的是，他們的高潮處還彼此錯開，簡直像在對唱！這種變幻多端的鼾聲二重唱如浪濤般一陣陣襲來，最後我實在受不了，跟W打過招呼後，就抓著睡袋跑到走廊去睡了。走廊比房間更冷，就算是二樓，地板的寒氣也會透進睡袋。凌晨兩點，要攻頂的登山客紛紛起床，敲門通知隊友的、下樓吵吵鬧鬧的，山莊準備了食物，就這樣喧囂到三點，我難以成眠。

五點多——也沒怎麼睡，我就被鬧鐘叫醒，接著鑽回房間叫醒其他人。我非醒來不可，畢竟這趟旅程的最終目標，不是當年佐藤春夫過夜的天池山莊，而是更上面的天池。

第二天早上，那少年警手來到床前把我叫醒，他要和從這裡出發的郵件傳遞腳夫同行到山頂去迎接從東海岸上來的另一個郵件傳遞腳夫，他要執行每天固定在場確認這兩個蕃丁們交換行李的任務，而順便帶了我到那個山頂。

這是佐藤春夫的紀錄。

原來過去臺灣東西部的郵件交流，有一條路竟是這樣翻山越嶺的嗎？在親身走過能高越嶺道西段後，我不禁更加佩服從事這工作的人——太辛苦了！而且，是冒著生命危險吧！在佐藤的記載中，也確實有原住民在運送郵件時遇難，當時還有立碑於天池附近，後來碑被遷到別處去了，據說遭人毀壞，大概是主張只有自己認同的歷史才是歷史的人吧？

交換郵件的地方，被稱為「池之端郵便交換所」，是一九一八年建造的小木屋，與建造能高駐在所的時間差不多；這個「池之端」的池，是指交換所旁的天然水池，佐藤春夫在文中說「附近有清冽的小池」，也就是現在被我們稱為天池的地方。

這才是〈霧社〉這趟旅程的終點。

不過吃完早餐後，R跟D說她們不去天池了——太累了。也難怪。對我們這種登山新人來說，這行程或許太衝動了吧？最後，只有我跟W、G三人前往天池。

往天池的路與前一天完全不同，幾乎全是向上的坡道；兩側滿滿的玉山箭竹，大約兩公尺高，密密麻麻地朝中間壓過來，將天空遮住，彷彿綠色隧道。中間有瞭望臺，能看到左側山坡；那是片蒼綠的草原——不，或許都是箭竹吧！抹茶色的植被交雜著斑駁的樹林，距離太遠，看不出是什麼樹。

更近處有個裸露的山峰，像是閃耀的白石，相當醒目。

「有水鹿！」G大聲說，W也看到了。我問「在哪裡」，她們指著遠方山坡上的小徑——不仔細看根本看不出來——突然，有什麼東西一躍而起，確實是有著褐色毛皮的龐然大物！但那不過就是轉眼間的事，牠躍進了裸露的山峰，被擋住、消失了。我們在瞭望臺上等待許久，水鹿的身影也沒再度出現。

繼續往上，大約走了四十分鐘，兩側的箭竹逐漸變矮，大概到肩膀這麼高，也能看到天空了。還沒到天池，已能聽到登山客們嘻鬧的聲音。有群人邊唱著「國境之南」邊下來，我們問是登頂回來嗎？領隊說不是，這些人是無力登頂，被她帶下來的。

總算抵達天池。仔細看，確實是一彎不怎麼大的水窪。

光聽「天池」兩個字，還挺威風的。要是這麼想，看到這麼淺的水窪或許會失望吧！據說隨天氣、季節不同，天池的池水會更深、更寬，或許那才能顯示「天池」二字的氣象；池的其中一側是矮小的箭竹林，另一側是廣大的平地，砂石間長出些許野草。箭竹沒生長到上面，或許就是因為這片平地有時會積水吧。

至於池之端郵便交換所，我沒找到其遺跡。從老照片看，我猜其位置在通往天池山莊的小徑與天池相鄰的山坡上，在池邊看卻什麼都沒看到。有趣的是，根據照片，當年的天池邊就已長滿箭竹，景觀居然與現在相去不遠——或許，山上的時間比山下更緩慢，只有人造的事物經不起風霜考驗。

「看，那裡是奇萊南峰。」G指著一個山峰。

「啊，看起來不遠耶。」我說。

我的意思是，看起來不遠，實際要走到那裡應該很遠吧？誰知G點頭同意，她說：「真的不遠，只有兩公里。」

「兩公里？」我大感意外，同時也恍然大悟，「難怪那位先生說，都到天池了，怎麼不到奇萊南峰，居然這麼近！」

「是啊，」G笑著說，「要現在去嗎？」

我連忙否決這主意。要是去了，還有時間下山嗎？說真的，我看不出G是不是在開玩笑，但她跟W都不著急，像是隨時可以前往奇萊南峰；她們用望遠鏡尋找水鹿蹤跡，我只能無聊地坐在一旁——這時，我想到佐藤春夫在「清冽的小池」後還有下文。

附近有清冽的小池，路傍有野獸的足跡。警手與蕃丁為了審視那是熊還是鹿的腳印而蹲下來查看。

——原來如此。習慣山林的人，或許就是這樣的生活態度吧？

與R跟D會合後，我們直接下山——這是原本的計畫。走到吊橋時，也忘了當時怎麼想的，或許是我一直開玩笑地煽動R吧？總之，我們臨時起意去了能高瀑布。

說來慚愧，前一天遇見的山友並未騙人，真的三分鐘就到了。瀑布底下是碧綠到有如寶石般透明的深潭，溪邊各種赤裸、原始的巨石，讓我想到《賽德克．巴萊》裡的一些場景。

接下來的時光，直到我們下山後仍津津樂道；要是當年佐藤春夫沒走到能高瀑布下，像孩子一樣玩水，我還真是為他惋惜。我們下去時，有群人正在拍照，其中一位是領隊，她警告我們水非常冰，而且終年冰涼；我不信邪地把腳放下去，果然渾身發麻——就像把腳放進冰鎮香檳用的冰桶。不過，相當爽快！

如果真要說明能高瀑布為何帶給我如此愉快的體驗，坦白說並不容易。或許可以歸功於好的旅伴吧！要是換一批人，我的感覺可能完全不同。但絕對不只如此。不像平地的溪流，這裡的水，是能讓人信賴的；還記得小時候，大人也曾帶我到溪邊玩水，但乾淨澄澈的溪，曾幾何時已從平地消失，可以說，這裡是能勾起原始回憶的地方。這份回憶不見得來自童年，而是刻印在基因上的親水性；不知不覺間，我們竟在能高瀑布度過了一小時。驚覺可能來不及下山，我們連忙動身。

接下來沒什麼可說的。或許是下山比較輕鬆，我們只花了上山時三分之二的時間。不過，最後一段路我們是用跑的。我們跟民宿主人約好，請他載我們到廬山溫泉，要是趕不上約定的時間，未免太不好意思。

在廬山溫泉好好休息一番，次日，我們照計畫到霧社吃午餐——據說到霧社沒吃砂鍋魚頭太可惜了。午餐前，我說要帶大家參訪霧社事件相關遺跡，D沒興趣，就留在便利商店看行李。於是由我領隊，走過櫻臺，穿越莫那．魯道紀念公園，沿著車輛來來往往的馬路，行經揭開霧社事件序幕的公學校，最後抵達清潔隊旁的「霧社事件日本殉難殉職者之墓」。

從樓梯上去，依舊是荒煙蔓草。

在能高越嶺道上，有個解說牌放了「霧社事件日本殉難殉職者之墓」照片，但景色與眼前完全不同。我熱心地解說為何如此，現在只剩基座，原本上面圓柱形的紀念碑已經被打碎拆掉，據說有人保存了一部分紀念碑云云。這時，R突然開口——

「那是櫻花嗎？」

櫻花？

剛開始，我們以為她是在說階梯旁的櫻樹，就說，是啊，是櫻花。但她隨即指著櫻樹的某個位置。幾乎僅有枯枝、什麼都沒長的枯樹，在某段枝椏的頂端，有一朵桃紅色的花正綻放著，旁邊兩個花苞，看來確實是櫻花——

這怎麼可能？

九月櫻花

現在，可是秋老虎正發威的九月啊！

我們怔住，目瞪口呆地盯著那朵花，彷彿是要找出它不是櫻花的證據。當然，我們不是植物學家，不能百分之百咬定，但真的太像櫻花了——重瓣的——是八重櫻吧？就算不是櫻花，現在也不會是花期；換言之，這朵花不可能存在，不應該存在。

「或許這棵櫻樹快死了。」W開口，「我聽說過，樹快要死的時候就會開花。或許它是察覺到死期將至，才硬逼自己開花吧？」

她說這段話時，不帶著什麼情緒，至少不是哀憐，那是平等地俯瞰眾生的神情。不過……是啊，或許正是如此。正因死之將至，才想痛快地活吧！當年主動發起必敗的戰爭的賽德克人，是否也是這樣的想法呢?當然,這解讀未免過度浪漫了。從生物學的角度,不過是把握最後的繁衍機會;況且,這裡可不是賽德克人墓園,而是日本人的紀念碑。

不過,虛幻之花確確實實是存在的——即使我無權解釋它存在的意義,但這份不尋常、不合理的美,不是依舊懸掛在那枝頭嗎?那朵小小的櫻花隨風顫動,彷彿夢幻泡影,隨時會消失——我不禁想到佐藤春夫的〈鷹爪花〉。故事中,他說了這麼句話:

不是夢。是真的事。

那或許就是他心中的臺灣吧?

奇談

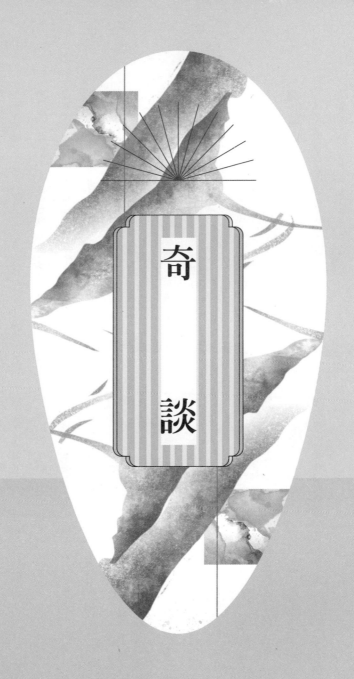

其實，佐藤春夫也不是真的很尊重原住民吧？比起尊重，說那是同情……不，憐憫更接近吧？像這本《殖民地之旅》所寫的，他在霧岡俱樂部過夜那晚，不是遇見一位原住民女傭嗎？他用手指自己的臉，比紋面的位置，原住民少女笑著，大概是害羞吧，用手掌將遮住紋面，這裡，佐藤是這麼寫的——「這個動作與表情，讓我感受到親愛之情。不過，老實說，那種感情，很類似我對我的愛犬所懷抱的那種情感」——對人類懷著寵物般的情感，怎麼想都不適當吧？當然，確實有人將寵物視為家人，也就是擬人化，但對人類做出再擬人是很奇怪的，不可能是他的本意。因此，合理的推測，就是佐藤春夫並未將對方視為對等的人在尊重。

對客人這番見解，此間的主人正以夾子將一塊深色的木頭放進香爐，灑進些粉末，點燃，一時半刻沒說話，等焚香的味道如雲中怪物潛入斗室的角落，主人才開口回應。我同意你的見解。在〈霧社〉裡，佐藤先生確實是誠實地表達了感受吧？不過，若認為只有誠實，那未免小看了書寫……我猜，佐藤先生很清楚讀者——像是您——是會對這種誠實感到不安的；作者是獨斷的告白者，要保持清白，甚至撒謊顯示高潔，絲毫不難。即使如此，卻仍暴露令人不安的思緒……您不覺得這正是有自覺的反省嗎？不是因為這種情感適當，而是自覺不適當，才以告白觸動讀者的反思。依我拙見，總比「我把你們當人看」之類的修辭妥當——那些道貌岸然的君子，為何會認為自己擁有賦予人類「成為人類」的資格呢？說著平等的話語，背後卻是難以掩飾的傲慢，相較之下，佐藤先生不是更讓人尊重嗎？

這裡的主人是位年輕女性；說是年輕，只是看來不蒼老吧？只要與之交談過，大概誰也無法斷定她的實際年齡如何。雖說如此，她自稱出生於日本殖民時代，是位「灣生」——這若是事實，至少也有七、八十歲了，那無論如何都是不可能的。拜訪這位主人的客人們，多半將這種宣稱視為某種隱喻，或不願自道出身的表白。

話是如此說——客人像是在堅持自己對日本人的看法——但日本人確實將原住民描繪成孩童或動物般純潔的生物，不是嗎？在〈霧社〉中，佐藤春夫在山道上遇見得了花柳病的原住民，對此感到驚訝，但有何必要？原住民又不是幼童，自然也有性行為，感染花柳病根本無需驚奇；當然，他可以認為這種疾病是日本人傳給原住民，並將其作為日本文明污染原住民純潔之隱喻，但認為這種理所當然事不會發生，那就是豈有此理了。這種擅自將對象柔弱化、純潔化的想像，不是很危險嗎？就像對著原住民說，你們很純潔，應該繼續保持這種純潔下去——這種想法，其實也稱不上什麼尊重吧！

確實——賽璐璐燈罩透出的暗沉沉的光，讓人看不清主人的表情——確實不算是尊重呢。不過您用日本人這種說法，不也已預設了一種想像嗎？主人的聲音高了起來。說到底，您說的日本人是指什麼呢？如果是指血統，其實血統是無法保證能生出怎樣的思想的……如果您是指文化，那麼，確實，生活在相似的文化場域中，是有可能鍛造出具同質性的思想，從這點看，日本文化與漢文化對原住民的想像確實相異。但要是追究下去，也不是所有日本人都持相同思想，如果文化不允許變異性，最後必然走向滅絕；請原諒我像是在挑語病，不過，我確實認識一兩位不會單純將原住民想像成孩子的日本人……

主人的語調，像在懷念一件很久很久以前的事。窗外傳來雷響，幾秒後，電光才從窗簾的隙縫間鑽進來。僅此一扇的窗子，原本就以厚重的窗簾蓋住，這時又更加陰暗、悶濕了；嘩啦啦的雨聲中，主人說，你看，她從安樂椅起身，拉著披肩，繞過滿地的書，指著比人還高的收藏櫃的最底層。那裡擺著一尊原住民陶偶，大約二十公分高，有種被煙燻過的老舊氣質。那是個綁著頭巾的男子，他戴著項鍊，雙手交錯在胸前，彷彿戒備著眼前的人。它異常擬真，就像真人剝製的標本經連續烘烤而縮小製成。這當然是不可能的，但客人還是被自己心中這瞬間的想像驚嚇到。

這是舊友贈送的，原本是不該存在的人偶……是的，不該存在。你問為什麼嗎？原本，這系列人偶是作為教育用途公開的，因此衣著、造型容不得一絲錯誤，但這尊人偶出了錯——是我朋友指出的——既然不能被展示，就只能銷毀了。我那位朋友覺得可惜，花錢將人偶買下，十幾年後，在某個因緣下，他將人偶轉贈於我。這可是獨一無二的啊！形制正確的人偶，後來成為總督府博物館的館藏，但正確——沒有比那更無聊的了。錯誤的人偶僅此一座，啊，真是懷念啊。

想想都是百年前的事了。

您在說什麼呢？我的年歲這種小事，根本無關緊要吧？會想到那位朋友，也是因為您對日本人的既定想像；他——モリ——當然是日本人，但從未將原住民當成天真、幼稚、落後的族群。您也知道，這世上，是沒有誰真正能瞭解彼此的，但硬要比較的話，モリ或許是日本人中，最瞭解臺灣原住民的吧。

您一臉不相信的樣子啊！要是錯怪了您，還請見諒。不過，您懷疑也是難免的。畢竟對您來說，

原住民系列博多人形

我自稱的年歲都不可信了，要相信我朋友是史實人物，是有些強人所難。不過，請看這個由日本人製作的原住民博多人偶吧！即使是錯誤的，也依然在這；我所說的故事，就像這博多人偶一樣，介於事實、錯誤、誤解之間……您也不必相信，只需這樣理解就好了。

我認識モリ是在明治四十四年，也就是一九一一年的事，記得是冬天還是春天吧？雖然對出生日本的人來說，臺灣並沒有真正的冬季；那時カワカミさん跟幾位學者到國語學校演講，國語學校在現在的臺北南門附近——剛剛說的カワカミ，漢字寫成川上，川上瀧彌先生，他是博物館的第一任館長。這場演講是特別的。因為去年，以川上先生為中心的臺灣博物學會才剛成立，照規劃，每個月都有例會與演講，那是別有紀念價值的第一場演講；原本我就對以臺灣島為軸心的博物學體系感興趣，在報紙上看到報導，自然不會錯過。而且在那之前，川上先生也已登上新高山——玉山——我對玉山懷著難以言喻的幻想與好奇。因為某些原因，我不方便離開臺北，當然也無法攀登玉山，這讓我更加嚮往。您可以說我是初生之犢不畏虎，總之，在演講結束後，我就請教川上先生的玉山經歷……您是走什麼路線呢？有沒有未被發現的物種？有遇見山精鬼魅嗎？剛開始，川上先生也誠懇地回答，但他畢竟是博物館長，有太多人要應付，所以川上先生說，不然，我將日本最早登上新高山的人介紹給你吧！原本我還想是客套話，但他招呼了一位矮小的男子過來，那人走路有點跛，相貌——不是日本傳統堂堂男子漢的面容。男子聽川上先生介紹他是第一位登上新高山的日本人，連忙搖手，說那次不只他，他們也不是最早登上新高山的人，不過——接著他挺起胸膛，說要論從阿里山方向登上新高山的，他們確實是第一隊，而且，那次原本沒有登新高山的打算，原本他們正在調查阿里山鄒族的生活習慣、拍攝照片，走到水山時，從那裡眺望到新高山，突然就興起登頂的想法；除了探險精神外，也是因為人類學的考察精神，想知道途中有沒有人類生活的足跡。由於是突然的行程，毫無準備，途中甚至找不到水源，連續兩天沒水煮飯，幸虧在玉山主峰附近發現殘雪才逃過一劫——光聽這樣敘述，就知道是位深具探險精神的人了。我問他，怎麼稱呼您呢？他說，我姓モリ，自號へイギュウ，可以用へイギュウ來稱呼我。那時，也沒什麼特別的原因，只是單純想捉弄他，我說這怎麼好意思，請讓我稱您モリ吧。原本是想看他不知所措、甚至惱怒的神情，誰知他哈哈大笑，就那樣接受我沒禮貌的稱呼。這也是歪打正著吧？モリ這個稱呼，也是他在蕃地間最為人所知的名號；幾個月後，モリ在博物學會的例會上演講，那次是以原住民間的習俗比較為主題，我大為讚嘆，演講後問他是在大學教書嗎？モリ笑著說才不是，他學歷很低呢！這麼說著，卻完全沒有慚愧的態度。那時他是蕃務本署調查課的非正式僱員，但闖蕩蕃界的名聲早就為人所知，還在籌備中的博物館，也委託他擔任歷史部門的陳列員。據他所說，他剛來臺灣的一年多以內，就在蕃界裡學會了好幾種不同的原住民語，還將這些整理成冊，供官方的原住民調查參考。那時甚至還沒二十歲！他剛抵達臺灣那年，還只是十七、八歲的少年，立刻就投入了蕃地調查。我問他為何來臺灣？他說，就是為了蕃人來啊！小時候，他就聽說臺灣有砍人頭的可怕生蕃，但日本與清國交戰，將臺灣收為殖民地，讓他擔心蕃人的文化將會消失；現在人可能不這麼想，不過，那時日本的人類學其實是落後的，北海道明明有阿伊努人，關於阿伊努的論文卻很少，因此，モリ擔心蕃人文化要是無人紀錄，就會消失在歷史的彼岸——您看來不以為然呢！也難怪，十七、八歲的少年，真會如此關心異民族的未來嗎？這我當然無法說什麼，不過，我也揣測過他的動機……雖然只是揣測，但或許更能讓您信服吧？我想，大概是少年的冒險之心。要是您看到他翻山越嶺的矯捷模樣，或許很難想像他從小體弱多病，曾有醫生說，他是活不過二十歲的，如果您聽到這樣的宣言，難道不會想在死前盡可能多看看這個世界嗎？在蕃界探險時，他或許也覺得死在山裡毫不可惜吧？正是這樣的精神，才讓他取得眾多部落的信任，「モリ」這個名字在深山裡傳開了，他只要進到山裡，還沒走到最高、最深的部落，「モリ來了」的消息就會四處流傳……無論最初的動機為何，能受部落眾人敬重，能說那不是他的德望嗎？總之，以博物學會的演講為契機，我與モリ維持了十幾年的友誼，除了博物學會的例會外，有時也直接拜訪他。佐藤先生來臺灣那段期間，我也曾去モリ府上拜訪過一次——說到這裡，您應該明白了吧？這位在原住民之間赫赫有名的モリ，正是當時任博物館長的森丙牛，森丑之助；モリ是日本語中「森」的發音。

您認為不可能——是啊，如果我真是在明治四十四年認識モリ，現在早就超過百歲了；但話說回來，可不可能又有何重要？我們不妨放下這等小事。佐藤先生在〈霧社〉裡引述了一段モリ對撒拉馬歐事件的看法，您認為如何呢？如果只看這段，或許會將モリ看成坐在安樂椅上指指點點的評論家吧！啊，撒拉馬歐，果然啊，我就說當年佐久間總督不該這樣做吧，諸如此類。不，我不是說モリ不會發表這樣的意見，事實上，他算是相當直言。我的意思是，對評論家來說，只需觀察並得出結論即可，無論事情是否符合他的預測，他都不過是局外人；モリ卻不是這樣的，他是一定程度的局內人。

不，跟一九二〇年的撒拉馬歐事件無關。您有聽過「大分事件」嗎？那是大正四年的事，西元一九一五年——佐藤先生還沒來臺灣呢。大分過去被寫成打訓，位於現在花蓮的樂樂溪上游，當時還是布農族的領域，由於理蕃計畫，日本人建了好幾間駐在所，逐步加強對布農族的控制；說是統治，其實也沒有尊重布農族的傳統與生活需求，因此一九一五年發生了好幾起駐在所遇襲的事件，其中，大分駐在所遇襲時，九名警員全部失蹤，大概凶多吉少；如此一來，當地的布農族全被扣上了兇蕃的帽子，花蓮廳撤銷五個駐在所，大分社則開始了長達十幾年的抵抗⋯⋯數度横越中央山脈的モリ，當然很熟悉附近的部落，其中，也有不少原住民被他視為友人，但大分事件後，他的友人與他的國家對立了——或許您會說，這樣真的算是局內人嗎？說到底，那些原住民，真的有親密到能被稱為友人的程度嗎？如果要追問人與人的交流要進展到什麼程度才能算友誼，未免太鑽牛角尖了，不過，我聽モリ說過一段往事，至於這是否能證明日本人與原住民之間的友誼，就交給您自行判斷吧……這件事，要從モリ差點被大分社的頭目階層阿里曼．西肯殺害開始說起。

那是明治三十九年——一九〇六年的事，算起來，モリ也快三十歲了。由於某件官方工作，他登上中央山脈，並在東埔社布農族的陪同下，抵達樂樂溪上游的太魯納斯社。照原本計畫，他會經大分社往東，抵達璞石閣，也就是現在的玉里；不過，他的朋友，太魯納斯社的頭目阿里朗聽說他的計畫，連忙阻止，勸他立刻循原路折返；原來前幾天，大分社的阿里曼．西肯到璞石閣出草，殺了一個日本人，明天就會帶首級到太魯納斯社慶祝，由於大分社憎恨日本人，到時一定不會放過モリ，モリ不能留下，更不能前往大分社受死。對モリ來說，這是讓他十分為難的消息。他問大分社為何憎恨日本人？原來數年前，曾有原住民在花蓮的三民附近出草，造成騷動，隔天，有幾個大分社的人到玉里，竟被警察當成犯人，關進牢裡好多天。發現事情與他們無關後，警察就放了他們，但不知他們在監獄遇上了什麼事，離開監獄時十分虛弱，要互相攙扶，回到部落後，有幾人過世了，其中一位屬頭目階級，大分社便認為是日本人的錯，憎恨起日本人了。在那之後，大分社下山出草，一直希望割下日本人的人頭，但直到一九〇六年才有斬獲；聽了這番話，モリ理解了大分社憎恨日本人的理由。當然他也不是甘心就戮，不過要就此折返，也不見得安全，因為他知道總督府決定近期出兵郡大社，折返的話，很可能被捲入這場戰爭——是嗎？您認為モリ應該將這件事告訴布農族，警告他們小心嗎？也是呢，如果是朋友的話，確實該這樣做吧？但我也說了，這其中是否存在友情，您有自行判斷的權利，我不會多加解釋。總之，在判斷折返與前進都有危險後，モリ決定照原計畫穿過大分社的地盤，前往璞石閣。當然，這樣的風險太大了，根本是瘋了——找死——他的布農族朋友難以置信，都極力勸他折返；不過，要是モリ頑固不聽，他朋友能拿他怎麼辦？第二天清晨，部落的人又勸他，モリ卻說想看看能不能跟大分社的人溝通——如此頑冥不靈！這下，連東埔社陪他過來的布農族人都勸他躲一躲。要說是冒險性格嗎？當然也沒錯，但我聽到這段往事，不禁覺得如此一再無視他人的好意，根本是麻煩人物吧。這種天真的一意孤行，或許正是モリ的特點。在他們爭論不休之際，遠山突然傳來嘹亮豪邁的歌唱聲——是來慶祝出草的布農族人！當時モリ還在頭目家，聽到聲音，想出去與對方見面，他似乎真的相信以誠待人便能化解干戈，頭目卻一把拉住他，嚷著「危險」，硬是將他塞進一個小房間，還用東西把門擋著，不讓這毫無危機意識的日本人擅自走入險境。モリ被關在房間裡，只能從建築的隙縫間看到外面的景色，他看到拿著人頭的阿里曼・西肯帶領二十幾人到來，阿里朗也準備了小米酒款待；由於布農族的禁忌，他們沒讓阿里曼進屋裡用餐。原本モリ認為雙方會一同慶祝出草，誰知雙方交談幾句後，太魯納斯社的人竟跟大分社的人吵起來，場面愈來愈火爆；雖然沒有打起來，但無疑已劍拔弩張，好幾個小時過去，大分社的人離開後，阿里朗才回到屋裡放出モリ，告訴他剛才衝突的原因。原來阿里曼・西肯帶回了日本人首級，本已覺得為死去的兄長報了仇，回到部落後，卻被別人斥責——我們死了個頭目，你隨便殺個日本的苦力就了事嗎？被說到這份上，阿里曼也覺得臉上掛不住，要再度出草了。這時，他聽說有個日本人來到太魯納斯社——就是モリ——還是個官員，大喜過望，開心地來太魯納斯社討人，剛剛雙方之所以爭吵，就是因為阿里曼要求阿里朗把日本人交出來，阿里朗卻不肯所致。你聽說的日本人就是モリ啊！你沒聽過モリ這個人嗎？他已經來我們部落三次了，已經是我們的朋友，你要我們把朋友交出去嗎？這是阿里朗跟阿里曼說的話。聽到這些，モリ當然很感動，畢竟將他交出去來維持這一帶的和平，無疑也是合情合理的選擇，阿里朗卻拒絕了。當然，阿里曼沒這麼容易放過他，仍在威脅阿里朗把日本人交出來，阿里朗想拖延時間，說兩、三天後モリ就會離開部落，阿里曼能不能在部落外得手，要憑阿里曼自己的本事——事實上，阿里朗是想趁機讓モリ朝反方向逃走吧？阿里曼也知道他們可能放走日本人，更是堅持阿里朗立刻交出日本人，最後阿里朗生氣地問——你們真要動用武力嗎？阿里曼帶來的人不多，況且為了一個日本人打起來，也太得不償失了，大分社的人這才撤退，但阿里曼臨走前說，只要日本人離開部落，他們立刻動手殺人，太魯納斯的人最好不要跟著。

說完這些，阿里朗再度要求モリ折返。但モリ心意已決——如果遇到阿里曼他們，我就高高興興地送上我的頭好了！他說出這番話來表達決意。您也知道，モリ在山中向來不帶武器，如果遇上出草，真的只能束手就擒；阿里朗聽了，尊敬他的豪氣，就派了七個人護送他。雖說如此，モリ也不是魯莽行事；他知道那幾天才剛過滿月，晚上的月光依舊明亮，因此他們全員晝伏夜出，在深夜中前進，等抵達璞石閣，地方官員都嚇了一跳，因為他們聽說大分社出草的事，以為モリ已被殺死了。這件事，讓モリ一躍中央山脈東西部落的風雲人物——原來阿里曼當時判斷モリ可能原路折返，或是走另一條比較安全的道路，便兵分兩路攔截，誰知道モリ直接穿過大分社地盤，走了最危險、最不可理喻的道路，反而逃過一劫——這可說是傳奇了。山中沒什麼娛樂，モリ不知是莽撞還是英勇的事蹟，立刻傳遍眾多部落；兩年後，モリ因公上山，在大分社再度遇見阿里曼・西肯——雖然他從屋子小縫裡見過阿里曼，阿里曼卻是第一次見到他，不過，他當然知道這個矮小的日本男子就是從他眼皮子底下逃脫的モリ。但他沒有報仇，反而熱情地迎接モリ，把他當朋友，帶著族人幫他背行李——那時，他們都沒想到之後會發生大分事件，為這份友誼染上陰影。

您看過〈霧社〉，自然知道モリ對佐久間總督的理蕃政策不以為然吧？原住民以一國自任，無視他們的習慣、傳統，稱不上仁德的表現，大分事件的起因也是如此；モリ向佐藤先生抱怨，或許也包含他對友人的同情。不過，他的友人與國家為敵，モリ實在無法只是旁觀著，他覺得應該找一個能讓雙方接受的方式，化解這個衝突——因此，他成了「當事人」。佐藤先生來臺灣時，モリ還在尋找這個問題的解答吧？對他來說，撒拉馬歐事件簡直就是現實的縮影、未來的預兆；其中的恐懼，大概是佐藤先生無法察覺的——

這問題真有解答嗎？

我只能說，這不是理性能得出的——或是說，理論不管多完備，在現實中也可能不堪一擊；現代國家能否允許國中之國呢？國家原本是為了國民而存在的，要是沒有國民，就不會有國家；然而，國家未必關心國民的幸福，反淪為階級的工具，這種不合情理的事反而疏鬆平常。有次我去博物館，モリ見到我，立刻將我歡迎進去。閒聊之間，我問他，您先前說的樂園——讓蕃人能自由自在生活的地方——那種事真的能成嗎？聽了我的問題，モリ的神色立刻黯然，他不安，或是逞強地來回踱步。這件事，需要布農族朋友的同意，但最重要的就是總督府的支持，要是總督府不願意援助，是不可能成的，這方面我還在努力，總督雖還沒同意，但也不是完全沒希望……幾乎是自言自語地說著這些話。看他那個樣子，真難想像他是縱橫中央山脈、面對殺頭之禍仍面不改色的豪傑之士，穿著高貴的西裝與皮鞋，反而讓他顯得矮小；我不禁想，要是換上在山裡奔馳的輕便外套與長靴，想必會是完全不同的風貌吧！這麼看來，博物館反而將他困在這裡，偌大的厚重建築，或許比阿里朗將他關住的房間更狹窄吧？在那個生死只有一線之隔，能看到牆外拿著人頭的布農族，光線令人目眩的窄屋，モリ是否覺得沉迷於冒險的生活更加幸福呢？我們沒多談那還不存在的蕃人樂園，或是說，也談不下去了，像是要另找話題，他帶我看了詮釋原住民風俗的博多人偶。那些人偶每組男女各一，呈現不同性別的服飾差異，人偶基座寫著所屬族群、佐久間總督的名字，以及「森丙牛撰定」的文字。就是那時，モリ第一次提起這個人偶——您眼前這個有著錯誤的人偶——還有製作人偶過程中的種種趣事；要是您在場的話，一定能從他眼中看到不同於博物館生涯的熱情。

您問什麼是蕃人的樂園嗎？

坦白說，我也不清楚。理念是很明白的，能讓原住民不受管理、自由發揮其天性之處——但說起細節，モリ每次講的都不同，後來像是不知從何提起，也沒有當初那麼興奮雀躍了，這件事，就像沉到無人知曉的海底般；與此同時，阿里曼・西肯仍在那座山上抵抗著。之後，我沒什麼機會追問，由於他辭退博物館的職務，我與他疏遠了……那時，他遭到了重大的挫折，其實那是震撼整個日本的挫折——大正十二年，日本發生關東大地震，淺草最具象徵意義的凌雲閣倒塌，地震引起的火災一發不可收拾，當時東京多半是木造建築，比起地震本身，慘遭燒死的人更是數也數不盡；モリ雖不在日本，但他長年的研究成果、原稿、底片等等都放在那裡，這些當然付之一炬。您在〈霧社〉裡有見到佐藤先生隨身帶著《臺灣蕃族志》第一卷吧？那只是モリ龐大寫作計畫的開端；原本他就打算撰寫《臺灣蕃族志》、《臺灣蕃族圖譜》各十卷，前者只寫完第一卷，後者則已出版兩卷，其餘未出版原稿，都在地震中燒燬了。我想，他是為了重新展開研究，才辭去博物館的職務吧？至於什麼蕃人的樂園，我只當是夢中之夢——那種東西，怎麼可能實現？我雖然尊敬夢想，卻不至於天真地認為夢想都能實現。然而，兩年後，我偶然發現到モリ還在為夢想掙扎著。那是大正十五年，西元一九二六年，有位拜訪我的客人帶了拓殖通信社的刊物，其中有篇〈東埔的山莊〉——裡面居然出現了モリ的名字。

乍看來，那是篇理應與他無緣的文章。文章詳細報導了東埔的位置、氣候、溫泉，將其視為有潛力的觀光景點……雖是近百年前的刊物，但有紀念價值，所以我一直妥善保存著……來吧，就在這裡，請小心，不要損壞了。請看這段文字——生蕃研究家森丑之助依照三十年間蕃界踏查的結果，提出了開發東埔的具體計畫；他本人會分三年投注總共九千圓，並尋求同好募集六千圓，以這一萬五千圓建立基礎設施，如溫泉浴場、客房、利用瀑布來水力發電，購買原住民沒在使用的土地，改種臺灣或日本的花卉，並設置保安林，將來的東埔山莊會是無差別對外開放的場所，並委由臺中州當局管理云云……您或許在想，這與蕃人樂園有何關係？除了購買土地，跟原住民沒有半點關係啊；但請您想想，始終專注於原住民研究的モリ，怎會突然重視起土地開發呢？我猜，モリ是非常清楚在總督府的統治下，國中之國是不可能的，雖然委託臺中州當局管理，但花大筆的錢在基礎建設上的モリ，無疑是土地的實際擁有者！換言之，他決定讓自己成為實業家，將東埔開發成能賺錢的觀光勝地，並透過自己實質控制土地，實現讓原住民不受官方干涉的「蕃人樂園」——

您覺得不可思議吧？我也是如此。尤其是，九千圓可是一筆龐大的開支！那時只要月薪二十圓就能養活一家老小喔，分三年支付九千圓，相當於十幾個人的優渥薪水，這筆錢是怎麼來的？在我驚奇不已時，モリ來訪了。那次的拜訪非常唐突，記得還下著雨；對了，就是像今天這樣的雨。他來的時候，背對著外面的光線，臉色有些蒼白，一言不發地拿了個箱子給我。我問他，箱子裡是什麼呢？他說是我會喜歡的東西，我打開箱子，哎呀，還真是——我確實說過喜歡這個。沒錯，就是您眼前的原住民博多人偶……我問他，怎麼這麼突然呢？他說沒什麼，只是想把一些東西送人，後來想想，那時我就該警覺了。我點了香，一直在等他提蕃人樂園的事，期待他像是報喜般，訴說自己是如何朝著遠大夢想跨出重要一步，但他什麼都沒說，我從未看他這麼安靜過。那天過得很慢，抑或是很快呢？總之，就像白日夢般，也沒說什麼話，時間就過去了，但那是很長很長的夢。他離開時，我忍不住問他，東埔的那個開發計畫，就是蕃人樂園吧？原本モリ已踏出門，走進雨中，突然，他回過頭，一臉嚴肅。我等著，卻不懂他說的話；他說，新日小姐，蕃界沒有殺死我——為何唐突地說這件事呢？我同意蕃界確實沒殺死他，便猶豫地點頭，接著他有些激動，自顧自地說，三十幾年了，就連讓這麼多人喪命的蕃界都沒殺死我！如果我死了，那肯定不是蕃人造成的——

那就是我聽到他最後的話，直到現在也不能算是理解。

幾天後，モリ自殺了。是七月初的事。那天上午，他跟家人說要去淡水，卻一直沒回家；事實上，他在基隆搭上船，在前往日本的那片大海投水自盡。那不是毫無預兆的，將遺物送人，是常見的自殺前兆啊！據說前陣子也寫了遺書交給朋友，只是後來反悔了，想不到過幾天還是踏上同樣的道路。對我來說，一切都太突然了。您問他為何自殺嗎？坦白說，這種事，除了當事人誰也不知道，不過，那九千圓的鉅款從何而來，這謎團倒是解開了。那是「大阪每日新聞社」贊助的研究費。之前關東大地震，他的原稿不是被燒毀了嗎？為了讓他繼續出版剩下的著作，大阪每日新聞社贊助他一年三千圓，總共三年，與他用來開發東埔的金額完全一致；明明是研究費用，他卻把這筆錢拿去開發東埔，這消息傳回日本去，讓新聞社大為火光。六月時，他特別回日本向大阪每日新聞說明自己的計畫，結果，卻是新聞社取消了接下來的贊助；如此一來，東埔開發自然無從著落，如果那就是蕃人樂園，夢，終究是幻滅了……主人聲音漸小，像黑暗中將近熄滅的燭火。

聽著這些故事，香爐裡傳來「啪」的聲響；客人嚇了一跳，下意識朝香爐看去，發現那塊香木早已燒完，只剩灰燼而已。這真是非常奇怪的事，如果燒完了，那剛才宛如迸出火星般的聲音又是什麼呢？悶熱之中，客人渾身是汗，但主人所說的故事，卻帶來了沉鬱、難以撥開的寒意，最後他像是逞強般問——您說的這些，其實都是虛構的吧？嗯，主人爽快承認了——是虛構的喔；不過，其中也有真實的成分。亞里斯多德說，詩比歷史更哲學，虛構之中不見得就沒有真相。無論如何，モリ的死沒改變什麼，許多年後，甚至在霧社事件後，阿里曼．西肯等人終於投降，他們被稱為「最後的未歸順蕃」；從此，島上的原住民全部臣服，成為帝國的一部分……主人說著拉開窗簾，客人這才發現雨已經停了。昏暗的光照進斗室，彷彿驅散了虛幻的影子，但那種戰慄，像殘香，仍在看不見的徘徊，久久不散。

殖民地之旅

一

現在已是古蹟的臺中火車站竣工於一九一七年，這麼想就覺得有些不可思議。我是說，百年前的旅客，無論臺灣人還是日本人，都跟我們看過相同的建築、路過同樣造型浮誇的石柱喔！一九二〇年，佐藤春夫搭火車到臺中下車，他踏上的月臺，說不定也是我們踩過的；在日本傳說中，積年累月使用的物品會成為妖怪——付喪神——身為唯物論者的我雖然不相信，但那是相當符合直覺的：面對時間無可避免的流逝，物質就像篩子，積起與時間同等重量的情感與思念……這個車站，就像時光膠囊，把百年的記憶全都收在一起了吧？

以臺中經驗為題，佐藤春夫寫下了〈殖民地之旅〉，這或許讓我們好奇——總督府明明在臺北，為何「殖民地之旅」不以臺北為主題？這個問題，我當然沒有答案，或是說，我又不可能代言佐藤春夫，不過……稍微想像一下吧，臺北難道不會太「日本」了嗎？圍繞著總督府的醫院、博物館、報社，還有咖啡店、照相館、豪華的洋式旅館，哪有半點日本人想像的臺灣質感？對旅人來說，所謂的殖民地，就是要有相應於殖民母國的風貌啊！我這麼說，或許有人要抗議了。喂，當時大稻埕不是被稱為「臺灣人市街」嗎？艋舺也還保留許多傳統民俗，這些難道不夠臺灣？哎呀呀，我沒那個意思。直到現在，臺北也保留著許多珍貴的老廟、古厝，只要沒出現把拆古蹟當成建設發展前提的行政長官，要視為還不成熟的青澀古都，是完全沒問題的（成熟的古都，自然是以臺南為例；對這樣的歷史事實，相信不會有讀者斤斤計較）。不過，臺北終究是日本執政的中心，要站在臺北理解殖民地全貌，本就有些緣木求魚吧？更別說，佐藤春夫的行程是森丑之助規劃的，其中一個重要行程，就是讓佐藤見識一下保有殖民前風貌的經典街道——鹿港。這點，已被推倒城牆、經過大幅市區改正的臺北，確實缺乏競爭優勢吧？還有，佐藤春夫在〈殖民地之旅〉的最後與霧峰林家的重要人物林獻堂對決，這極具象徵性的場景，除了林獻堂外，還有人能作為代表擔綱演出嗎？〈殖民地之旅〉有著無可迴避的政治主題，既然如此，舞臺設在臺中州也是理所當然、無可奈何的了。

因是之故，這篇「殖民地之旅」以「臺中車站」為起點，也是理所當然的選擇。畢竟將全島串連在一起的鐵路，可是殖民時代眾所皆知的功績啊！

佐藤春夫離開霧社後，是如何抵達臺中的？我想，他應該是步行到眉溪，然後搭臺車到埔里吧？根據〈霧社〉跟〈殖民地之旅〉，他在霧社看了十三夜的月，接著夜宿埔里附近不知名的山驛，觀賞中秋名月，隔天才到臺中；之所以沒有當天抵達，或許是埔里到集集的交通尚未恢復吧？到集集後，他有兩個選擇——到濁水站後走到名間站，搭明治製糖的鐵路往南投，再搭帝國製糖的鐵路，經霧峰到臺中；也可以循原路，走回二八水，接回縱貫線——兩種方法都能當天抵達臺中。

一九二〇年的臺中站是何等風貌？當然我只能揣想。那時站前是遼闊的廣場吧？榕樹、鳳凰木、椰子樹，大約七、八町的距離外，娉婷的綠川慢步流過，兩岸柳樹依依，樹影舞動在小橋上，宛如害羞遮掩的少女……

何等趣味的景色，這裡既是南國，也是帝國；殖民地的街道正對帝國張開懷抱，任他擦脂抹粉，畫上炫耀的容妝。車站本身也是如此啊！這座後期文藝復興風格的紅磚建築，看那比整層樓還高的巨大拱窗、華麗的拱心石、戲劇性的鐘塔，能說沒在高歌帝國氣象嗎？但就算是炫耀，建築之華美也是無庸置疑的。既然自然賦予了我們感受性，要是光顧著批評殖民，居然將美也否定了，我可不認為那是健康的思想——不過，在我說這些話的時候，這個帶著帝國意象的第二代臺中車站已禁不起時代洪流，變成「舊車站」了。

說是禁不起洪流，其實也不過是前幾年的事；為因應鐵路高架化，新的臺中車站於二〇一六年竣工、啟用，離舊車站滿百年只差一點點。新站寬廣、明亮、現代……離舊站不過五十公尺之遙；不知為何，新站的正門與舊站完全相反，為何有這樣的規劃，身為旅人的我自然是難以知曉的。不過，過去舊站前寬廣的廣場，大概因此冷清不少吧？總之，本已習慣舊站的我，在踏上新站月臺時，竟有種近乎挫折的遺憾；就像在異鄉遇見熟人，正要上前，卻發現認錯人的那種悃然若失。

我跟W是為了考察佐藤春夫的旅程而來。

下車時間是晚上八點半。民宿在綠川對面，必須經過老車站前的廣場——那種心情雖不至於像要與老友重逢，至少也有跟認識的人打聲招呼的程度；因此看到舊站的景況，我不禁有些吃驚；不過幾年時光，舊站已破敗許多，附近大樓的騎樓下，快壞掉的日光燈、關閉的店舖，鋁罐、煙蒂，各種垃圾，讓陰森感在夜裡攀爬。已成古蹟的舊站，即使在城市的燈光底下，也像有什麼陰影壓在屋脊上，暗到看不清楚。與其說可怕，其實只是粗暴的無趣——它被冷落到連讓妖怪出沒的魔性都沒了。

或許有些誇張吧！但那個微溫的夜晚，確實在我心中殘留這樣的印象。一九二〇年，抵達臺中的佐藤春夫住進旅館，事情發展卻不怎麼順利；他由於風塵僕僕，被領班看不起，還被安排在西曬的房間，沒有窗簾，熱得要命，搖鈴找服務人員來，也是懶懶散散的，讓他不禁失去耐性——這間旅館也沒想到一時怠慢會被佐藤好好記上一筆吧？根據〈彼夏之記〉，那應該是大正町二丁目的春田館。

在當時的臺中，春田館應該是間知名旅館。至少一九二二年出版的《臺中州大觀》是這麼介紹的。春田館位於市中心，從一九〇三年就開始營業，歷來就是仕紳、富商、高官投宿之處，客房很多，重視清潔，女侍者也親切，是能讓人放心休息的地方——這跟佐藤春夫的體驗可大不相同啊！不過，《臺中州大觀》也說春田館的原主人於一九二〇年過世，之後由遺孀獨力經營，或許佐藤春夫剛好遇上了春田館還沒從打擊中調適過來的階段。

巧的是，我找的民宿離春田館舊址不遠，差一個街區，轉個彎，走幾步路就到了。春田館舊址已看不出原貌。從老地圖上看，之前應該佔地不小吧？如今可能是產權被瓜分，一半是空地，變成停車場，另一半則建了七、八層以上的高樓。值得一提的是，這間春田館與前面提到的巫永福竟也不是完全無關；他兄長就讀醫科，需要土地興建醫院，故其父曾打算買下春田館一帶近一千坪的土地，都已經簽完合約，誰知有些小家子氣的人抗議，說什麼那是日本人開發的精華地帶，被臺灣人買走成何體統云云，不過，這種心態或許哪個時代都有吧？認為自己階級較高，就不許別人越雷池一步，以免被分走資源。雖然以演化來說，不是不能理解這種心態，但天地之大，卻在這種事上斤斤計較，要是被當成小鼻子、小眼睛也不奇怪吧。總之，這件事後來是臺中市役所介入，付給巫永福父親一筆違約金，被補償另一塊土地解決了事。

這些，都是佐藤春夫來臺後的事了。剛住進春田館時，佐藤自覺受到冷落，但這種情況很快就改善了。原來，他要女侍者打電報給臺中州廳——他來臺期間受官方款待，每到一處都可與官方聯絡，由官方派人導覽——這讓旅館意識到這人是「有關係的」，態度馬上好轉；不只先通知他洗澡，之後還自動幫他升級有吸煙室的高級客房。

趨炎附勢嗎？

或許吧——不過，膨脹的權力是會讓人學會與卑微共存的。春田館的情況如何，我說不上來，畢竟我沒有百年前的見識。但歷史上，也有隨口一句話都能成為惡兆的時代啊！對某些人來說，卑微或許是不得不然的生存姿態，所以我也不打算將訕笑視為理所當然。

在臺中的第二天，官方派了一位臺灣青年給佐藤。

這位青年除了翻譯、嚮導外，也負責秘書性事務，佐藤稱他為A君；據考察，這號人物應該是鹿港人許媽葵吧？接下來幾天，佐藤前往彰化、鹿港、豐原、霧峰等地，皆由許媽葵陪同——這些地方，當然也會是本文考察的重點。

在此，我想趁機跟讀者說明一下。

接下來我的書寫，雖然也有遊記成分，但主要將參考佐藤春夫的路線，而非我自己的遊覽順序與經驗。之所以如此，是因為我的考察有數次行程，如果只是如實道來，頗為雜亂，未必能照顧到讀者的雅興；另一方面，則是因為〈殖民地之旅〉結束在霧峰林家——

這本書之所以名為「殖民地之旅」，不只是向佐藤春夫致敬，更重要的，是當代臺灣有著無法迴避的政治問題。既然如此，我們自然也該直面林獻堂與佐藤春夫的互詰；因此，我以為結束在霧峰林家會是最好的安排。

同時，有件事我不得不向讀者道歉。

當年在許媽葵的引領下，佐藤春夫於葫蘆墩見到一位書香門第的畫家——不過，我將不會處理這段行程。雖然到葫蘆墩不難，但我能力有限，直到執筆撰寫本文時，還是考察不出這位畫家的身份；或許這根本不算謎團，早已有專家學者追查到真相了，可我就是基於某種類似命運捉弄之類的原因，始終跟相關資料擦肩而過。總之，既然無從得知佐藤造訪何處宅邸，也就沒有下筆材料了；若只是寫寫葫蘆墩歷史，未免無趣了。總之，這有違我以實景作為歷史之門的理想。

不過，在往葫蘆墩的路上，許媽葵有段論理，倒是挺有意思的。殖民——這主題確實在〈殖民地之旅〉裡反覆出現；關於葫蘆墩，我想談的就只有這段論辯，或許讀者覺得我太偷懶，沒寫葫蘆墩就算了，許媽葵提出這番主張時，甚至還沒到葫蘆墩站呢！這部分，我也只能請讀者放過我了，畢竟以「殖民地之旅」來說，許媽葵百年前的這番發言，或許比遊記還重要啊！以下，讓我們看看佐藤是如何紀錄這段論辯的。

葫蘆屯的意思可譯成瓠丘，是個很有趣的地名，但最近因俗吏們的猴頭小智而被改名為豐原。進入車內坐下來一會兒，A君就已開始發揮其好議論的專長，展開站名可否改稱這個論題了。葫蘆屯這個地名，並非讓內地人聽起來難以聽懂，也不是不好的地名，為什麼一定非改不行呢？若說是一切非得改成日本風味來稱呼就無法感覺出是自己的國家，那也實在令人覺得一點都沒有大國民的氣度，太狹窄了。在殖民地就要用殖民地風味的地名才適當。而且不也應該有著：在日本地理書上可看到很多沒聽過的地名而覺得很有趣的心情嗎？在進行改稱這一邊，或許是沒什麼特別的意識而施行的，但對土民而言，到目前為止一直稱呼慣了的地名，心不甘情不願地強被改稱，而且是被改為意義完全搞不清楚的外國語的名稱，那絕不會是愉快之事。因此，沒有什麼必要而斷然施行此種政策，徒然失去民心而已，賢明的為政者應該絕不為此事才對。若是的確有必要而斷然施行的話，根據葫蘆屯的意思，改成瓠村的稱呼或許還有幾許妥協的餘地——事情不僅是一個車站名稱更改的問題，而是這樣徒然激起土民被征服的感情。當然，在征服者而言，這樣做或許正好感覺相反，伴著一分愉快的感情也說不定……等等。

說起來，這正是被殖民者普遍的心情吧？

在日本時代，這類改名絕非孤例，前面也提過，霧社群的波阿崙社就被改名為「富士社」；艋舺改為萬華，打狗改為高雄，雖是根據原始發音，卻以該發音對應到的日本漢字來呈現，多少有著殖民者宣示主權的味道。

那又如何呢？殖民者傲慢地展示其權力，這種事大家早就知道了吧！但我想指出的是——這種執政者展示權力的現象，不只是殖民政權的專利，戰後也依然存在；像被改名「德化社」的卜吉村，還有光華島、廬山、清境等等，這趟殖民地之旅走來，多的是地名隨執政者而更改，甚至無視原有的脈絡。對有權力的人，他們可以、也不吝於將事物變造成符合他們心意的樣貌。

戰後執政者的作為與殖民者相似，要怎麼解讀這種行為，是讀者的自由，但這裡，我想跟各位分享一個經驗；我過去服替代役的時候——對，就是在某些人眼裡「沒當過兵」的替代役——替代役有種種役別，如警察役、教育役、社會役等等，最後照這些役別，將替代役分配到對應的公部門。那時，我因構想「臺北地方異聞」的世界觀，已是個小小的古蹟迷，就選了文化役。

受訓時，有一天是在桃園大溪老街上課，主要聽社區營造團體分享其經驗。身為剛接觸這些概念的雛鳥，那些課程自然很有啟發性；不過，我還是不太懂社區營造。接下來，我們有段自由活動的時間，但不是去玩，而是要自己走訪老街，透過我們的所見所聞，提出有利于社區的活動或計畫——對此，我真是茫然無所從。原本就不太明白何謂社區營造，更遑論要擬定計畫，我何德何能呢？不過，也不能什麼事都不做，在極度的無可奈何之下，我到了比較沒那麼熱鬧的老街，彆扭地問一位在外乘涼的婦女：「你好，我是替代役文化役的學員，我們有個關於社區營造的——」

原本我不抱期望。真的只是硬著頭皮而已。誰知我話還沒說完，那位婦女已精神抖擻地說：「社區營造？哎唷！我知道你應該問誰，來，你跟我來。」

接下來，我被帶到另一位婦人面前。那位婦人正在澆花、灑水，看起來真的很普通，就是隨處可見的婦女；但接下來一個小時，她確實讓我知道了何謂社區營造——甚至對我的思想影響甚鉅——當時有一位組員在旁，他將那位女士說的話錄下來，不知不覺中，那已經是訪談了。

由於年代久遠，我的記憶或許有諸多錯誤之處吧？只能希望我不成熟的轉述，不至於造成任何人的困擾。那位女士，實際上是該街道社區營造組織的核心人物；她說，自己最初也沒想過什麼是社區營造，但她不喜歡大溪老街——比較熱鬧的那條——那種熱烈招攬客人的商業氣息；其實不難理解，誰希望自己住的地方一天到晚人聲鼎沸呢？賺錢是一回事，生活品質也要顧啊！總之，她不希望自己住的街變那樣，就開始思考能為這條街做什麼。

坦白說，這番話已讓我感到慚愧。原本我所想像的社區營造，也是帶來利益、好處、賺錢的機會——太天真了。但諷刺的是，最後我們這組提出的計畫，也完全是觀光式、盡可能帶來更多人流的計畫。為何如此呢？實在是不值一提。只能說，有人的地方就有江湖吧？不過，先讓我們回到那條相對冷清的老街。那位女士提出了許多實際經驗，但若要我整合說明，或許能這樣表述——

所謂的社區營造，就是生活在這條街的人們，基於愛著這條街的心，思考著這條街該變成什麼樣子。如果大家確實愛著這條街，願意一起來思考這條街未來的樣貌，就能凝聚出所謂的「社區意識」，化為具體的行動，並以「這條街」為傲。

「現在這條街叫中山街——不過，那是別人硬加上來的名字，」女士指著街道兩側說，「我們這條街上有點年紀的人，都不是這樣叫的。所以這條街有兩種門牌，除了中山街，我們還製作了『新南路』的門牌。這是我們的記憶，我們也決定要如此自稱。」

我們是誰，由我們自己決定，不是政府——這位女士確實讓人感到凜然的自信。

或許有人覺得街名只是小事，有什麼好堅持的？確實，名字只是本質的表象，從某個角度看，確實是小事。不過，名字終究具有代表性，要是連名字都無法堅持，還會對自己的居住環境有堅持嗎？隨便接受他人強加的名字，接著就會接受其他安排，如此一來，便慢慢放棄做決定了。反正一切交給執政者就好，實際生活在那的人，則什麼都不想——將生命的細節讓渡出去，我不認為是什麼值得讚揚的事。

我不是說改名是錯的。說到底，那只是形式上的問題，重點是尊重；如果不問在地居民的意志，也沒打算了解，只是將想像強加其上，就只是權力的粗暴展示。當然，或許有人會說執政者如此熱衷改名、命名，是因為當時還沒有這樣的意識，不能以今非古——

或許吧。

但若是如此，將葫蘆墩改為豐原的殖民者，理應也是無罪的。然而許媽葵的抗議——那種不被尊重的感受——即使在當代，我們應該也能理解吧？那是古今共通的。認為自己擁有無需尊重他人的權利，還被體制保證，昇華為權力——我不知道其他有著殖民地歷史的地方如何，但在臺灣，這正是「殖民」讓人反感的地方。說到底，跟種族沒有太大關係。

葫蘆墩的話題就說到這吧。已經與葫蘆墩毫無關係了，還請讀者見諒。我們回到春田館——佐藤春夫在臺中的第二天晚上，他受臺中知事的邀請，到知事官邸用晚膳；為此，許媽葵還特地幫他準備車輛。不過春田館到知事官邸，走路根本不到十分鐘，此一安排，顯然只是派頭。

知事官邸位於現在的臺中市政府交通局，就在臺中州廳旁；雖然州廳還保持原貌，但知事官邸已成了典型的現代建築，看不出半點原貌。

這場晚宴，其實帶著些許的肅殺之氣。

有穿著正裝的官吏出席，但晚餐中途就要離開；他們是要去霧社，參與平定撒拉馬歐的作戰的。席間，有人說不用出動軍隊，派飛機就行了。所謂的派飛機，就是在山裡丟炸彈，那陣子，報紙上也有類似主張，認為是對付「兇蕃」最有效的方法——這種主張很快就成了現實。

離佐藤出席臺中州知事的晚宴沒多久，還不到十天的十月四日，有個叫遠藤的警察開著飛機進入蕃地轟炸，結果迴轉時飛機發生故障，墜落地面，遠藤當場死亡，同在飛機上的依田教官短暫陷入昏迷，醒來後逃往山下，好不容易走到隘勇線，隔著鐵絲網問鐵絲有沒有通電——當時日本人的理蕃政策之一，也包括用通電鐵絲網來限制原住民活動，彷彿他們是犯人——呼喊了好一陣子，才有人將依田迎接到鐵絲網對面。那幾天裡，遠藤之死可是大新聞！報紙大肆渲染，將他當成英雄人物好好介紹了一番。如果是英勇戰死，倒也可以理解，但不就是操作失誤嗎？這讓我覺得有些荒唐。我不禁懷疑官方只是利用遠藤之死做宣傳，來主張本次作戰的正當性。當晚，臺中州知事是這麼對佐藤說的：

「打從內地來的旅行家等，通常只看到和平的蕃人富於詩趣而可愛的一面，沒人能推察到對順逆無常的治蕃上的困難，認為對可愛的他們缺乏撫育之恩，只想以武威制他們是要不得的。抱持這種說法的人很多，這對統治者而言，常是最遺憾之處。所幸閣下已親眼目睹這裡不穩的蕃情，相信和前述的短見者的觀察是絕對不同的。」

對這番話，佐藤也只能報以貧弱的微笑。

剛剛提到的遠藤墜機事件，或許就是〈霧社〉最後，佐藤跟森丑之助一起聽說的號外；據該號外所說，有架襲擊原住民部落的飛機墜落深山，飛行員的首級與男根都被切斷。在《臺灣日日新報》，我沒找到切斷男根這樣驚奇聳動的紀錄，不過飛機旁有原住民足跡，他們確實有機會傷害遠藤遺體。有趣的是，森說這次事件裡，撒拉馬歐群的原住民剖開孕婦的肚子、切斷男根等行為，在宗教上毫無意義，只是單純的殘虐；他不認為這是原住民的習俗，而是從外來種族學到的新蠻風——雖然沒明講，顯然是暗指日本。我很好奇，如果森有機會活到霧社事件，會如何評價賽德克人不管老弱婦孺全部殺死的行為呢——不，恐怕答案還是一樣吧。假設臺灣沒受到征服，是真真正正「蕃人樂園」，原住民根本沒必要「學會」這種事。

晚宴上，佐藤結識了新聞記者B，並受他邀請到臺中公園逛逛；那已是晚上十點之後的事。雖是百年前的人，但他們已很習慣夜遊。從知事官邸出來，沿新富町（現在的三民路）或錦町（現在的平等街）便可直達臺中公園，走路不過十幾分鐘的路程；他們走進池邊小丘上的旗亭——

這間旗亭，大概是當時臺中公園裡的香園閣吧？現在的公園裡已沒有香園閣蹤跡，但根據《臺灣日日新報》，香園閣於一九一一年開業，到了二〇年代，已算蠻知名的料亭；我也聽過有人認為香園閣是臺中公園湖心亭的別名——這大概是錯的，畢竟地圖上的香園閣不在湖心亭，或許是香園閣消失後，人們很難想像那裡曾有一間料亭，才以為是湖心亭吧？

當晚，B向佐藤介紹了林獻堂這號人物。

隨著邀約我的B君之意，我們辭別了知事官邸，到公園繞了一圈；跟著B君的嚮導走進了池邊小丘上的一家旗亭。B君對我細說他輾轉漂泊至此等南洋諸地的回憶，又針對我的發問告訴我說，在這裡無論如何也要找時間跟機會去登門拜訪的名士，絲毫不用躊躇猶疑的，乃推阿罩霧的林熊徵氏。說門閥、論人物，可說是本島第一，假若試著想像台灣共和國這樣的一個國家成立的話，那時的大統領鐵定是他無疑。

阿罩霧是霧峰的古名，因此這裡的林家，自然就是霧峰林家；然而，B口中說的林熊徵卻是板橋林家的人……怎會有這樣離譜的錯誤？當然，可能是身為旅人的佐藤從頭到尾都搞錯了，但也有另一種可能——佐藤是故意寫錯的。

為何故意寫錯？

請各位想像一下，現在B所提到的這號人物，可是平行世界的臺灣共和國大總統啊！然而，在這個世界裡，臺灣共和國並不存在。即使如此，人們卻知道他有在平行世界裡當上大總統的資格——這樣的人物，怎麼可能不受殖民者忌憚？對此，佐藤春夫多少心知肚明；他故意寫錯，或許就是避免給林獻堂惹上麻煩。總之，在〈殖民地之旅〉的開頭，佐藤春夫就已為最後的對決埋下伏筆；中間看似遊記，其實也暗藏著殖民議題——不，他也未必這麼想，不如說，在殖民體制之下，沒有任何生活細節能逃過殖民；既然接觸到殖民地活生生的人們，就不可能規避這個主題。

香園閣中，原本陪酒的美女沒服侍兩人，反而在一旁乘涼；佐藤說她「凝視著亮光撒落在噴水池面的公園的弧光燈」，那是將近凌晨十二點的事——原來百年前公園裡就已是噴水池了啊！我跟W來到臺中的第三天晚上，跟友人R約好一起晚餐，經過公園，也看見了噴水池。夕陽的光從遠遠的西方照來，讓湖面閃著橘紅色的光，又有些黯淡，噴水池朝空中拋出的水弧，如掛在空中的剪影，因為微弱的光線已不足讓水珠反光，反拉出濃烈的陰影。不過到了晚上，水裡打出的強光就會將水柱照得有如霓虹燈吧？

在餐廳裡，我們跟R聊著天，聊著此行考察的成果；那天稍早我們去了鹿港，逛了辜家大宅，買了伴手禮——那也是佐藤春夫抵達臺中第三天，在許媽葵的陪同下前往之處，臺灣最後的典型漢人市街。

二

其實到鹿港前，佐藤春夫紀錄的行程裡，留下一個不解之謎。

當時到鹿港，得先搭火車到彰化，再轉乘糖廠的輕便鐵道。在彰化時，由於下班車還有三十分鐘，許媽葵就帶佐藤到附近的公園逛逛，登上據說能觀覽彰化八景的八景山——這個八景山，應該是八卦山吧！在日語中，「景」跟「卦」發音相同，大概佐藤春夫也沒追究是哪個字，便想當然耳認為是八景。雖然很想吐槽他亂寫，但意外的是，當時還真有其他寫成「八景山」的文獻——不，既然清代就已稱為八卦山，果然還是亂寫吧？八卦山本身就是彰化八景之一的「定寨望洋」，說能在其上看到彰化八景，可是重大誤會。

但我說的謎團，當然不是「八景山是不是八卦山」這麼簡單的問題；不如說，都在公園旁了，非得是八卦山不可。我感到不可思議的是——如果只剩三十分鐘，許媽葵怎麼會想帶他去八卦山？

其實在考察之旅前，R也問過我同樣的問題。

「〈殖民地之旅〉的八景山是不是八卦山？」她是這麼問的。我說是，接著我們幾乎同時發言——

「但我很懷疑，因為佐藤說是半小時之內來回的。」

「如果我在彰化車站，只有三十分鐘，誰會去八卦山啊！」

這就是英雄所見略同。

在這個時代，說到彰化的八卦山，讀者或許都會想到八卦山大佛；從火車站出來，穿過幾條街，走到中華路或孔門路上，那條直直的大道能毫無阻礙、遠遠看見高大佛像從蒼翠的山丘探出頭，相對於車水馬龍、高樓大廈的現代都市，頗有錯置的幻想感。不過，光是走到八卦山下，我就花二十分鐘了，佐藤他們真能在半小時內來回嗎？當然，根據〈霧社〉的經驗，佐藤春夫的腳程確實比我快，但真有這麼快嗎——不，假設真這麼快好了，恐怕也是什麼都無法靜下來看，全程飛奔吧！或許佐藤春夫記錯了。他執筆時已跟殖民地之旅相隔十幾年——或許不是半小時，而是一個半小時；但我說的謎團可不只如此，讓我們看看佐藤原本的紀錄。

本來，利用僅有的短暫時間來觀賞的我，當然沒有欣賞八景的餘裕，從而此地的八景是什麼跟什麼，我根本數不上來。唯一無法忘掉的是，在那個小丘上的樹蔭下有一座大石碑。那是領臺當時，我軍鎮定匪亂的紀念碑，仰視其碑面的A君說，他對那碑文上所使用的匪徒、賊徒之類的文字很看不順眼，纏著我滔滔展開他的議論，實在讓我有點受不了。他說：在內地人的眼中看來，他們或許是匪賊，但在本島人的立場來說，他們卻是愛國者。更何況他們是在一個組織之下保持軍紀的軍隊，把他們當作匪賊，視同劫盜，而且把那石碑立在並非只有內地人能看到的公園裡，這實在是為政者的沒常識。

既然在八卦山上，佐藤書及的這個紀念碑，很可能是「能久親王御遺跡紀念碑」。

在日本殖民時代，北白川宮能久親王可家喻戶曉的知名人物；他是日本皇族，卻死在臺灣這塊土地上，因此被官方視為重要的象徵來紀念，臺北劍潭山上的臺灣神社，就將他當作主祀的神祇，其忌日——十月二十八日——正是臺灣神社例祭的日子。換言之，每年每年，殖民地的所有人，都必須回憶起這位死在異鄉的日本皇族。

所謂御遺跡地，是能久親王曾經過、停駐、一切與他相關之地。整個日本時代，臺灣竟有三十多處御遺跡地；作為在臺灣僅活不到半年的人，這宣傳力度有多強，可見一斑。不過，二戰後，日本成為戰敗國家，能久親王的地位變得相當尷尬，作為殖民宣傳的招牌，總不能在戰後大肆紀念吧？因此，能久親王同時被日本、臺灣所淡忘，原本立於八卦山上的御遺跡地紀念碑被拆除，成了現在的大佛——

然而，要是佐藤春夫見到的是這個碑，就有些不可思議了；因為這個碑上並沒有觸怒許媽葵的文字。

明治二十八年八月二十八日、近衛師團長大勳位北白川親王、帥師鎮彰化。嚴號令肅將士、駐軍三十餘日、而地方以靖、爾來二十年矣。彰化士民感其德、謀立碑於八卦山、以表遺迹、請余爰敬敘其由來云爾

——請看，這不是沒半點「匪徒」、「賊徒」之類的文字嗎？而且根據《臺灣日日新報》，最早設立此碑時，就已是這些文字，所以沒有什麼一九二〇年看到的不是這樣的問題。還有別的疑點。佐藤春夫說是在樹蔭下看到石碑，可是，翻出眾多八卦山的「能久親王御遺跡紀念碑」照片，位於小丘上的紀念碑本就相當高大，四周的平地也很寬廣，上頭根本沒什麼樹啊。

還是說，他們看到的是別的石碑……？

當然無法排除這種可能。不過，八卦山上的其他石碑，我只找到「北勢蕃討伐紀念碑」而已。這是紀念日本人征伐原住民戰死者的碑，顯然跟許媽葵的抗議無關。總之，半小時內難以來回，石碑不在樹蔭下，碑文內容又對不上許媽葵的論點，種種細節，都讓我懷疑佐藤看到石碑的地方其實不是八卦山——

對此，我曾提出一套幾近完美的假說。

會用「曾經」這種說法，是因為假說已被推翻了；不過，姑且在此提出，博君一笑吧！我曾認為，許媽葵帶佐藤春夫去的地方並非八卦山，而是彰化市役所——有很多原因，第一，市役所比八卦山近多了，半小時來回不是問題，而且，市役所前也有石碑，因為此地是「北白川宮能久親王御駐營之址」，碑文如下：

明治二十八年靖臺ノ役、北白川宮能久親王近衛師團ヲ率ヰテ南進シ給フヤ、八月二十八日、八卦山ノ賊ヲ擊チテ彰化ニ御入城、師團司令部ヲ舊臺灣府衙門ニ置キ、十月三日御進發

> 二至ルマテ三十六日、營ヲ此ニ駐メテ四邊ヲ鎮メ、仁ヲ居民ニ垂レ給フ、爾來四十有餘年、市民宮ノ御遺徳ヲ景仰シ、碑ヲ御遺蹟ニ建テ、以テ不朽ノ御偉勳ヲ永遠ニ傳ヘ奉ラムトス[1]

八卦山之賊——這不就有讓許媽葵不滿的字眼了嗎？而且根據舊照片，這個石碑確實在樹蔭下！至於為何佐藤以為是八卦山，很可能是許媽葵帶佐藤到市役所的路上，跟他介紹彰化景色，自然而然提到八卦山。被帶著的佐藤，根本不知哪裡是哪裡，只是把許媽葵提到的事都記下來。十多年後，他把當年的筆記翻出來，就誤會自己是到八卦山去了——各位覺得如何？至少在我看來，這能完美解釋為何佐藤的描述與實景不合。

不過，這假說終究是錯的。原因很簡單，碑文裡也說「爾來四十有餘年」——換言之，設立這石碑已是昭和年間的事，大正年間的佐藤春夫，根本不可能看到它。

或許不必想這麼多吧！

都相隔十多年了，有些錯誤也不奇怪吧？只是，宣稱他人犯錯很容易，但如果並非錯誤，只是敘事者的觀點有落差呢？站在不同角度能看到不同風景，或許他只是看到我這角度看不到的東西，總不能說只有一個角度正確，其他都是錯的。因此，我還是想追究——即使答案仍在五里霧中。

算了，先把解不開的謎團扔到一旁。佐藤春夫當年在彰化看到的是何等風景，我不清楚，但直到現在，彰化市區仍頗有古風；我前往八卦山的路上，陸續經過開化寺、孔廟，都給人一種時光停駐的古樸印象，孔廟對面有棟二層樓建築，簡單的洋樓意象，上面以毛筆字寫著「銀宮戲院」——

看來是老戲院的樣子。不過，現在已不是戲院，外面借了銀宮戲院的殼，裡頭卻是國產服飾品牌「NET」；或許有人覺得跟脈絡無關，但在我看來，總比被拆掉好。這街道確實保留了某種亞熱帶國家的柔情。

沿著孔門路直走，即可抵達八卦山的牌樓。

山腳下還留著日本時代的武德殿。

附近有張招生海報，是劍道與居合道的課程招生，就在武德殿裡上課；稍微想像一下，年輕的學子們穿著劍道服在武德殿裡習武，竟頗有日本風情。同樣建於日本時代的公會堂，現在改為彰化藝術館，好像被粉刷成不同顏色了，但至少沒拆掉。循山坡而上，不久會看到通往大佛的巨大牌坊，正中寫著「八卦山大佛」，左右兩側則是「富麗」與「祥和」——不得不說，這給我的印象頗為無趣，至少稱不上詩意；尤其富麗兩字，擺在佛門清淨之地，難道不覺得唐突嗎？事實上，這也符合稍後大佛帶給我的印象。

牌坊後，寬廣的階梯徐徐展開，這些是不是日本時代留下的，我不確定。階梯兩旁立著幾十尊石像，猛一看是有點佛門聖地的味道，但仔細觀察石像，竟不怎麼有佛像的氣質，該怎麼說呢，我對佛像最深刻的印象，就是那似人非人、看破紅塵的神情，這裡的佛像卻不同，那是屬於人類的神

1 編按：譯文如下。「明治二十八年靖臺之役，北白川宮能久親王率領近衛師團南進。八月二十八日，攻擊八卦山之賊，入彰化之城，於舊臺灣府衙門置師團司令部，至十月三日出發之前之三十六天，駐營於此鎮四方，垂仁於居民。爾來四十餘年，市民景仰能久親王之遺德而建碑記其遺蹟，以永傳不朽之偉業。」

情。據附近碑文，這是「觀世音菩薩三十二應身法相」。

階梯盡頭，就是大佛了。

意外的是，在山腳下看來堪稱神奇的巨像，近在眼前時竟頗為無趣，甚至質感不佳；佛祖底下的蓮花座，好幾個窗子嵌上對外排熱的風扇，側面有門可進入——原來，這大佛是佛祖外型的建築，不是雕塑啊！那些醒目的排氣風扇，也是基於實用性設置的吧？到了大佛背面，甚至每層樓都有窗戶，就沿著佛祖的豎脊肌而上。雖然能理解，但親臨實地後，少了些莊嚴氣氛也是事實。

看來，八卦山大佛或許更適合遠觀。

但無論如何，此地的視野是無庸置疑的。當年只有御遺跡碑時，應該能輕易眺望山下；現在建築體太多，要遠望的話，得自行找到好位置。不過，根據日本時代的文獻，這座山風景最好的地方似乎不在此，而是御遺跡地北方的彰化溫泉——

什麼？彰化居然有溫泉？

至少日本時代的地圖是這樣記載的，現在，山上也有段路被稱為溫泉路；但那似乎不是天然湧泉，而是山麓湧出的冷泉加熱，只是風景甚佳，才在那蓋了溫泉浴場。根據地圖的資訊，不難看出八卦山在日本時代被定位成適合郊遊、休憩的小丘；市民可經由山腳的公園上山，途中在二層樓高的中式建築觀月樓休息，之後到紀念碑附近俯瞰彰化市街，還有餘興的話，就到風景最好的公共浴場洗澡。

八卦山還有另一處名勝——彰化神社——現在當然不在了。從彰化市立圖書館旁的石階一路往上，即可達過去神社的位置。那裡，如今被缺乏維護的二層樓涼亭取代，頗有荒涼之感，卻也因此有著點詩意。圍繞在亭子周邊的小徑，現在稱為「文學步道」，以金屬牌羅列彰化詩人們的作品，應該有二十幾張金屬牌吧？沒特別去數。其中，「臺灣現代文學之父」賴和的詩也列在那，內容正好能與殖民主題相呼應。

〈讀臺灣通史〉之七　賴和

旗中黃虎尚如生，
國建共和怎不成。
天與臺灣原獨立，
我疑記載欠分明。

據說，這首詩曾被改寫過，原本他寫的是「天限臺灣難獨立，古今歷歷證分明」，對臺灣前途抱著悲哀的預想。後來，到底是什麼改變了他的心境，讓他重寫此詩呢？我不是專家學者，難以斷言。詩中的旗中黃虎——顯然是指象徵著臺灣民主國的藍地黃虎旗。這個臺灣民主國，該說是悲劇，或是諷刺呢？總之是個具有戲劇性，宛如曇花一現的國度。乙未割臺的時候，臺灣將成為日本殖民地——對大部分居民來說，算是風雲變色吧！很多人不想被日本統治，地方重要人物也團結起來，逼迫臺灣巡撫唐景崧公告天下，說要成立臺灣民主國，從清國獨立，以尋求各國援助。不過，雖說是獨立，當時大家應該都沒有脫離清國的念頭，只是權宜之計，讓接下來的抵抗行動有所依據。民主國的國旗的「藍地黃虎旗」，是藍色旗幟上畫了隻鮮黃色的老虎，雖說比起老虎，更像是巨貓，旗子有兩面，其中一面老虎的瞳孔較細，據說是表現白天、晚上的區別；面對這麼大的時局變化，竟還有專注這種小細節的閒情，我忍不住想像畫家跟委託人討論「眼睛要畫晝夜兩個版本嗎」的情境……總之，這旗幟顯然在致敬清國的黃底藍龍旗幟。現在，藍地黃虎旗的其中一個版本被收藏在臺灣博物館，算是鎮館之寶。

臺灣民主國算不算一個國家？哪裡民主？這些恐怕都難以肯定。民主國才成立沒幾天，總統唐景崧就捲款逃亡，副總統丘逢甲空留下一首漂亮的詩，轉身也逃了，黑旗軍統帥劉永福被擁為總統，最後也逃了，也有人把這短短一百五十天的國家當笑話吧！不過，就算只是一時的幻夢，也如熾熱夏夜的璀璨煙火，難以忘懷。面對能久親王帶來的現代軍隊，各地的民兵也算好好抵抗過，這份覺悟，或許能讓親身經歷這些的人津津樂道吧！一九二〇年，離乙未戰爭不過短短二十五年而已，經歷過此事的大有人在；對他們來說，臺灣民主國就算天真幼稚，也是希望般的存在，是臺灣的另一種可能——〈殖民地之旅〉中，許媽葵也對臺灣民主國念念不忘，甚至激起佐藤春夫的反感：

A君對用藍地黃虎為國徽而終於沒有出現的國家的熱情，沸騰不已，畢竟不是我能讓他有所冷靜的。這時候，最幸運的是火車在汽笛聲響起的同時停了下來，抵達鹿港了。大致說來，對於富於空想的南方人的他們而言，尚未建國就已經亡國的這個流產共和國，或者悲歌或者頌歌，似乎都是最適當的好題目。以詩材而言，那的確如此。這一點我也承認。只是，儘管如此好逞口舌之雄，但在他們當中，或如A君這樣安身甘為一個受內地人頤使的小吏以求榮達，或如一般人以喜好結交內地人為名譽之類的風習，見之令我覺得卑屈，怎麼也無法苟同的地方實在不少。

佐藤對殖民地居民的批評，站在什麼民族大義之類的立場看，或許是對的吧！但就如前面所說，有時，卑微也是不得不然；他能說出這番話，正因他是殖民者。不是受壓迫的人，要指點受壓迫的人該怎麼生活，當然很簡單，無論有沒有殖民體制，這點倒是古今皆然。

不過，也有可能——佐藤在此對許媽葵或「一般人」的批評，其實是種文學技巧。怎麼說呢？他無法苟同怎樣怎樣的人，就是要鋪陳與之相反的人物登場吧！這裡要是沒說些狠話，後面登場的人物，多少就有些張力不足，難以聚焦；這些人中，一位或許就是平行世界的臺灣共和國大總統，另一位，則是接下來在鹿港給佐藤春夫狠狠碰了軟釘子的人——正巧，這條文學小徑也有他的詩作。

〈臺灣哀詞〉之四　洪棄生

魯仲千金恥帝秦，竟看時事化埃塵。
有懷蹈海鼇梁折，無淚填河蚤氣皴。
島嶼于今成糞壤，江山從此署遺民。
棼棼玉石崑岡火，換盡紅羊劫外人。

清國遺民——這樣的人，要如何在日本時代生活呢？汽笛聲已響起，百年前的火車都到鹿港了！事到如今，我們也沒有流連八卦山的理由，就跨越時間與空間，朝鹿港而去吧；不過當代已沒輕便鐵路，要去鹿港，只能靠公車，我們是搭乘彰化客運，離彰化火車站不過就是五分鐘的距離。目的地是鹿港的「火車站前」。

這是公車站的名稱，不過，應該是舊時代的地名了吧？畢竟現在也沒鐵道了。百年前，許媽葵跟佐藤春夫就是在此處下車，我跟W也是在這裡踏上鹿港的土地。

抵達的時間是正午。下車處沒什麼特色，附近已大半現代化了，不遠處，則是「鹿港車站」的遺址。

說是遺址——其實還留著完整的木造建築，不過，那應該是重建的吧？木頭還很新，沒半點古樸氣息。我看過拆掉前的舊照片，這個新站，與其說是還原的古蹟，更像是迎合觀光客的紀念品，空有復古情趣。我們去的時候，車站鐵門被拉下，沒對外開放。車站後有鐵道殘跡，鏽蝕到微微發紅的鐵軌間，長滿雜草與某種灌木。鐵道盡頭有個火車頭，上面寫著「港町十三番地」；調查後，似乎是間日式料理店，過去這間料理店以重建的車站為店面，這個車頭，大概是店家遺棄的吧？鐵軌旁是停車場——暖風徐徐。

車站出來，面對街道往右，那裡中山路，就是過去鹿港的主要幹道，也是這港口最熱鬧的商業街；百年前，來到鹿港的佐藤春夫是這麼紀錄的：

> 且不說這些，鹿港的街道果真是不負我所期待的，是個詩趣豐富的市街。——在內地，古老的港都總是有趣的，何況這個地方更是帶著一種異國情調，尤其是我所愛好的國家——支那的情調，市街全體籠罩在一種髒亂的美感、朽舊的懷念的氣氛中。雖然過熱，但帶著海洋雰圍的天空陰暗而且沉重地覆蓋著的光景，也和街道極為狹小但卻是兩邊林立著二層樓以上的房子的這個小鎮的風物非常配襯。二樓的房子的欄杆，悉數是亞字欄或繞縱圖案，窗簾等也大多是透間的各種模樣，也有在屋簷下掛著關著鵁鴒的鳥籠的人家，是木製手工藝師和精工間刻師很多的小鎮。有人在街上做著先用錐子鑽好洞，然後用線鋸把洞與洞之間鋸穿再把花樣做出來的細工。

奇怪的是，佐藤春夫這麼說，彷彿鹿港只是個平凡的中國式街道……但據我所知，那並不是「老鹿港」最讓人津津樂道的一面。

一九四二年春，民俗學家池田敏雄與醫學博士金關丈夫、詩人楊雲萍、畫家立石鐵臣參訪鹿港，

不見天街

接受許媽葵的導覽與招待；他在〈鹿港遊記〉中是這麼介紹老鹿港的，「臺中州的鹿港，過去民家的兩側檐端相接在一起，遮蔽道路，以沒有太陽的隧道之街為人所知。數年前，基於衛生的考量實行市區改正，街道已換然一新，知曉隧道般的鹿港之人，造訪新的鹿港後似乎很失望，說變成平凡的街道了」。

沒有太陽的隧道——是的，一九三四年以前的鹿港，最為人所知的正是「不見天街」！就像是巴黎的拱廊街那樣，整條商店街上方加上屋簷，有些僅是鋪上木架，有些卻是嚴謹的屋頂般的構造，木桁、橫梁、柱子一應俱全，如此綿延不絕長達一公里多，底下萬商雲集，來自各地的貨物羅列，藥材、布料、日用品，甚至是料理；這隧道般的街道，在沒有天窗的地方，還要點蠟燭、牽電燈來照明，最暗的地方，甚至成了男女幽會之所，簡直是魔幻的地下城！

由於屋簷連著屋簷，從高處看，就是屋頂組成的海，綿延不絕；人們把屋頂當平地，可以輕易地從這戶人家的二樓到另一戶人家的二樓，老照片中，甚至有人家在二樓開另一扇門，直接將屋頂當廣場在用。據說，還有在屋頂養雞的。這被佐藤稱為典型漢人市街的風景，在中國眾多港口中是否常見，以我的見識無從得知，不過，在臺灣應該是絕無僅有。佐藤春夫為何沒提到「不見天」的細節呢？難道這片景色沒震撼他？我難以相信，都寫到二樓的欄杆，會沒注意到廊道嗎？

或許佐藤走的不是那不見天日的不見天街，鹿港又不只一條街道；但這也讓人感到不可思議。既然許媽葵知道佐藤是在森丑之助的推薦下來的，怎會不將這街道最具風情的一面介紹給他？況且，如果他們要去天后宮，從輕便鐵道下來，當然是走不見天街最快啊！我甚至一度懷疑……佐藤真的到過鹿港嗎？還是他隨便亂寫，想當然耳地將廈門等地印象直接覆蓋到鹿港上？不過這種懷疑應是多餘的，至少，許媽葵確實曾帶佐藤春夫到鹿港。許媽葵就是A君，這在日本時代根本不是什麼秘密，內行人都知道；如果佐藤春夫根本沒去鹿港，以A君在〈殖民地之旅〉這麼直言的性格，早弄到滿城皆知了。

既然如此，我也只能推測許媽葵確實沒帶佐藤春夫走不見天街——或許不見天街並非前往天后宮的首選。既然是商店街，當然比肩繼踵，與其擠過那些人潮，還不如繞點遠路——當然只是我的推測，不過，現今能證明此事的人，已是一個也沒了。

比起佐藤春夫動輒就詩趣、詩趣，池田敏雄對鹿港的紀錄詳實許多，不愧是民俗學家；他到鹿港時早已市區改正，不見天街兩側的街屋前端被拆除，拓寬成接近現貌。除了民俗紀錄，他也說鹿港的特產是鳳眼糕跟線香，還在鄭興珍買了寫成龍眼糕的鳳眼糕，當成回艋舺的伴手禮——這間鄭興珍現在依然健在的樣子，看來真的是百年老店。至於線香，我跟W也看到了。

真不愧是原產地啊——那景色讓人如此感慨。不是平常買到時那樣一束束，而是好幾十捆的線香倒立擺在地上，原本供人拿著的紅色那端朝上，每綑都有幾百隻，緊緊束在一起，像盛開的紅色花田，每朵花都比牡丹還大；製作中的線香用木板條夾起來，每組大約一、兩公尺寬，一排排放在太陽底下曬，或許是要避免碰到地板，木板都搭在別的東西上，甚至延伸到旁邊車子的引擎蓋跟車頂。

許媽葵帶佐藤去的天后宮，現在雖有些新修的地方，但門神斑駁的程度，像被時間洗刷過，有著令人心曠神怡的陳舊之美，頭頂的藻井也被洗練到顏色十分雅緻。佐藤春夫熱愛的詩趣，在這間古老的廟裡確實體會到了。不過，若說這份別緻是囤積的時間結晶而成的半透明感，那鹿港龍山寺絕對更勝一籌。

我跟W到龍山寺時——原本還找不到正門，真是秘境般的地方——寺裡氣氛與街道迥然不同，靜謐到彷彿能聽到時間滾過去的聲音。夏日五點還不到黃昏時刻，但陽光落在地上，已帶著沈穩的金紅色，龍山寺的時間，像被定在永遠不會到來的黃昏。百年前，佐藤沒機會來這間廟吧？實在太可惜了。不過，他拜會了鹿港街道的文人雅士。相比之下，不過是一介旅人、沒有官方派來的嚮導的我，可沒這個機會。

他拜訪的書法家鄭貽林，在鹿港頗為有名，專長是隸書。池田敏雄造訪鹿港時，鄭貽林雖已去世，但據這位民俗學家所說，他所寫的對聯、匾額在鹿港民家相當氾濫；我跟W的鹿港散步，也見過幾幅他寫的字。在〈殖民地之旅〉中，他們提到另一位書法家，鄭貽林自謙不如——兩人是同宗，可惜已經過世了——雖未提到名字，但應該是鄭鴻猷吧？前一天，我在霧峰林家的某個展覽間裡，見過這位鄭鴻猷的書法，想來當時這些文人雅士，彼此都是認識的。

這趟鹿港之行，佐藤有位想見卻未曾見到的人。這號人物，就是前面在八卦山提過的詩人，洪棄生——

最初，佐藤估計拜訪的人物，大概只有霧峰的林獻堂吧！到鹿港來，不過是來看風景、情調的。不過，他跟許媽葵在鹿港街道遇見洪棄生的兒子洪炎秋——他在戰後擔任曾擔任《國語日報》報社的社長——以此為契機，許媽葵提到洪棄生這位卓絕的漢詩人。同為詩人，佐藤立刻起了親近之心，但他說出拜訪的打算時，許媽葵跟洪炎秋都免有難色，認為不可能。

為何不可能？從許媽葵的介紹，我們不難瞥見端倪。

> 詩人是個相當怪的人，勿寧可說是到了可評為頑迷的程度，一點也不像是有教養的人士，現在連支那的苦力也很少看到的辮髮，他卻依然留著，不僅如此，穿著衣袖寬寬的舊式衣服，搖著大扇子。他很討厭成為日本領地之後的台灣，也很討厭今日的支那，他老是說：「我不是日本人，也不是今日的支那人，而是清朝的遺臣。」說來也不無道理，他在清朝時是個秀才啊！

——說是討厭日本領臺之後的臺灣，不如說是討厭日本人吧？從這角度看，難怪兩位鹿港晚輩都感到為難。說起來，棄生這名字，不是挺有意思的嗎？雖有詩意，卻不像是長輩會取的名字。其實這是有典故的。洪棄生本名洪攀桂，又名一枝，字月樵，根據《鹿港鎮志》，他在乙未割臺時曾任「中路籌餉局委員」，大概是臺灣民主國的職務吧！換言之，他正是實際經歷過那夢幻之國的人。民主國覆滅後，他改名洪繻，字棄生——這是出自《漢書》的典故。有個叫終軍的人，出關時，官吏給了他一塊軍繻，那是撕成兩半的書帛，官方保管一半，歸還時出示，若符合，就表示確實是從此出關的。但終軍居然說「大丈夫西遊，沒想過回來的事」，把軍繻給捨棄了；後來，就用「棄繻生」稱呼終軍，並衍伸為有著豪情壯志、甚至有些狂妄的人。

洪棄生有什麼豪情壯志？難道是光復臺灣嗎？但到了一九二〇年，連清國也滅了。許媽葵說他討厭當時的支那——指的是中華民國吧！也就是說，洪棄生並非心向中華，而是心向清國；他終於成了連母國都失去的人。光看「棄生」兩個字，或許更有被遺棄之民的印象，雖不確定是不是他的原意，總之，這預言了他的命運。

島嶼于今成糞壤，江山從此署遺民。

關於佐藤拜會洪棄生一事，洪炎秋說會先回家稟報，詢問父親意見，之後再到天后宮跟佐藤他們會合，因此許媽葵便先帶佐藤去天后宮。一段時間後，洪炎秋帶來父親的回覆——果然不行。不過這段對話的進退攻防，可說是饒富趣味。

A飛也似地跑了過去，我也跟著走過去，交涉結果好像真的是不行的樣子。青年帶著遺憾之意，傳達了他父親說「日本人，彼此話語不通，那很困擾」這句話，A君好像是察覺到我心中抱憾，接著說：「喂，你有沒有把他是從內地來的這方面的人士——從事文學創作之事詳細地向令尊說明呢？」這一說，對方的青年好像更感到不安了。「當然了，我一切照你的話傳達了，而且我自己也千拜託萬拜託了，可是我老爸那頑固的怪人卻說『那麼偉大的人物，那更是不便相見』呢！」他說到這裡也不禁露出苦笑了。我特意的希望終於無法達成，不過，這些回答對我而言，已經是和其人相見有著同等印象的價值了，我已沒有絲毫抱憾……

嘴上說「偉大的人物」，謝絕的架子倒不小啊！但正是這樣的抵抗，才能讓佐藤春夫心服口服吧。之前說過，那是種文學技巧——來鹿港的路上，他不是看不起那些結交內地人、或甘為小役以求榮達的人嗎？洪棄生是與之相反的典範，可以說，這位佐藤沒真正見上一面的神秘人，反而在〈殖民地之旅〉獲得了相當於最高的評價。

現在有些人將洪棄生稱為抗日詩人——這或許不算錯吧。但在那個時代，這是洪棄生真正的心情嗎？他確實憎恨日本統治，也反抗過日本，但文字能揭穿事實，也能蒙蔽真相；把「抗日」這種帶著民族主義情緒的詞置於洪棄生頭上，真能讓我們瞭解他嗎？如果把洪棄生當成民族主義者，有人或許會以為反日就是擁戴中國，但他都說自己討厭中華民國了，要是長命百歲，大概也會討厭中華人民共和國；畢竟，如果他活在中國，肯定會死在文化大革命。洪棄生是怎樣的人，我當然沒有立場給出肯定的答案，但動輒煽動種族的對立，難道沒有其危險性嗎？洪棄生遙想著那永遠失落的故國，並因此反抗，他有那樣的權利，我們只要知道這點就夠了。

佐藤春夫離開臺灣後，沒幾年，洪棄生就被日本人強迫剪去辮子，據說那是戲劇性的場景，日本人埋伏在他散步的路徑上等他，抓住他剪辮。之後，他索性披頭散髮，放著不管，怎樣都不願配合日本的風尚；即使清國滅亡了，他也供奉自己的肉身，作為清國記憶的證明，簡直是活在黃昏中的人！說起來，鹿港確實給我一種黃昏之鎮的印象，一切都陳舊又璀璨美麗，像被塗上厚重的時光之釉，層層密封在光輝底下……

總有一天黃昏也會迎向寂然無光的夜吧。雖被譽為「抗日詩人」，洪棄生的故居還是遭到拆除，那是十幾年前的事；至於為佐藤春夫導覽鹿港、崇尚臺灣民主國、抗議日本殖民政策的許媽葵，據說戰後因不擅國語，失去教職，落魄而死。

三

佐藤春夫在許媽葵的陪同下前往阿罩霧，是他抵達臺中的第五天。他們大概是搭帝國製糖鐵道的列車吧？越過旱溪，經過太平，在車籠埔向右轉了六、七十度的大彎，再沿番仔寮、塗城、北溝，抵達霧峰——跟鹿港一樣，現在已無霧峰站與輕便鐵道了，要去霧峰，我們得找個鐵路以外的方法。

其實在到臺中前，我已跟臺中的朋友們——小說家R與評論家C提過這次旅行。那時R還沒搬到新北市。她出身於已在臺中定居兩百多年的大家族，對臺中的歷史研究也很深刻，提了許多值得一去的地方。除了鹿港、霧峰外，我跟W在臺中的旅行，幾乎都照她的建議。她推薦的一間咖啡店，據說是上個世代男女約會的代表場所，光看招牌，是三十年前流行的毛筆字，或許追求簡約風格的年輕文青看不上眼吧？但店裡的擺設兼具了復古與時髦，是不會退流行的風格。在此，我第一次嘗試了Espresso，店員說一飲而盡會像是被電到——總之，R就像是我們的森丑之助，讓這趟臺中之旅充滿情調。這些行程與〈殖民地之旅〉考察無關，我就不多提，不過，在我跟兩位朋友的討論間，某個行程自然而然地應運而生——他們決定陪我們到霧峰林家。對我來說，當然沒有比這更好的了，畢竟我不怎麼熟悉臺中的交通，加上他們都有臺文背景，過去曾隨教授進出霧峰林家，連現在沒開放的頂厝都進去過；他們開玩笑說「那時林家就像我們的後花園」，對我來說，這當然是一顆定心丸。總之，我們抵達臺中第二天，C就向某位教授借了廂型車，來跟我們和R會合。

佐藤春夫在前往霧峰的路上，由於許媽葵的提點，遠遠看見到了九十九峰——在車上，我也試著尋找，卻徒勞無功。現在到處是四層樓以上的公寓、大樓，早不是百年前的視野了。原本還有些遺憾，不過，後來去霧社的時候，我倒是在水沙連高速公路上很近地觀賞了九十九峰——那真是非常奇妙的山勢，就像把海邊撿到各種形狀的圓石、尖石任性地插在一起，大自然像是完全沒有協調性，就這樣做出了逸出人類視覺慣性，難以區分到底是一座山還是無數峰嶺的山的碎形。佐藤春夫用「梵谷所描繪的絲杉的樹有此種感覺」來形容，可說精妙。九十九峰在彰化八景中被稱為「焰峰朝霞」，聽說早晨或黃昏的時候，九十九峰被曙光或暮光照成橘紅色，遠看像火焰一般，所以也被稱為「火炎山」。

我在水沙連高速公路看到時，雖也是黃昏時刻，天色卻相當陰暗，沒能看到那古老的景色，甚為可惜。總之，九十九峰不只是地形上的奇景，也是能傲然於臺灣人文史的；洪棄生寫過《九十九峰歌》，許媽葵雖跟佐藤春夫提過此事，佐藤卻沒摘錄詩句，我在此越俎代庖，代為援引幾句吧：

（前略）

芒棱四吐如怒火，炙天不熱天亦驚。

義和日御行不得，重輪欲度便傾側。

返照扶桑神鳥迷，倒影滄海蛟龍嚇。

雲出如擁蚩尤旗，搖曳雲頭雲不移。
三十三天星斗動，前峰後峰相奔馳。
前峰後峰作人立，或俯或仰或不及。
（後略）

羲和是中國神話中的太陽之母，扶桑是神話中的日出之處，這首詩多次引用神話典故，可說是帶著相當奇幻色彩的景色吧！不過我第一次聽到九十九峰，不是在這麼文雅的場合；當時，報紙上某政治人物說九十九峰像恐龍，想在九十九峰打造一個恐龍園區——

坦白說，真是難以置信。

如果九十九峰曾挖出恐龍骨頭（看這地形，我覺得不太可能），那藉此機會建一個恐龍園區，確實是挺有教育意義的。但有誰會因為某地長得像恐龍就到那個地方啊！就算剛開幕還可以熱絡一段時日，也不可能長久；明明九十九峰有其深厚的人文背景，卻擺在那邊任其荒蕪，反過來追逐早已退燒的流行，這種規劃還是來自有權的政府官員，真讓人不知該如何評價了。

這些埋怨就暫放一邊吧，真要抱怨，可是能說到天荒地老的。總之，既然我們不是搭帝國製糖的鐵路，不必繞路，從臺中市區出發，不到二十分鐘就能抵達霧峰。值得一提的是，當年佐藤春夫在霧峰車站外，還在遇上了一位戲劇性的人物，他也是從市區出發，直直奔向霧峰的。

當我們站在那裡躑躅不前時，一個打從後面活力十足地追過我們的青年，回頭看了A的臉，先是活潑地「喲！」地打了一聲招呼之後，朝著點頭行禮的A走近來。「剛到的嗎？是這班火車吧！那麼我也是一起的。——哦！不，我不是搭火車來的，是騎馬來的。」說著，顯示手裡握著的馬鞭。「我最近每天都這樣，策馬和火車賽跑。到台中等火車出發的汽笛響起，以此為起跑信號，策馬疾奔。很愉快的。真的是很愉快。昨天幾乎是同時抵達，所以想今天一定要贏火車，可是，結果今天好像比昨天慢了。沒關係，近日內一定贏給你看！」他頗為昂奮，揚起響亮的聲音，兩三次高高揮舞著馬鞭。「火車繞了一大圈，騎馬則是一直線，所以一口氣就可跑到台中街上了。」有點上氣不接下氣地繼續說著，用語夾雜著內地腔與本島語。揚起鞭，一下子在空中描繪出鐵道迂迴的形狀，一下子指示台中市街的方位。在說話間，還抽出手帕，性急地擦拭著被太陽晒黑了的額頭上成顆滲出的汗珠。微胖的雄厚肩膀，短小精幹的骨架，眉宇之間都橫溢著精悍之氣，一眼看來就是個豪傑。

短短的文字，英雄少年的樣貌便活脫脫躍於眼前；而且——騎馬？臺灣原本是不產馬的，即使是清國的官員，坐的也是牛車而非馬車。到了日本時代，馬車確實重新被引進臺灣，官員騎馬以示雄姿，也建了賽馬場，但民間的本島人，竟以騎馬為娛樂？光是這短短一幕，就透露了林家的不凡。

況且，佐藤或許並沒有太過戲劇性地誇飾這位青年。青年大概是林資彬吧？一九二〇年時，他才二十二歲，但他少年老成，十三歲便已是林家的管家；林資彬熱愛騎馬與狩獵，持有獵槍，在老照片中，有張他身穿西裝、馬靴，戴著軟氈帽，騎在一匹黑色白鼻的駿馬上，手掌韁繩的定裝照。這張照片流傳後世，可看出他對馬的鍾愛；據說他會騎著馬去巡田，雄姿英發。說起來，〈女誡扇綺譚〉裡的沈家怪傑也是如此形象，這篇小說果然有部分是從霧峰林家的經驗轉化而來。

可惜接下來，這位青年的戲份就不多了，因為接下來，這篇文章真正的主角就要登場；青年將馬牽去陰涼之處，佐藤等人則在傭人的帶領下，走到宅邸內，那裡等著他們的，正是林獻堂——那年，林獻堂三十九歲，正值壯年，佐藤春夫是如此描述他的外貌：

> 頭髮禿餘而白，不過臉色血氣甚好，泛著充滿活力、不管什麼時候和誰都能親近的表情。看到他的白髮時，本以為是相當大年紀的老人。但再看臉色，又覺得年輕很多，一時無法判定其年齡。之後再和他講話，更感到他年輕如壯年人。

林獻堂確實年輕。

雖然當時林獻堂已名聲在外，不過他被後世視為重要社會運動領導者的事蹟，多半還沒發生；可以說，佐藤遇見的不過是青年時代的林獻堂而已。議會請願運動——希望成立臺灣議會，授予臺灣人民立法權——這些讓林獻堂被視為麻煩人物的事件，明年初才要發生；現在想想，要是佐藤春夫晚來一年，他與林獻堂見面的場景想必會大不相同！這時，總督府對林獻堂還算是友善，但即使如此，這位本島極具政治影響力的人物要與內地的文學家相見，官方還是派出了小吏允以監視。

宮保第詩禮傳家窗花

山雨還沒來，風已開始吹了。

如今林家可以買票進去參觀的部分，只有下厝這一區。從外面看，是紅磚砌成的宮牆，窗櫺被漆成綠色；第一進的大門，最上頭的木構造，能看出彩繪已經褪色，帶著風霜之美，不過，木柱與門板都重新漆為黑色——這顏色似乎很少見，但確實有種深不可測的沉穩感。門神一黑一白，大概是秦瓊與尉遲恭吧？窗子的鏤空雕花極其繁複精緻，正門上方有個整體偏向藍色的牌匾，底似乎是綠色花崗石，紋路如閃亮的碎花，上面以金字寫著「宮保第」，細看的話，就像貝殼內部的彩虹色那般閃耀，遠看卻意外地內斂。

右邊的門敞開，上方掛著瓜型的紅燈籠，寫著「本堂」兩字。

宮保第共有五進——細節恕我不提

了，不過從第二進開始，R就指著房子被漆成天空藍的木牆說：「你看這種藍色，被稱為『宮保第藍』或『中部藍』，因為這是從宮保第開始用的，之前，沒有人在房子上用這種顏色。」

選用當時罕見的顏色，當然可說是標新以立異，但就我個人的感覺，宮保第給我的視覺印象相當舒服，因此說是品味展現或許更為恰當。到了第五進，到處都是漂亮的窗櫺，其中最讓我印象深刻的，是一個冰裂紋窗櫺，中間用木頭切割出幾何形狀的四個字，我們研究了很久，才看出是詩禮傳家——真不可思議，這真的是百年多前的設計嗎？在我看來，比起動不動就用書法字來表現中華文化的呆板印象，那種簡約的幾何花紋，絕對足以討當代文青的歡心。

這間宮保第也有一百多年的歷史了啊——

九二一大地震時，宮保第在無可抵抗的純粹暴力之下，幾乎全部傾頹；看那時的照片，實在很難想像能修復成現在這樣。樑柱暫且不論，磚牆就像被捏碎的麵粉團，木片、破瓦、毀壞的傢俱，比颱風過境還凌亂。但現在修復得相當好。雖然也有嶄新的材料，卻仍保留了古樸感，最重要的是不媚俗——不是追求觀光客的目光。古蹟是歷史的物證，要是用現代的材料修復了，還能算古蹟嗎？或是，既然都用了現代材料，何不都換成全新的呢？這類問題就像「忒修斯之船」的爭論一樣，或許永遠不會有肯定的答案。但在我看來，是否使用現代的材料，是其次的，重點是對歷史的尊重與誠意。要是沒有尊重，表面上是修復，也可能是對歷史的褻瀆；徘徊於詞彙的表面意義，反而會陷入意義的迷宮吧？無論如何，修復古蹟也算是一種待人接物，換言之，心意是最重要的，從這點看，宮保第已沒什麼好挑惕的了。

在想著還有哪裡沒看時，R跟C帶我穿過某扇門。現在也不記得是怎麼走的，總之不知不覺中，我們來到旁邊的另一間宅邸；剛開始在室內，還很昏暗，但穿過走道，某種沉鬱的光照進來——是陰天的光——我們來到天井般的地方。不，不是天井，那其實是開闊的露天廳堂；對面有座極其繁複厚重的巨大亭子，建在大約兩公尺高的高臺上，有著華麗的欄杆，氣勢相當驚人，走近一看，亭子的藻井位置有一朵盛大的牡丹，高臺底下有個巨大的水缸。R說那其實是戲臺，水缸有擴音的作用。我猛然醒悟，這正是〈殖民地之旅〉裡頗費筆墨去描寫的場景！果然戲臺對面有個很深很深的客廳，外側的木牌或竹牌上寫著對聯：

文朝資正義武德在奇功，
大鼎銘昭著元常紀偉庸。

雖說是對聯，看來更像詩句——五言詩——至於更深處被隔離起來，在隔離線外面看，能看到盡頭是鶴的鏤空雕刻，前方大概是主人的位子吧？還有放腳的矮凳。兩側也放了桌椅，顯然是迎賓的客廳，桌上擺著瓷製的茶杯，應該只是展示品。主位的兩旁也有對聯：

斗酒縱觀廿一史，
鑪香靜對十三經。

宮保第大花廳

看到這對聯，我難掩心中激動；這正是佐藤春夫在百年前看到的大廳！當然已經不同了——畢竟修復過——現在的對聯是白紙黑字，當年卻是以金字寫在木板上；以下，容我轉錄佐藤春夫的見聞：

主人是從哪裡如何把我們帶來的，我還沒領悟過來之間，我們已不覺然地進到一間幽暗的大廣間裡面了，藉著從上方僅僅透進的薄弱光線環視之下，一眼得知這一定是在車中A對我說的具備總督或是提督格局的宅邸。堂堂的氣派，古色古香。不知叫做什麼，在相當於壁龕處的正面中央，有一個高一點的壇，其上放著備有桌子、香爐的座位，想必是身為大官的主人座位。在其背後兩旁掛著不知是什麼材質的整片葡萄紋樣的木板面上，彫字塗金寫著「斗酒縱覽廿一史」、「爐香靜對十三經」的對句聯。我想這對句也不是文人墨客喜歡的句子，只適合大官所好。與正面的這個主人位子相對的地方，可看到彫刻的欄杆，指著一個中二樓似的地方，據A轉譯主人的話，那是演戲的舞台；在往昔乃是用來接待客人，慰其無聊的。主人座位的左右兩邊，沿著側面的牆壁，各擺了十個以上的黑檀椅子，在每張椅子之間退一步的地方有著直立的東西，簡直就像是守著椅子的侍從似的。那高度也差不多是人的身高，而且其頂端是圓形的，形狀很像是頭。在微暗中，形成一個橫隊，整列地排著，呈現一種幻想的奇觀。那是用來做什麼的，不得而知，所以也就發問了，沒想到，那是用來給客人當帽掛的。這一聞言，倒是覺得其形狀真的做得可以讓那頭巾似的帽子完全地戴上去呢！這些椅子和帽掛的排列，使得在推想這間微暗的大廣間在一世紀前的盛觀時有很大的效果。加上中二樓內邊舞台的幽暗也助長空想。注目之間，感到那令人目眩的絢爛色彩裝束的人們的幻影幾乎浮現於眼前。我喜愛這廣間帶著昔日品味的氣氛。

現在沒有那些帽架，讓我感到十分惋惜。但百年過去了，固執地追尋著百年前的幻象，雖可說是一種美學，卻不見得必要；至少對我來說，能看見這個景色，我已沒有絲毫抱憾，心中一片釋然。也因此，我反而不知道接下來應該考察何處了，便悠然地在陰影間漫步。那天W穿著漢服，顏色與氣質與這大花廳十分相襯；她穿著春梅紅的齊腰褶裙，披著深紫色的提花褙子，與紫灰色的舞臺相得益彰，驀然自走廊穿出，雖不致於說像是百年前的人物穿越時間而來，卻也驚奇地煽動了如此風景的幻想性——就像佐藤春夫說的，這裡確實能助長幻想。

哀憐往日的風光嗎？這倒不至於。歷史遺留下來的事物，在不同時代有不同的意義，在我看來，此地已忠實地盡到義務。接下來要去哪？R這麼問著，我說佐藤還去了一處知名的庭園，但我不知道在哪。R說：「我知道，你說的是『萊園』，但它不在這裡，在明台高中。」

「高中？」

「對。我也不知道能不能進去。」

這傳說中的「萊園」，名列臺灣四大名園之一，現在是明台高中校區的一部分。其實從林獻堂開始，林家就很熱衷於辦學，現在臺中一中的其前身，原本也是林獻堂等人促成的本島人學校。戰後，林家辦了萊園中學，最初校址也不在萊園，後來才遷到萊園去；這些歷史的曲折，這裡無法盡數說明，還請見諒。雖然R說萊園不在這裡，但從林家的下厝出發，也是步行就能抵達的距離，當年佐藤春夫在林獻堂的帶領下，也是走過去的。C讓我們上車，沒多久就到了明台高中，R走到校門口的警衛室問：「抱歉，我們能申請進入學校參觀萊園嗎？」

警衛瞥了我們一眼，我覺得要被刁難了。

「我們不開放申請——」

正想著難道白跑一趟的時候，警衛卻笑了出來；他說不開放申請，是因為全年無休開放——原來嚴肅臉孔只是惡作劇啊！接著像是很熟悉觀光客，詳細說明開放時間是幾點到幾點，只要用一張證件登記訪客，就算來一百的人也只需要一個人簽名，還不必是提供證件的那個人云云，相當寬鬆。

停好車的C過來後，我們就在微微細雨中進了這座歷史悠久的園林。

入口處的石門就很醒目，是中西混搭的風格。據說原本的門不是這樣，佐藤春夫沒看過，這是他離開臺灣後才改建的。整體風格上，其實更偏西方，有種巴洛克的印象。不過，門邊的兩側刻著上下聯句——

自題五柳先生傳，
任指孤山處士家。

不只文字，這種隱士自居的氣息，都反映了傳統的東方美學。據說這兩句詩是林幼春所寫，他是當時臺灣相當知名的詩人、文化人，也是臺灣三大詩社「櫟社」的創社人之一；同時，他也是林獻堂在社會運動上的重要夥伴，曾與蔣渭水等人一起被捕入獄。萊園裡有個「櫟社二十年題名碑」，理所當然有林幼春的名字。

接下來，我們在萊園看到的這個題名碑，也是雜揉了西洋風格，樣式之繁複、厚重、華美，讓人印象深刻。有趣的是，在石碑的側邊，一邊寫了大正十年，是日本時代的紀年，另一邊卻不是中華民國紀年，而是孔子降生兩千四百七十三年——兩千多年前，這是對人類來說太過長遠的時間，這個詩社期待從那份遙遠中繼承什麼呢……？

或許是近乎祈禱的，世上絕無僅有、也不可能實現的幻夢吧。

石門後，由於旁邊的柏樹剛修剪過，在雨露中倍感清香。沒多久是一方池塘——這是佐藤春夫記載的「蓮池」嗎？想是這麼想，現在實在看不到什麼蓮花，倒是許多鴨子、鵝……W在獸醫院工作，跟R聊起這類動物尾巴附近的羽毛觸感。池塘的正式名稱是「小習池」，池上有方形平臺「荔枝島」，島上有「飛觴醉月亭」——飛羽觴而醉月，確實風雅；這些都是佐藤沒提到的。

不過佐藤當年所見的景色，本就與現今不同。為了將校園遷進萊園，似乎有段山勢被剷平了。他說當年小丘上有座涼亭，是今日的「夕佳亭」嗎？這我當然不得而知。據R說，這萊園本是林家某位先人為母親所蓋，那位太夫人就住在現在的五桂樓——舊名步蟾閣——每逢佳節，會在飛觴醉月亭演戲給太夫人看。不知不覺中，我們已將整個園林看遍，但校園操場那部分，就沒特別去看了。說起來，還真沒想到萊園會變成學校的一景！我不禁想，是對鄉土的責任感嗎？身為有錢人，本有鎮日歌盡桃花扇底風、不問世事的自由，畢竟，光供養無窮的慾望都不夠了，哪有辦學的餘暇？但將先人故園開放為學校——若非將自己視為土地的一份子，是做不到的吧？

林獻堂帶佐藤春夫離開萊園後，遇見鄉里起爭執的人，攔在路上向林家尋求解決；那是非常微不足道，不過是喝醉了打架鬧事程度的小事，連林獻堂跟林資彬都覺得不耐煩——

為何佐藤要記下此事？只是單純將其視為「見聞」寫下，還是覺著這件小事確實反映了林家的地方影響力？在我看來，與其說反映林家聲望，不如說這是漢人傳統社會的常態。過去雖也有官府，但說要聽誰的，多半還是聽頭家的吧！現代人可能難以想像，都有法律了，怎會聽地方人士的？不過只要設身處地，這也沒什麼難以理解的。

過去交通不發達的時代——可是連朝令夕改都要花上一整天的時間喔！什麼事都等官府處理，老百姓哪有這種餘裕？在城鎮就算了，那些荒山野嶺的，也要等官老爺嗎？反過來說，地方仕紳是在地人，當然清楚人際關係與事情背後潛藏的因果，平時既有造橋鋪路的功勞，還是地方的投資者，擁有實際的經濟影響力，比起從某處派來的地方官，什麼事立刻來請他們幫忙，不是很合理嗎？現今，法律之所以能這麼有效地推行，是四通八達的交通網與資訊社會實現的，不是人類史上的常態，也難怪某些民間故事裡，地方官總是跟土豪劣紳沆瀣一氣，畢竟地方官的影響力，說不定還不如豪強呢！

不過，現代國家大概難以忍受吧。

不是一山不容二虎這麼動物性的問題——雖然也有懷著這種情緒的執政者，但現代國家追求統一的規格，本就不允許多重的秩序；坦白說，這是不是現代國家的唯一型態，我也不清楚，不過這麼想的人應該不少吧？承認國家無可質疑的威望，由國家來決定一切——如此一來，就只需專注在自己的事情上，或許很輕鬆吧？不過，這難道不會把我們對地方的想像或鄉土之愛出賣給國家嗎？不是說民不民主，臺灣當然是民主國家，但對居住的環境無動於衷，什麼都讓官員規劃，覺得自己只要投票就算負責了，這樣真能選出有責任感的官員嗎？至少在我看來，如果只想著把一切交給國家，是不會在地方興學，不會有責任感的。

或許有些離題吧。總之，在佐藤親眼看見林家的地方影響力後，〈殖民地之旅〉迎來了文章的最高潮。他們回到佐藤口中的「林氏分家的客廳」——我想，應該是宮保第的第三進。也可能是大花廳，但佐藤把大花廳那裡稱為「本家」，比較不可能。不無論在哪裡對談，都無損這段交鋒的精彩程度。一開始，雙方只是社交辭令，但林獻堂接著問了幾個問題，讓佐藤不知該如何回答，或是說，不明白對方提問的深意；這時有人進來打斷他們談話，是警察局的官員，他說：「打擾你們清談，實在對不住，因上官的命令，我有義務把你們會談的情況報告上去，請讓我暫污末座。」

原本林獻堂問的是什麼？其實很單純，他只是問佐藤到臺灣兩個月來的見聞與感想——問題本身再尋常不過，但官員的出現，讓佐藤意識到這場對談背後有著無可避免的政治角力，因此決定裝傻，不正面回答林獻堂關注的要點，也就是對「殖民者」與「被殖民者」雙方關係之問題的關注。

為何林獻堂要如此質問這位旅人？

佐藤確實是號人物，但他畢竟沒官分身份，又還年輕，就算挑釁他也毫無意義不是嗎？當然，我無法推知林獻堂的動機，不過，他是不是有拉攏這位日本作家的盤算呢——？

這並非不可能。且不論總督府的立場與主張，日本人中，確實也有人是同情臺灣人處境的。或許有人說，怎麼可能？日本人是既得利益者，怎麼會關心被殖民者？但就像男性中也有女性主義者，女性中也有父權體制的共犯一樣，選擇反抗或服從某個壓迫體制，原本就跟性別或種族無關；當然，既得利益者有相當高的機率接受那體制——這符合演化趨勢——但並非必然。總之，我們可以想像，如果佐藤春夫分享他的旅遊見聞時，無意間表達了同情的態度，林獻堂或許會打蛇隨棍上，吐露更多可能刺激佐藤同情的消息，進而得到可能的盟友；這樣的動機，我認為是完全不奇怪的。

但那位官員登場——立刻就讓佐藤陷於「不方便表達同情」的處境。事實上，接下來佐藤確實對林獻堂的提問左躲右閃，盡是些不著邊際的回答，讓林獻堂失去耐性，直接切入重點。這麼看來，派出這位小吏確是高招；這位官員登場後，態度極其謙虛，彷彿沒有自己的意見，真的只是來記錄的，但光是如此，林獻堂就失去了結交盟友的機會。

即使如此，林獻堂仍是刺探佐藤春夫的意向，或許還懷著某種期待吧？對這份期待，佐藤究竟是滿足了他，還是讓他失望了，坦白說我無法判斷；即使當下是失望的，十幾年後，佐藤卻寫了懷著同情立場的〈殖民地之旅〉，如果林獻堂有看過，會如何看待這篇文章呢？對此我們也只能想像而已。說到底，這段對話很可能並非原貌，而是佐藤重新組織的結果。

〈殖民地之旅〉中，林獻堂的詰問相當縝密，有些主觀的見解，我無法認同，不過，也不難理解為何有那種立場。接下來我會大量援引〈殖民地之旅〉原文——或許有讀者覺得偷懶吧？但為了說明我對雙方論辯的看法，這樣或許比較公允。總之，在林獻堂詢問佐藤的旅遊感想後，佐藤一下說很熱，一下說交通不便，等對方追問住民問題，也只說蕃情不穩，又說自己並非專業，想搜集材料；對此，林獻堂是這麼說的：

「您不僅沒有弄錯應注視之點，而且對於問題，不單避免以短時日所看到的狹小見聞做輕率的批判，尚且想要蒐集相關資料加以研究的這種慎重的態度，實在令我非常敬佩。對這個問題深感痛苦多多的我們，殷切地期待如閣下態度的考察家費思索之處實在很多。剛才您話裡提到蕃情不穩等問題——果然，那是一個大問題，但這拿來和本島人與內地人的問題相比的話，就不覺得有那麼重大了。——這樣說，您或許會覺得我太本位主義。不過，第一，蕃人的人口與本島人比起來少得很。加之，蕃人就如一般稱之為蕃人這名詞所示，和內地的文明比起來，其智力方面，早就有相當的距離，這個問題我想本身就很容易解決。但本島人的情形，在內地人看來如何，我不得而知，在我們本島人自身的自負而言，儘管現在無力作為，但卻是擁有古來傳統的深厚文明者。而且那文明的重要部分，我深信是和內地的有教養的人士們相通的。在這一點而言，我想可就複雜多了。對您剛剛所說，要當作您考察的資料，那我就恭敬不如從命，略申愚見。恕我肆無忌彈地說，我們對日本政府以及全體日本人，無論如何，都抱著十二分的信賴。這一點我先言明。但對被派遣到這邊陲之地來的官員，不管他是多麼有名的高官，對其手腕及人格等，我們都屢屢無法不感到不滿。——漫然地這樣說，我想您很難了解，就舉一例以求高見吧！總督閣下在赴任時都會就對本島人的政策大方針有所言明，有的說是：內地人、本島人平等；可是接著下一任的總督閣下又變成親和；以為決定親和了，再來的總督閣下卻又說是同化。在每個總督閣下而言，或許並沒有什麼矛盾。但，從同一總督府所為來看，難免令人覺得不無朝令夕改之觀。聽說是平等，我們就那樣做，接著卻又說是同化，這一來，我們本島人就不知何者為真，不知相信那個是好而感困惑了。內地人與本島人的親和，事實上，比內地的官員們還要希望與期待的，是我們本島的庶民呢！而那親和的方法本意，是應該同化呢？還是應該平等呢？則是希望有根本明確的定案。若是其基礎的精神都搖擺不定，則不用說統治者，就是被統治者的我們，心情上也是不安之極。到底是平等還是同化呢？說平等，我以為是把兩者的價值看作同等之意。至於同化，則是不把兩者認為是平等，而要使其成為同一個東西；那麼，這一來則是把哪一邊同化到哪一邊去的問題了。若說內地人要同化於本島人當中，那我就不得而知了。若說強要本島人同化到內地人去，那我想本島人是沒那麼容易認同的。何故呢？因為，人在本性上都具備有向上之心，而本島人早已擁有自己是文明人的自負。還有，肆無忌　地說，本島人有著自己比來台灣的一般的官員或商人還要具有高度文明的自負。這樣的本島人，要他們把自己高度的自負捨棄，去同化於比其低度的文明，這種事，在人的本性而言是絕對做不到的。自負，說來是自我陶醉的根性，不是客觀的事實。但，人類卻頑固地以其自負來生活、行動。這一點不僅是本島人，內地人也是相同的。這樣看來，內地人與本島人的文明的高下，若要做個客觀的比較，則需要於現狀做比較，更且需要追溯到過去的歷史來做比較才行。這真是難以輕易決定的事。加之，彼此都固守頑強的自負，所以烏鴉之雌雄，誰也不得而知了。不過，在我們而言，我們也是不得不承認事實總歸是事實。對此，不吝承認的是，現在在本島，內地人的確擁有政治地位的優越性，我也充分地尊重。但是，政治地位的優越，未必意味著文明的優秀。我所要強調的問題是這一點。因此，凡庸的小政治家的意見等，不去管它。我是一個把這個問題當作自己重大命運的人，所以只要有機會，我都向在內地有定評的諸名士請問就教。前些年上京之際，也請姉崎先生垂教過，先生回答這是難以即刻作答的問題，承諾將此問題作為課題研究，事實上至今未獲他的解答。當然，我並沒有說要請您代替姉崎先生回答的意思。此次，如閣下這樣高名的文藝家，難得來此一遊，不願失逸如此好時機，所以，特請垂教。不知在根本上您贊成同化論呢？還是贊成平等論呢？——順便提供您當參考的是，現在的總督，我認為是同化論者。」

其實這番縝密的長篇大論，已帶著些許敵意。在這段話前，林獻堂隱晦地刺探了幾次，都被佐藤閃躲開，或許他已將佐藤視為無法成為盟友的人，因此才尖銳起來。對這段話，我不贊同的自然是他對「蕃人」的見解。很容易解決到底是什麼意思？或許就像他的假設——人在本性上都具備向上之心——因此未開化的「蕃人」會自然朝著開化的方向被同化，這就是解決吧？只是被漢人還是日本人同化的差別而已。不過，此一假設若是事實，原住民根本就不可能抵抗，因為迎向「更進步」的文明是理所當然之趨向，但事實是，原住民在日本時代的抵抗始終不絕。為什麼？我在前面文章提過，在此省略，總之，那也可以說是林獻堂口中的自負吧？林獻堂可以同理本島人在不平等下的痛苦，卻漠視原住民的痛苦，說到底，這也正是自負的表現。不過，若將這種自負帶來的觀點視為天下之公理，是我難以認同的。

至於本島人比日本人更期盼親和，這不難理解；既然日本人在事實上處於政治的優越位置，比起開戰，當然是和平更好。不過，一年之後，林獻堂自己就成了總督府眼中的挑釁者，這又是為什麼？我想，這就關係到他提出的親和之手段——到底是平等呢？還是同化呢？

有人或許會問，同化有何不好？到了現代，西方科技發展得比東方更為快速，因此有所謂的「西風東漸」——別說知識體系，連西式服裝都成為普世之常態，這是壞事嗎？長遠地看，如果徹底拒絕同化，地球村就不可能成立，既然如此，為何要抗拒同化？對此，我的看法是這樣的。文化上自然地趨同是一回事，但將同化當成一種強制執行的政策，就是另一回事了。以語文的同化政策為例，在日本時代，針對原住民有蕃童教育所，對臺灣人有公學校，教的當然都是日語，也就是「國語」——到了皇民化時代，在公開場合講母語甚至會被斥責。戰後，國民政府也有國語政策，講「方言」的人被罰錢，更嚴重的是掛狗牌，將方言塑造成可恥之事，讓大家一起來羞辱。或許有人會說，既然是一個國家，當然要統一語言，那並無不對；持此論者是不是在為日本時代的同化政策開脫，我不得而知，但以政策強制推動的同化，與平等相去甚遠，應是顯而易見的。

同化政策與平等，在本質上並不共存。隔年，林獻堂等人推動的設置議會請願，就是要追求自治，希望臺灣人能獲得與日本人平等的地位，對此，日本政府否決了。根據林獻堂文中說法，最初日本總督主張平等——這是不是那位總督真正的想法，我不得而知，不過，承諾平等卻走向同化，背棄了原本的承諾，在如今看來，已是東亞史之常態。譬如保證了多少年不變，時間才過一半就名存實亡的制度，不也是從平等的保證開始嗎？這裡先善意假設毀約者最初並無騙人的企圖，但實質上的權力不對等，會讓握有權力的一方逐步視不平等為當然。有句老話說，「權力使人腐化」，要對抗這種人性，只有卓絕的意志力才能做到吧！東亞會發展出道德至上的聖人思想，可說是制度上缺乏解除權力之機制所造成，實為無可奈何之演進。

對林獻堂的挑戰，最初佐藤也是想閃避，但在連番追問之下，他不得不道出自己的想法——是想法還是託辭呢？就看讀者如何解讀了。總之，接下來是佐藤春夫的回應，及雙方之交鋒：

「就從您所言，略述愚見了。我想，在同化或者平等這些限定範圍內做考察的您的高見，根本上有些麻煩難解之處。我在此想大膽地撇開同化論與平等論，另立友愛一說。也就是說，同化或是平等之類的想法，在根底上，一開始就是基於把內地人與本島人區別開來的認知，其潛在於根本的區別，在論理推進時就更顯著地表現出來。這個論調對本島人也好，對內地人也好，都一樣。都潛在著令人不愉快的成分。所以，我以為在出發點上，要盡可能把這種區別撤去。」

「事實上存在的區別，以口頭上的議論如何能夠撤去呢？若是能夠，其結果也終歸是空談之論，於事實毫無用處吧！」

「是的，所以我認為把事實問題撤去乃是第一要事。」

「那，方法呢？」

「與其固守本島人、內地人這種地理上、歷史上的小區別，不如代之以：同樣是人類，應站在同一點上。在其立腳點上，訴諸人類同志的友愛。這一點，不管是內地人、本島人、或任何人，都能擁有同樣的主張。而且，任何人也都不必有些微的讓步。我想，不要固於土地、種屬的區分，應該以大家都是現代世界人類的一員這一點當作是唯一的基礎。因此，今日沒辦法做到這一點，乃是因為本島人、內地人都還持有過渡時代未開的文明，彼此急於固守那些所致，A君，我的話，請您盡可能原原本本地通譯。不要僅做大略的要點傳達哦！」

其實，佐藤春夫並未迴避平等，反而是在談究極的平等——彼此都是人，從這點來看，大家都是相同的。然而在政治上，佐藤春夫提出的這個觀點可能實現嗎？在這裡，我也略述愚見吧。在我看來，佐藤春夫所描繪的必須是一科幻的世界觀；若要嚴格執行「把事實問題撤去」，便是不存在內地人、本島人、蕃人等差別的意思——這個無差別並非體悟或感慨，而是單純的現實——換言之，就是全世界只有一個國家、全人類都是單一民族、講同一種語言，如此一來，差異的事實即可撤去，而代價則是歷史的消滅。

為何是消滅歷史？我們可以捫心自問，是什麼構成日本人、臺灣人、原住民的差異？血統或許是一個因素，但不是最主要的，其關鍵，還是語言、文化、族群之歷史；大家都是人類——如此理所當然的事，還需要佐藤提點嗎？問題是，同樣是人類的我們，卻依照各自的歷史選擇成為「不同的人類」。只要血淋淋的歷史不被遺忘、語言分歧、文化表現出差異，「族群」就不可能消失。換言之，要撤除差別，至少得先消滅歷史。

不過，假使我們真的毀滅了歷史、統一了語言、消除文化的差異，假以時日，還是會再度產生口音、技術、思想上的分歧吧！這時，又要再度將歷史消除，個別的記憶不再累積，只有全人類的知識留存——這，只有烏托邦般的科幻世界才能辦到。

這真的是佐藤春夫所想像的大同世界嗎？其實我不那麼想。或許他要求的不過是精神上的進化。然而，文明進化是一回事，但就算本島、內地的文明都已臻至究極的境界，平等也不可能；因為造成本島與內地的差別的不僅是文明不足促成的歧視，還有制度本身所保證的差別——被制度定義的次等人，幾乎是不可能靠個人的努力跨越藩籬的，即使可以，那也是極罕見的奇蹟，不足以為常態。更不用說，如果制度保證了殖民者較高的地位，那就算最終走向單一的語言、歷史、文化，其實也就是「殖民者化」的意思，後來林獻堂問，「要把今日未開的文明，使之往哪種文明的方向發達呢？」，便是深知制度會決定方向，而佐藤回答「隨彼此所感到快適的文明而定」，卻是建立在殖民者與被殖民者的對等自由上。實際上，此一平等並不存在，因此佐藤所說的也只是虛無飄渺的空話罷了。

兩人爭論的要旨，大抵如此，接下來請恕我不詳加引述了；如果各位讀者還沒讀過〈殖民地之旅〉，不妨看看原作中，這段精彩的爭論是如何收尾的。

這次言詞交鋒所發出的聲響，有如刀劍交鋒，餘音不絕，時至今日，或許我們已能一笑置之了吧？畢竟再怎麼說，臺灣都已不再是殖民地——

真是如此嗎？

請別誤會，我不是說臺灣是不是殖民地，而是當年林獻堂與佐藤春夫爭論的問題，如今真的獲解決了嗎？

乍看之下，這兩位前賢並未爭出結論，但至少我們能同意，兩位都不認為「不平等」是應當的；且不論要求平等的林獻堂，佐藤春夫提出的友愛說，不也是把任何人都能主張自己是人類的絕對平等成當前提嗎？到了現在，由族群而起的不平等，真的不存在了嗎？以漢人為中心的法律制度——已經習慣的漢人自然無所謂，但對有著不同傳統的原住民來說，就如透明的牢籠吧！

撇開制度，兩個不同族群的人面對彼此，也不見得能將對方都視為對等的存在吧？說到底，人類對非我族類的鄙視，以全世界來看絕不算是罕見；我不同意佐藤春夫提出的「友愛說」，是因為他強調共通的人類性，結果就是忽視族群差異，彷彿差異本身就是文明的不成熟，然而，難道我們平等對待彼此的前提，竟是「沒有差異」嗎？那麼，人類世界終將迎來的最後決戰，就會是男性跟女性的戰爭了，畢竟，那可不是能輕鬆弭平的先天差異。但這種事要是發生，人類也太幼稚了。在我看來，無法包容差異，才是文明的不成熟；華夏向來將非我族類稱為蠻夷之邦，結果就是中國在清末被國際社會凰剿，如果清國真自任為世界的一份子，以平等之姿與對方交流，上個世紀的國際情勢，肯定會完全不同吧。動不動就將文明分高下——某種程度上，或許也是一種井底之蛙的表現。

為何「殖民」令人厭惡？

雖然有人將殖民當成全面性的惡，但不可否認，殖民確實帶來了現代化，帶來了秩序與進步；明明如此，殖民還是讓人無法原諒，那是因為殖民在制度上保障了不平等，迫使被殖民者喪失自己的語言與歷史，進而助長歧視、否定了被殖民者的尊嚴。在這點上，功過是不能互抵的。若能相抵，那就表示人類的尊嚴是可以買賣的。既然我們厭惡殖民體制的差別對待，為何還要讓自己像個殖民者，嘲笑、貶低非我族類？要是百年前，人們在〈殖民地之旅〉裡爭論的平等問題，至今還沒有得到真正的解決，那只因表面上脫離了殖民制度而自滿，不過就像看不見的盲人宣稱眼前沒有危險——只是單純的無知罷了。

百年後的今天，或許這塊土地仍是殖民地。

有人會抗議吧。現在的臺灣，怎麼可能是殖民地？不過，臺灣並非真正平等，也是事實吧！對生存於同一座島上的不同族群，不思共存之道，而將輕賤他人視為理所當然，甚至希望制度化的人，恐怕是有的——甚至還不少。說到底，這是尚未徹底進化的人類之天性。就像美國也有種族主義者，那些以觀念先進為傲的西方國家，不也有不少人排斥性少數嗎？透過剝奪他人的幸福來滿足自己的幸福，要說這是人類的宿命，未免太可悲了，我不認為這就是人類文明進化的終點。

佐藤春夫筆下的林獻堂，說臺灣是「各種不同的人一起住在這塊土地上，居住民不是單一」的地方——這點，至今仍是相同的，還多出了新住民；當時人們面對的同化政策，就是無視差異，強迫所有人都是同一種人，百年後，臺灣是否還有鼓吹這種思考方式的人？不尊重差異、否定他人的歷史、無視共同居住在這塊土地上的事實……如果有，這種思想不能說比百年前的殖民政權進步多少。臺灣是或不是殖民地，要怎麼看，那是讀者的自由，但要是有著被殖民歷史的臺灣人，都無法同理不平等所帶來的悲哀，那這段百年歷史，就只是時間的流逝了。

這不過是胡思亂想。自以為是地評論了兩位前賢的意見，如果他們至今健在，或許會抗議我胡說八道吧！不過，如果能實際與那兩位討論此問題，想必是快意之事。雖如此恣意妄為了一番，我也不覺得自己得出了結論；不如說，我只是提出這趟旅程帶給我的疑問。

這個國家，迄今是否實現了平等呢？

這可真是個難題啊！

讀者諸君是怎麼看的呢？臺灣的未來，是平等、同化、還是有著第三條路呢？不不不，我的回答就算了，無論我說什麼都不算是答案，因為所謂的答案，是這座島上的不同族群共同來思考的。或許這種想法太天真吧！不過，天真又有何不可？如果實用主義最後成為逃避問題的方便理由，那是否真的實用，或許也該質疑一下了。行文至此，我對〈殖民地之旅〉的追溯也差不多結束了；這是我的旅程，至於讀者的旅程——要說正要開始嗎？才不呢。如此落俗套的話，說出來就太無趣了！要不要踏上旅程是讀者的自由，對這旅程的風景有不同解讀，當然也脫帽歡迎；身為旅行者，我能做的只有把這些雜亂無章的主觀草草寫下，作為其他旅行者的參考。接下來——

就等候下一個百年吧。

Belong 05

殖民地之旅

作者——瀟湘神
插畫——劉祉吟
執行長——陳蕙慧
總編輯——張惠菁
責任編輯——盛浩偉
行銷總監——陳雅雯
行銷企劃——尹子麟、余一霞、張宜倩
封面設計——黃梵真－湯湯水水設計工作所
排版——宸遠彩藝

社長——郭重興
發行人兼出版總監——曾大福
出版——衛城出版／遠足文化事業股份有限公司
發行——遠足文化事業股份有限公司
地址——二三一四一 新北市新店區民權路一〇八－二號九樓
電話——〇二－二二一八一四一七
傳真——〇二－二二一八〇七二七
客服專線——〇八〇〇－二二一〇二九
法律顧問——華洋法律事務所 蘇文生律師
印刷——呈靖彩藝有限公司
初版——二〇二〇年十一月
定價——三八〇元

國家圖書館出版品預行編目資料

殖民地之旅／瀟湘神作.
－初版.－新北市：衛城出版：遠足文化發行，2020.11
面； 公分
ISBN 978-986-99381-4-3（平裝）
1.台灣文學 2.日本文學 3.文學評論
863.2 109015308

藝術 國|藝|會 NCAF 本寫作計劃獲國藝會文學類創作補助。

ACRO POLIS 衛城

EMAIL acropolismde@gmail.com
FACEBOOK www.facebook.com/acrolispublish

● 親愛的讀者你好，非常感謝你購買衛城出版品。
我們非常需要你的意見，請於回函中告訴我們你對此書的意見，
我們會針對你的意見加強改進。

若不方便郵寄回函，歡迎傳真回函給我們。傳真電話 —— 02-2218-0727

或上網搜尋「衛城出版FACEBOOK」
http://www.facebook.com/acropolispublish

● 讀者資料

你的性別是　☐ 男性　☐ 女性　☐ 其他

你的職業是 ____________________　你的最高學歷是 ____________________

年齡　☐ 20 歲以下　☐ 21-30 歲　☐ 31-40 歲　☐ 41-50 歲　☐ 51-60 歲　☐ 61 歲以上

若你願意留下 e-mail，我們將優先寄送 ____________________ 衛城出版相關活動訊息與優惠活動

● 購書資料

● 請問你是從哪裡得知本書出版訊息？（可複選）
☐ 實體書店　☐ 網路書店　☐ 報紙　☐ 電視　☐ 網路　☐ 廣播　☐ 雜誌　☐ 朋友介紹
☐ 參加講座活動　☐ 其他 __________

● 是在哪裡購買的呢？（單選）
☐ 實體連鎖書店　☐ 網路書店　☐ 獨立書店　☐ 傳統書店　☐ 團購　☐ 其他 __________

● 讓你燃起購買慾的主要原因是？（可複選）
☐ 對此類主題感興趣　☐ 參加講座後，覺得好像不賴
☐ 覺得書籍設計好美，看起來好有質感！　☐ 價格優惠吸引我
☐ 議題好熱，好像很多人都在看，我也想知道裡面在寫什麼　☐ 其實我沒有買書啦！這是送（借）的
☐ 其他 __________

● 如果你覺得這本書還不錯，那它的優點是？（可複選）
☐ 內容主題具參考價值　☐ 文筆流暢　☐ 書籍整體設計優美　☐ 價格實在　☐ 其他 __________

● 如果你覺得這本書讓你好失望，請務必告訴我們它的缺點（可複選）
☐ 內容與想像中不符　☐ 文筆不流暢　☐ 印刷品質差　☐ 版面設計影響閱讀　☐ 價格偏高　☐ 其他 __________

● 大都經由哪些管道得到書籍出版訊息？（可複選）
☐ 實體書店　☐ 網路書店　☐ 報紙　☐ 電視　☐ 網路　☐ 廣播　☐ 親友介紹　☐ 圖書館　☐ 其他 __________

● 習慣購書的地方是？（可複選）
☐ 實體連鎖書店　☐ 網路書店　☐ 獨立書店　☐ 傳統書店　☐ 學校團購　☐ 其他 __________

● 如果你發現書中錯字或是內文有任何需要改進之處，請不吝給我們指教，我們將於再版時更正錯誤

請沿虛線剪

廣告回信
臺灣北區郵政管理局登記證
第 1 4 4 3 7 號

請直接投郵•郵資由本公司支付

23141
新北市新店區民權路108-2號9樓

衛城出版 收

● 請沿虛線對折裝訂後寄回，謝謝！

ACRO POLIS 衛城出版

Belong

05

共同體進行式

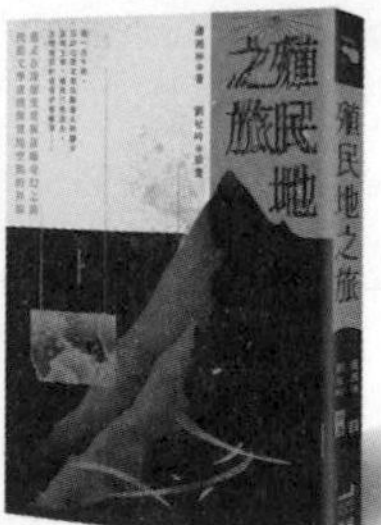